L'ANE PROMENEUR,

OU

CRITÈS

PROMENÉ PAR SON ANE.

[par Aut. Jos. Gorsas]

8° 2 b Somme 3227

»Chez un peuple ami des talens,
» *La Sagesse* établit des jeux de toute espéce,
» Où triomphoient l'esprit, les graces, la noblesse,
» L'éloge des vertus, les tendres sentimens,
» Et des arts réunis la pompe enchanteresse.
» *La Sottise* bientôt vint détruire ces jeux.
» Sur le théâtre un jour plusieurs SINGES parurent ;
» Tout le peuple aussitôt tourne les yeux sur eux ;
» Dans un coin seulement quelques sages murmurent :
» Mais il fallut céder à la contagion.
　　» L'animal aux frivoles têtes,
　　» *Dit en soi-même la Raison,*
» Ne veut plus accorder son admiration
　　» Qu'à ces impertinentes bêtes :
» Un Singe, un FIGARO, ridicule et bouffon,
» L'emporte sur l'esprit, la noblesse et les graces.
» *EH BIEN, SOIT, COMME LUI JE FERAI DES GRIMACES* «.

L'ANE PROMENEUR,

ou

CRITÈS

PROMENÉ PAR SON ANE;

CHEF-D'ŒUVRE pour servir d'Apologie au Goût,
aux Mœurs, à l'Esprit, et aux Découvertes du siècle.

PREMIÈRE EDITION

Revue, corrigée, et précédée d'une Préface à la MOSAÏQUE,
dans le plus nouveau goût.

Deum adorare, Regem, Patriam, Mores summo studio colere;
deinde irridere, irrideri .... RIDERE. (*Asinius Gallus.*)

PRIX, 4 *liv.* 4 *fols.*

A PAMPELUNE,

Chez DÉMOCRITE, Imprimeur-Libraire de son Allégresse Sereinissime
FALOT MOMUS, au Grelot de la Folie.

Et se trouve A PARIS,

Chez
{
l'AUTEUR, rue Tiquetone, maison de Mᵉ. LE RASLE, Avocat
au Parlement, n°. 31.

Mᵈᵉ. veuve DUCHESNE, rue Saint-Jacques.

HARDOUIN et GATEY, au Palais Royal, nᵒˢ. 13 et 14.

VOLAND, quai des Augustins, n°. 25.

ROYEZ, quai des Augustins, à la descente du Pont-neuf.
}

A VERSAILLES, chez l'Auteur, rue des Bourdonnois, maison de
Mᵈᵉ. veuve BOURGEOIS, et les Libraires de la ville.

ET AUX QUATRE COINS DU MONDE.

1786.

On trouve aux mêmes adresses,

Les Promenades de Critès, Ouvrage sur la Peinture, qui a paru au mois de septembre dernier, et dont la vente a été interrompue, parce que le premier N°. de ces Promenades s'est trouvé épuisé.

On y trouvera aussi séparément, les Portraits des Auteurs du siècle, prônés par le Public, dessinés et gravés par deux Confrères. Ils sont très-ressemblans, et le costume y est très-bien observé.

ANNOTATION.

UN BON AVERTI EN VAUT DEUX.

CHAPITRE ESSENTIEL,

Qui rend compte de bien des choses qu'on doit retenir en lisant ce livre, qui est plus sérieux que ne se l'imaginent bien des gens qui jugent de tout par l'écorce.

Un Limousin est auteur de ce livre ; ce livre a été composé originairement en Limousin, et c'est un Limousin qui a traduit ce livre : le lecteur ne sera donc pas étonné de rencontrer dans ce livre des échantillons d'une langue qu'on parle dans le pays de cet honnête M. *de Pourceaugnac* si vilainement joué, purgé, clistérisé (1) et sbriganisé à Paris.

Tout ce qu'on trouvera dans ce volume écrit en petites capitales romaines, est extrait mot pour mot de M. *Figaro de Verte-alure.* On a cru

---

(1) Les Limousins auront leur tour, Messieurs de Paris ; or vous prépare un Monsieur *de Badaudin* à Limoges. Oh vous nous les paierez, ces clistères !

que cette distinction étoit légitimement due au style élevé et noble de cet aimable Espagnol.

On s'est dispensé d'indiquer l'*endroit et la page* où chaque citation (1) étoit prise ; mais si quelque jaloux du mérite éminent de ce grand homme, s'avisoit d'élever des doutes sur l'exactitude de ces citations, l'éditeur s'oblige d'indiquer dans une table l'*endroit et la page* d'où elles sont extraites.

On ne prévoit pas que cette exactitude soit en défaut, lorsque quelques expressions indifférentes sont suppléées par d'autres, comme *enragée boutique à censure*, pour *enragée boutique à procès ; génie dégaroté* pour *génie garoté ; travailler & enfiler le public*, pour *travailler & enfiler son maître*. En effet, que Figaro *travaille & enfile* son maître ou le public, il n'y a de différence que dans le régime qu'on *enfile ;* il y a toujours de l'*enfilure* là dedans : il n'est donc pas nécessaire de prendre tant D'EN-TOURAGE pour une chose qui s'ENFILE d'elle-même.

On trouvera dans cet ouvrage plusieurs bévues ; un âne *Cochinchinois*, par exemple : il est constant

_____

(1) Il y a encore quelques citations d'autrui dans cette préface, qu'on n'a pas distinguées par des caractères différens, pour éviter la bigarrure ; l'auteur qui sait *que le bien d'autrui on ne doit prendre ni retenir à son efcient*, n'a pas prétendu se les approprier. Le lecteur (qui à lui seul, a plus d'esprit que tous les auteurs ensemble) les reconnoîtra facilement.

qu'il n'y a pas d'ânes en *Cochinchine*. L'auteur a-t-il eu quelque motif? On n'en sait rien ; mais on ne peut pas s'empêcher de dire que pays pour pays, autant auroit valu le faire originaire des contrées qu'arrose le GUADALQUIVIR.

Comme cette préface est *particulièrement desti-née à fixer à jamais* l'opinion qu'on doit avoir du *génie Figaro* , et qu'elle a eu plusieurs co-labo-rateurs, tous animés du même zèle pour sa gloire, on ne sera pas surpris que ce nom immortel re-vienne presque à chaque page, et de trouver des imitations répétées du style de ce délicieux Es-pagnol. L'éditeur a dû regarder ces répétitions comme des reliques qu'on ne peut profaner sans crime. D'ailleurs les bonnes choses ne fatiguent jamais, de quelque côté qu'on les considère. Toute la France ne les a-t-elle pas consacrées, et ne les consacre-t-elle pas encore tous les jours avec en-thousiasme ? Il n'est enfant de bonne mère qui, du grenier à la cave, du boudoir à l'écurie, du palais aux halles, ne prononce avec délire le nom du grand , de l'ingénieux Figaro. C'est précisé-ment le chaudron bien écuré , dans lequel le Dave de Térence ordonne à ses cuistres de se re- Terent. garder comme dans un miroir, afin de se former in Adelph. sur de bons modèles , et de réfléchir ce qu'ils font et ce qu'ils disent de bien. *La voix du peuple , la voix de Dieu.*

A iij

L'*entrepreneur* de cet ouvrage prévient encore les *intéressés*, que c'est *gratis* qu'il critique ou qu'il loue ; il fronde ce qui lui paroît ridicule, sans entêtement, et il loue sans prévention ce qu'il croit digne de louanges ; aussi il n'a laissé subsister que les lettres initiales des noms des *actionnaires*, ou il les a suppléés par des noms vagues ; tant pis donc pour ceux qui rougiroient d'être loués par le savetier Critès, il s'en console ; tant pis encore plus pour ceux qui se croiroient les *mistifiés*, il s'en rit ; ils peuvent même le *mistifier* à son tour, lui LACHER DES EPIGRAMMES D'AMOUR, appeler son ouvrage le coup de pied de l'âne, sans que jamais ni Critès, ni sa monture (bonnes gens) s'en formalisent : *Irridere, irrideri ; ridere*. Mais s'ils portoient l'humeur jusqu'à .... ah ! il a son tire-pied, et l'âne ses sabots.

Quelques chapitres paroîtront trop graves sans doute dans cet ouvrage ; mais comment veut-on qu'on traite des *Perlimpimpinades ?* Bon que la moitié de Paris trouve la syncope de M. Ahan et de Madame Coquefredouille trop tragique, il ne l'empêche pas ; il n'empêche pas non plus qu'on trouve le rêve de Jocrisse une farce : un rêve n'est qu'un rêve, et des gens qui raisonnent aussi sagement que nous en veillant, doivent être fous lorsqu'ils rêvent ; c'est tout simple. Gu-tien-gu m'a dit d'ailleurs qu'il avoit lu cette maxime dans

Confucius (1), et les Philosophes Chinois sont bien plus savans que les nôtres. Voltaire l'a dit, et quand Voltaire a dit quelque chose, c'est comme si le notaire y avoit passé ; qu'on demande plutôt à M. C. et aux ombres de F. et de la B.

---

(1) *Confucius*, fameux Philosophe et Mandarin Chinois, naquit 560 ans avant Jesus-Christ, à *Champing*, dans le royaume de *Lu*, aujourd'hui *Channton*. Il avoit près de quatre mille disciples. Socrate son contemporain, en avoit à peine cinquante, du nombre desquels furent Xénophon, Platon et Alcibiade. — Voltaire et le bon père Couplet, qui savoient leurs quatre règles sur le bout de leurs doigts, ont trouvé que 4000 étoit à 50, comme 80 est à 1 ; *ergo* qu'il y avoit 80 contre 1 à parier que Confucius étoit soixante-dix-neuf fois plus philosophe que Socrate, et quatre mille fois plus philosophe que les philosophes de nos jours, puisque les philosophes de nos jours n'ont pas de disciples.

EXPOSITION.

Tum quoque materiam risûs invenit ad omnes
Occursus hominum ; cujus prudentia monstrat
Summos posse viros, et magna exempla daturos ,
Vervecum in patriâ, et crasso sub aere nasci.   JUVEN.

L'ANE - PROMENEUR devoit paroître beaucoup plus tôt ; mais comme cet ouvrage n'avoit
d'autre but , dans son principe , que de donner
un relief à plusieurs découvertes modernes d'une
utilité généralement reconnue , et sur-tout ,
comme nous venons de le dire , au Jeannoto-Figarotisme ; on a prévu sagement que la FAVEUR
VERSÉE sur MM. Jeannot et Figaro , étant *au*
comble, un âne de plus ou de moins ne pouvoit rien ajouter au mérite de ces messieurs,
trop bien sentis et ENFILÉS dans les bonnes sociétés , pour avoir besoin de prôneurs stentorisés.

Instruit par la renommée aux cent voix, que de
nouvelles pièces *C'en-étiques* se charpentoient sur
les deux plus fameux CHANTIERS de Paris, l'Editeur (qui de ces pièces lit les affiches) auroit
cru manquer à ce qu'il devoit au public et à lui-
même , s'il ne profitoit pas du moment où le
goût national semble se réveiller pour les bonnes
choses, afin de donner tout au moins la préface
de *l'Ane-promeneur*.

Le chef-d'œuvre qu'on offre aujourd'hui au lecteur éclairé, ou plutôt les échantillons épars qu'on a rassemblés, et qui précèdent ce chef-d'œuvre, ont pour but de porter aux nues le plus grand phénomène qu'ait jamais produit l'esprit humain, depuis que l'UNIVERS ROULE DANS CET OCÉAN DE DURÉE : Un phénomène !... un phénomène enfin, qui brise pour toujours l'idole que nos imbécilles d'ancêtres n'ont pas rougi d'élever au mauvais goût.

L'esprit souffle où il lui plaît, a dit merveilleusement un grand homme. Jamais VÉRITÉ PLUS VRAIE n'a été mieux démontrée que de nos jours. Une révolution étonnante se fait dans les lettres : quel est le premier moteur de cette révolution ? un prince ? non : un duc ? non : un comte ? non : un marquis ? non : un fermier-général ? non ; et non, vous dis-je. C'est un garçon fripier ; c'est l'amoureux d'une ravodeuse ; c'est l'ami d'un rat de cave ; c'est Jeannot, le grand, le sublime, le ... c'est Jeannot.

Le génie réveille le génie ; la gloire de Jeannot vole par-tout ; les plus hautes montagnes s'abaissent au seul bruit de sa réputation. Pyrénées, vous dont la cime orgueilleuse arrêta tant de héros, en vain vous êtes-vous opposés à ce torrent ; il s'est fait un passage malgré vos efforts, et les Espagnes ont retenti du nom de Jeannot C'en-est.

A Séville, chez un entrepreneur émérite de maladies, logeoit, moyennant, cent écus qu'il ne payoit pas, un chétif Barbier qui écorchoit les mentons et les oreilles de tout le monde. Une de ses pratiques lui parle de Jeannot C'en-est, par qui l'on sent en France. Par LA SANTA BARBARA! on y parlera incessamment par Figaro, s'écrie-t-il d'un ton inspiré. ÉÉÉÉH! *dans le pays des halles les fripiers sont des rois* (1); allons, saute Figaro, si tu ne retournes pas en France des habits, tu y retourneras des proverbes. *Dixit*, et sa trousse en sautoir, son cuir anglois dans sa poche, l'armet de Mambrin en tête, CRAC! le voici à Paris, et voici frater Figaro qui devient le réformateur du goût, des mœurs et du langage *dans la patrie de Molière.*

Un pauvre diable, Limousin de nation, Parisien par aventure, savetier par état, bavard par goût, rieur de son métier, chantant son prince et sa Margoton par cœur, bornant ses plaisirs à *beïre lou pititio gouto lou diomèn*, n'ayant d'autre ambition que celle de parvenir à raccommoder quelque jour *lous souliés de soun boun Ré*, Chrysostome Critès enfin voit un Ane étranger à la porte de son échoppe. Les devoirs de l'hospitalité,

---

(1) Ce proverbe se disoit autrefois différemment... Sans doute. *Mais nous avons arrangé cela, comme Bafile.*

l'amour de son prochain , la vue de son semblable , malheureux comme lui , dédaigné des
sots comme lui , réduit comme lui à camper
au coin d'une rue, *son bon ange aussi le pous-
sant* , il lui donne une bonne tranche de son
pain. L'âne le remercie affectueusement dans
son parlage. Quel étoit cet âne? C'étoit ce célèbre âne *Cochinchinois* , si connu à Paris sous le
nom de Gu-tien-gu ; et voilà un homme
poussé dans le monde comme bien d'autres ; et
voilà ce nouveau Télémaque , qu'une Minerve
aux longues oreilles conduit à l'immortalité par
un chemin sans ornières.

Le but unique de cette préface (on le répète)
étant de faire connoître toute l'étendue du mérite , du *Jeannoto-Figarotisme* particulièrement ,
cet ouvrage ne pouvoit être entrepris par personne qui en fût plus capable que Chrysostome
Critès. En effet , qui peut mieux apprécier les
talens d'un garçon fripier qui ravaude des vieux
habits , d'un frater qui ravaude des vieux proverbes , qu'un savetier qui ravaude des vieux
souliers? Jamais au grand jamais , accord plus
parfait ne s'est trouvé depuis que le monde
est monde. Sur ce j'en appelle aux JURÉS JU-
GEURS de notre siècle , et je prie Dieu qu'il
nous ait tous en sa sainte et digne garde , et
que personne ne pleure en lisant cet ouvrage.

REQUÊTE

SUPPLICATOIRE

DE CHRYSOSTOME CRITÈS

A SON ANE.

A. I. Chrysostome Critès à genoux devant Gu-tien-gu , lui préfente un gros cahier de papier blanc , sur lequel il se propose d'écrire cet incomparable ouvrage ; il le prie de lui accorder son PROTÉGEMENT *, et de lui souffler quelques étincelles de son génie.*

O des ANES présens et le chef et le coq !
O ANE, ANE divin ! O trois fois divin ANE (1) !
    ANE dont le sublime ESTOC (2 ,
Sur les ESTOCS passés s'élève comme un plâne
    Au-dessus de l'humble buisson ;

---

(1) Le nombre 3, nombre par excellence : 3 Dieux principaux , 3 Graces , 3 Juges des enfers, la triple Hécate , le trepied sacré , Cerbère , le triumvirat , l'*æs triplex* , le trio des Furies , les triangles en géométrie , le Δ des Grecs , Gérion , le tripot ; les 3 héros du siècle , Jeannot , Figaro , Gu-tien-gu ; les Hébreux répétoient 3 fois l'objet qu'ils vouloient déifier. Voy. Dissertation de Court de Gebelin , sur le nombre 3 , *Monde primitif.*

(2) *Estoc* vient de l'Allemand *stok* , ou du Saxon *stocce* , signifie tronc , souche , origine ; au figuré, esprit. (Ferrières).

ANE qui parles mieux que l'ANE d'Apulée (1),

A l'ANE de Gonin (2) qui peux donner leçon ;

Socrate de la Chine et François Ciceron,

    Dont la voix forte et rendoublée

Feroit taire Caron (3), surpasseroit encor

Celle de Jeannotus (4) ou du défunt Stentor,

D'un écolier soumis daigne agréer l'hommage ;

---

(1) Apulée voulant être initié dans les secrets de la magie, alla en Thessalie. A Hypate il est métamorphosé en âne, par une bévue de Photis, esclave de Pamphile, célèbre magicienne, dont il étoit amoureux. Le pauvre Apulée essuie mille et une infortunes pendant le temps que dure sa métamorphose : méconnu de son honnête et pacifique cheval qui lui casse les mandibules, de concert avec l'onagre de Milon. Roué de coups par son propre valet, il devient la proie d'une troupe de voleurs ; condamné à périr sous le couteau d'un boucher, il n'échappe à la mort que par stratagême ; ensuite il passe successivement entre les mains d'un jardinier, d'un boulanger, d'un soldat, d'un cuisinier, d'un confiseur, etc. Enfin cet âne célèbre reprend sa première forme par la protection de Diane, en mangeant des roses qui lui sont présentées par le grand prêtre de cette déesse.

(2) Cet âne avoit plus d'esprit que son maître, puisque, dit l'histoire, lorsqu'il avoit trop bu, il revenoit tout seul à la maison ; au lieu que M^e. Gonin, qui étoit sujet au cas, n'y rentroit jamais que porté à quatre, lorsqu'il étoit ivre.

(3) Caron, nautonier des enfers, juroit comme un batelier de Loire ou de la Tamise ; quand il prononçoit son (*god-dam !*) ou son (*sacre ! mort ! enfer !*), il faisoit refluer le Styx. (Homère).

(4) *Jeannotus de Sbragmardo*, pour avoir les cloches de Notre-Dame enlevées par Gargantua, *crioit plus fort qu'un aveugle qui a perdu son bâton, brailloit comme un âne sans croupières, & bramoit comme une vache sans cymbales.* (Rabelais).

Pardonne fi jadis mon esprit *entêté* (1) ,
Respectant malgré lui l'importun verbiage
   De la maussade antiquité ,
A préféré long-tems le patois hébêté
De Corneille et Racine au *Zéro* (2) de notre âge :
   J'étois un fou , je suis sage aujourd'hui ,
    Et ma sagesse est ton ouvrage.

Daigne , GU-TIEN-GU , daigne être mon appui ,
Par tes divins accens échauffe mon courage ;
Répands sur mes écrits cet heureux abandon
Qui peut seul de mon siècle attirer le suffrage.
   Oh ! si de toi j'obtiens cet avantage ,
   Oui ! ... l'on verra le *Provençal* Verdon
Se joindre en *Normandie* aux rives de la Seine ;
Les chats frayer dans l'eau, les brochets dans la plaine;
Le client à son tour voler son procureur ;
   Le tisserand (3) devenir honnête homme ;
    Le Gascon n'être plus hableur ;
Rome enfin dans Paris , Paris enfin dans Rome ,
Avant qu'un tel bienfait s'échappe de mon cœur.

---

(1) *Esprit entêté :* autrefois on auroit dit esprit éventé , un esprit faux. Aujourd'hui tout au rebours , on dit ESPRIT ENTÊTÉ, DÉHANCHÉ, A LA GLACE; comme on dit UN TABLEAU FARCI DE CORDONS , LA LATITUDE D'UNE COTERIE , UN AIR EMPÊTRÉ, UN MENSONGE MAL PLANTÉ , DIAPRÉ DE MEURTRISSURES.

(2) *Zéro* au lieu de style. — FI donc un style, dit l'oracle, ÇA A L'AIR D'UN FADE CAMAYEUX , OU TOUT EST BLEU , TOUT EST ROSE, TOUT EST AUTEUR ; *zéro* est donc le terme propre.

(3) Tisserand , Procureur et Meûnier : on sait le proverbe.

RÉPONSE

DE L'ANE

A LA TRÈS-HUMBLE REQUÊTE

DE CHRYSOSTOME CRITÈS.

Gu-tien-gu, ayant reçu favorablement la requête, se lève sur ses deux sabots de derrière, prend son cher disciple dans ses bras de devant, à peu près comme Jupiter prit jadis le grand (1) ARISTARCHUS MASSO ; et dans le transport de sa joie, ne pouvant pas plus s'exprimer en prose, que le maître du tonnerre, il ouvre un large bec, & lui chante d'un ton prophétique :

Sur l'air : *La faridondaine, la faridondon.*

CRITÈS, de l'immortalité
  Reçois l'investiture,
Et deviens la divinité

---

(1) Aristarchus Masso, génie célèbre qui fut immortalisé comme Critès. (Voy. la relation remise à un de mes ancêtres nommé Chrysostôme Mathanasius, cordonnier de l'université de Pedanstat, par un fantôme affublé d'une robe de chambre feuille morte à la baniane, chef-d'œuvre d'un inconnu, vol. 2.)

De la littérature :

De l'Olympe et de l'Hélicon,

La faridondaine, la faridondon,

Tu seras le dieu favori,

Biribi,

A la façon de Barbari....

A Paris.

Tous les Anes de Montmartre ont repris en *chorus*,

De l'Olympe et de l'Hélicon ;

La faridondaine, la faridondon,

Il sera le dieu favori,

Biribi,

A la façon de Barbari....

A Paris.

Les échos de la butte, frappés de ces sons mélo-dieux, se sont fait un devoir d'annoncer aux Parisiens qu'Alexandre-Isidore-Chrysostôme Critès, *asino adjuvante*,

De l'Olympe et de l'Hélicon,

La faridondaine, la faridondon,

Deviendroit le dieu favori

Biribi,

A la façon de Barbari,

A Paris... à Paris... à Paris...

INTROD-

INTRODUCTION.

Où l'on verra comme quoi Critès commence à se convertir par les conseils de son Ane.

C<small>OMMENT</small>!...un A<small>NE</small> le héros d'un ouvrage!...

Un A<small>NE</small>, le jouet de tous les animaux,
Un stupide animal, sujet à mille maux,
Dont le nom seul en soi comprend une satyre!
Un A<small>NE</small>! Pourquoi non? qui vous excite à rire?
Vous vous moquez de lui; mais s'il pouvoit un jour,
Messieurs, sur nos défauts s'exprimer à son tour;
Si, pour nous réformer, le ciel prudent et sage,
De la parole enfin lui permettoit l'usage;
Qu'il pût dire tout haut ce qu'il se dit tout bas;
Ah! Messieurs, entre nous, que ne diroit-il pas?
Et que peut-il penser, lorsque dans une rue,
Au milieu de Paris, il promène sa vue;
Qu'il voit de toutes parts des hommes bigarrés,
Les uns gris, les uns noirs, les autres chamarrés?
Que dit-il, quand il voit, avec la mort en trousse,
Courir chez un malade un assassin en housse;
Qu'il trouve de pédans un escadron fourré,
Suivi par un Recteur de bedeaux entouré;
Ou qu'il voit la Justice en grosse compagnie,
Mener tuer un homme avec cérémonie?
Que pense-t-il de nous, lorsque sur le midi,
Un hasard au Palais le conduit un jeudi;

*B

Lorsqu'il entend de loin, d'une gueule infernale,
La Chicane en fureur mugir dans la grand'salle?
Que dit-il, quand il voit les juges, les huissiers,
Les clercs, les procureurs, les sergens, les grefliers?
Que dit-il . . . . brigue,
. . . . intrigue:
. . . . né,
. . . . fortuné?
O que, si l'ANE alors, à bon droit misanthrope,
Pouvoit trouver la voix qu'il eut au tems d'Esope,
De tous côtés, Messieurs, voyant les hommes fous,
Qu'il diroit de bon cœur, sans en être jaloux,
Content de ses chardons, et secouant la tête:
Ma foi, non plus que nous, l'homme n'est qu'une bête.

Sans conclure, Messieurs, avec cet impertinent auteur que vous ne lisez plus (et vous avez
en vérité bien raison), *que l'homme, ainsi que
l'âne, n'est ma foi qu'une bête*, je me bornerai
à vous dire que chacun, dans ce bas monde,
a la monture qu'il peut : beaucoup de faquins
vont en carrosse, encore plus d'honnêtes gens
à pied; moi, pauvre diable, je vais à Ane.
Peut-être en amènerai-je la mode, qui sait? Mon
Ane d'ailleurs vient de Cochinchine (1); sa peau

---

(1) Un Ane de Cochinchine, tacheté, moucheté, bigarré! Ah!
maître sot!... PAS SI SOT POURTANT, PAS SI SOT: ÉÉÉÉH!
Vous avez bien pris Figaro pour un Espagnol, puisque *pedibus,
manibus, baculis, bravoque*.... vous savez.

est tachetée, mouchetée, elle ne ressemble en aucune manière à celle des nôtres. Il n'a pas tout-à-fait retrouvé la voix *qu'il eut au tems d'Esope ;* mais il parle enfin, il raisonne...comme beaucoup de gens d'esprit; il s'appelle Gu-tien-gu ; nom étranger, accent étranger, peau étrangère, et Ane!... et dans cette bonne capitale des Gaules ! O Gu-tien-gu! tu iras à l'immortalité ; et moi donc par contre-coup! Ah! Messieurs, qu'il est beau, dans ce siècle sur-tout, d'aller à l'immortalité à cheval sur un Ane, fier comme un St. George, et sur un âne Cochinchinois encore !

Rien d'extraordinaire donc, mes chers messieurs, qu'un Ane aussi accompli. ASINO DI AMORE, JE M'EN VANTE, disciple de L'AIMABLE, DU GAI, DU SÉMILLANT FIGARO, devienne le héros du roman, et que cet Ane, ÉVALUANT AVEC ADRESSE, ET EN CALCULATEUR EXACT, LA FORCE ET LA LONGUEUR DU LEVIER QU'IL FAUT DE NOS JOURS POUR ÉLEVER JUSQU'A LA HAUTEUR DE VOS BONNES GRACES CET ŒUVRE SUBLIME, SANS ÊTRE PAR TROP BRUTAL SUR L'ARTICLE, NI CHERCHER A FACHER PERSONNE; TOUT ROUGE, SANS JETER DES FLAMMES DANS LES FOYERS POUR BRULER CEUX QUI CROIROIENT S'Y RECONNOITRE AU TEMPS QUI COURT; CEPENDANT QU'IL GALOPE UN PEU L'UN, QU'IL TRAVAILLE ET ENFILE L'AUTRE DANS SON GENRE ;

B ij

QU'IL TAILLE LES MORCEAUX DE LA JOURNÉE.
A TOUT LE MONDE, ET QU'AU LIEU D'EN AT-
TRISTER LES MOMENS ET DE LES REMBRUNIR
PAR LE PINCEAU DU MORALISTE, IL Y VERSE AU
CONTRAIRE, COMME UN SOLEIL TOURNANT QUI
BRULE EN JAILLISSANT, LES MANCHETTES A TOUT
LE MONDE, (sans faire le moindre mal),
QUELQUES RAYONS DE FRANCHE GAIETÉ, LE TOUT
POUR AMUSER VOS CŒURS, MESSIEURS, ET RÉ-
PANDRE, EN PROFITANT D'UNE COMPOSITION LÉ-
GÈRE, UN PEU DE CRITIQUE BADINE SUR VOS SOT-
TISES, EN L'ALLIANT AVEC LE JOLI TON DE VOTRE
PLAISANTERIE ACTUELLE....

D'ailleurs, Messieurs, dans un âge où tant
d'Aliborons fourrés parlent, régentent, écrivent
et ont de la réputation, seroit-il juste, qu'un
Ane, prophétisant comme celui de B..., éloquent
comme l'Ane d'or, gai comme celui de Silène,
exalté comme celui de Mahomet (1), adroit

---

(1) Mahomet préféra la monture d'une Bourrique pour être
enlevé au ciel. Elle étoit blanche ; ses yeux brilloient comme
deux soleils ; ses ailes étoient parsemées d'étoiles ; ses exhalaisons
inverses sentoient le musc et le safran. (Hist. de Mahomet.) — On
voit au portail de la cathédrale de Chartres, un Ane jouant de
la vielle, sur lequel Mrs. les Chartrains font des contes fort
réjouissans. (*N. B.* Il y a un proverbe qui dit, stylé à cela comme
un Ane à jouer de la vielle ou du flageolet). — L'Ane de Vanvres
qui eut un grand procès contre l'Anesse de Pierre Leclerc. Ce
procès fut soumis au jugement du public en 1750. Les curé et
marguilliers de Vanvres délivrèrent un beau certificat, comme

comme celui de maître Gonin, s'accompagnant
sur la vielle comme celui du portail de la cathédrale de Chartres, exemplaire comme celui de Vanvres, ergoteur comme celui de Buridan, brave comme celui de la Pucelle, leste
comme l'Hippogriffe qui va au pays de St. Jean,
charitable ; ah ! Messieurs, charitable ! ....

> Un ANE enfin, des ANES la merveille,
>
> Col étoffé, œil luisant, belle oreille,
>
> Patins chinois et le poil chamarré,
>
> Le bec au vent, lissé, musqué, paré,
>
> Parlant, sifflant et balançant la tête,
>
> Comme (on sait bien) s'en allant en conquête.

Seroit-il juste, en un mot, que le Confucius de
la Chine, pour ne pas dire plus, et moi son très-
digne élève, le plus cher objet de ses complaisances, son néophyte en matière de goût, n'ayons
pas le droit DE NOUS AJUSTER COMME TANT
D'AUTRES AU NIVEAU D'UNE COTERIE, DONT LA
LATITUDE ET LA LONGITUDE SONT SI GRANDES,

---

quoi c'étoit un très-honnête homme d'Ane, qui n'avoit jamais fait
parler de lui dans la paroisse. — L'Ane de Buridan, fameux dans
les écoles. — L'Hippogriphe sur lequel fut enlevé Astolphe. —
L'Ane de Gonin. Voy. note de la requête supplicatoire. — Il y
a encore beaucoup d'autres Anes très-célèbres. — Une caste In-
dienne tire son origine d'un Ane. — On connoit celui que les Ar-
cadiens surprirent à boire la lune (pendant une éclipse). Ils l'éven-
trèrent pour la ravoir ; ils ne la trouvèrent pas... L'éclipse cessa
pendant l'opération.

QU'ON NE SAIT PAS OU ELLES COMMENCENT ET FINISSENT, ni quand elles finiront?

Je suis de bonne foi, Messieurs ; entraîné long-tems par ce mauvais goût que prêchent encore dans ce siècle les La H... les Del. les Buf. les Cond. les Au. et un ramas de gens de cette étoffe ; couvert de cette poussière de l'école qu'on secoue si difficilement, je n'ai pas toujours été convaincu DE LA PROFONDE MORALITÉ QUI SE FAIT SENTIR DANS TOUS LES OUVRAGES DES MEMBRES DE LA COTERIE AU NIVEAU DE LA-QUELLE JE M'AJUSTE.

Celui qui a dit qu'il en étoit du goût comme de l'honneur,

Et que c'étoit une île escarpée et sans bords,
Où l'on ne rentre plus lorsqu'on en est dehors,

en a menti comme un Manichéen ; je suis la preuve du contraire.

L'Ane Gu-tien-gu qui connoissoit la ROIDEUR DE MON RESPECT pour nos anciens auteurs, ne dédaigna pas, quoique je ne fusse qu'un chétif savetier, de jeter un coup-d'œil de compassion sur moi. Il trouva beau d'immortaliser un Chrysostôme Critès, et de faire mentir le proverbe que ces insolens Latins se plaisoient à répéter ; comme si un savetier ne pouvoit pas s'élever sur la semelle qu'il fait, comme un gros et grand seigneur sur celle qui le porte.

Le choix que Gu-tien-gu fit de moi, fut bientôt payé PAR L'OBSTINATION DE MA DOCILITÉ à suivre ses conseils. Que vous a fait, me dit-il, Figaro ? Croyez-vous être capable, vous seul, d'arrêter sur leur pivot tant de têtes qui tournent au seul vent de son nom ? Quittez ce vain projet, mon cher *Totome*, soyez sûr que c'est UN HOMME DE GÉNIE QUI S'EST ÉCARTÉ D'UN CHEMIN TROP BATTU, POUR DES RAISONS QUI LUI ONT PARU SOLIDES; un philosophe QUI N'AFFECTE PAS L'HYPOCRISIE DE LA DÉCENCE AUPRÈS DU RELACHEMENT DES MŒURS ; un sage QUI VENGE LA DÉCENTE LIBERTÉ BANNIE DU THÉATRE FRANCOIS, EN SECOUANT TOUTE CETTE POUSSIÈRE QUI FINIROIT PAR AMENER LA NATION A CE RAMAS INFECT DE TRÉTEAUX OU LA DÉCENCE SE CHANGE EN UNE LICENCE EFFRÉNÉE, OU LA JEUNESSE VA SE NOURRIR DE GROSSIÈRES INEPTIES; une tête bien emmanchée qui ne s'amuse pas A TOURNILLER SUR LE PIVOT DES INCIDENS; DONT LE GÉNIE DÉGAROTÉ a enrichi notre langue d'expressions nobles, de tournures ingénieuses; qui a réformé le style du barreau par des mémoires dans lesquels il a prouvé que LE FILS D'UN BAILLI, OUI, n'étoit pas fait pour avoir de l'esprit comme UN CARON, NON ; un orfèvre en vieux proverbes,

(LA SAGESSE DES NATIONS) qui vous les refond proprement à neuf et dans le plus nouveau goût ; et qui, AVEC DES MORALITÉS D'ENSEMBLE RÉPANDUES DANS DES FLOTS DE GAIETÉ, ET UNE INTRIGUE AISÉMENT FILÉE OU L'ART SE DÉROBE SOUS L'ART, QUI SE NOUE ET SE DÉNOUE SANS CESSE, SOUTIENT PENDANT CINQ GRANDS *mortels* ACTES, ET TROIS GRANDES *mortelles* HEURES ET DEMIE, L'ATTENTION ..... D'UN PUBLIC ; ESSAI QUE NUL HOMME N'AVOIT ENCORE OSÉ TENTER, et dans lequel eussent échoué vos Corneille, vos Molière, vos Regnard, vos Racine, et quelques autres hydres du mauvais goût, dont cet Hercule de la littérature a, Dieu merci, abattu toutes les têtes qui ne renaîtront pas de leur sang.

A Pekin ! ... votre Figaro seroit de l'Académie I... IL EN SEROIT ; et si quelque chose m'étonne à Paris, c'est qu'il n'ait pas le fauteuil. Votre Académie Françoise ! ... elle s'en repentira, elle s'en repentira, vous dis-je. LES VICIEUX DU SIÈCLE EN SONT COMME LES SAINTS ; IL FAUT CENT ANS POUR LES CANONISER ; aussi laissez un siècle s'écouler, MON RÉCIT PORTERA SON FRUIT, VOS ENFANS SAURONT A QUEL PRIX ON POUVOIT AMUSER LEURS PÈRES, ET ... ILS EN ROUGIRONT ; et l'on verra dans ce siècle plus équitable la statue Figaro au beau milieu de l'Académie Fran-

çoise , rescille et chapeau blanc sur le chef ,
guitare en écharpe , un large rasoir à la main ,
dans l'attitude d'un homme qui dit : » MESSIEURS,
» MES CHERS BADAUDS , je vous ai fait la barbe à
» tous pendant ma vie , et je vous la fais encore
» après ma mort; car me voilà Académicien ,
» Président de l'Académie , qui pis est. «

Mon Ane ne raisonnoit pas tout-à-fait suivant
mes principes; j'étois tellement enfoncé dans la
bourbe de l'*ingoût* , et ma conception étoit si ob-
tuse , que je n'entendois rien à ces charmantes
expressions : *affecter l'hypocrisie de la décence auprès*
du relâchement des mœurs ; tourniller dans des in-
cidens de moralités d'ensemble , qui se versent dans
des flots de gaieté ; un récit qui porte des fruits ; un
art qui se dérobe sous l'art ; et puis un art qui se
noue et se dénoue , etc. etc.

J'aurois bien éconduit Gu-tien-gu ; mais ses
manières étoient si engageantes, son ton si miel-
leux ; il pirouettoit si joliment, tantôt sur un sabot , tantôt sur l'autre, que je ne pouvois résister
au plaisir de le voir et de l'entendre : d'ailleurs
je suis né curieux & bavard , je l'ai dit , il n'est
plus tems d'en disconvenir. Avec qui jaser dans
un pays où l'on n'a personne sous la main ?
Ajoutez à cela que je crois à la métempsycose :
on ne sait pas ce qu'on devient. Mon ame peut
quelque jour animer un Ane françois (Figaro en

conviendra, je parie). Je puis voyager en Chine,
je puis entrer au service de quelque Bonze qui
prétendra que la plus belle des langues est celle où
la vie de l'homme suffit à peine pour apprendre
à lire : il voudra me faire avouer que la moustache de son Empereur est plus auguste que
n'a jamais été celle du bon Henri ; qu'il est plus
juste, plus humain, plus adoré de ses peuples
que n'a jamais été ce bon Roi ; que l'Impératrice
a plus de graces, est plus affable, plus sensible,
qu'elle a de plus jolis enfans qu'Antoinette : moi
qui aurai bonne mémoire, qui adore mon Roi
comme un François, qui ne ferai jamais de comédie où l'on retranchera un couplet, et où l'on en
souffrira un autre où j'oserai dire que J'AI PEINT
LES MŒURS DE L'IMBÉCILLE PEUPLE CHAN-
SONNIER QU'ON OPPRIME, et qui fais vœu de
chanter toute ma vie,

> Mon Prince et ma mie o gué,
> Mon Prince et ma mie.

je m'obstinerai *mordicus*, je lui donnerai un démenti ; je serai bien aise alors qu'il ait pour moi
de l'indulgence, parce que j'aurai eu des égards
pour un Ane de son pays, et qu'il ne m'envoie
pas faire une neuvaine à *Tien-sar-ra-zale* (1) ; après

---

(1) Tien-sar-ra-zale, moulin Chinois, où se fabriquent les
plus beaux papiers de la Chine. Il appartient aux Bonzes, qu'on

quoi , tout effronté Aliboron que je serois , je n'o-
serois plus me montrer ni braire. Ce motif, l'espoir de faire le voyage des Planètes où je grillois
d'aller ; l'immortalité que mon Ane me promet-
toit si je voulois être docile ; mon bon Ange sans
doute qui se mêla de l'affaire.... ma conversion
fut entamée , mes réflexions l'achevèrent.

Je ne suis pas riche , me dis-je un jour ; la marchandise est hors de prix , les crédits sont si longs ,
et les gains si petits ; il peut arriver des revers.
FILS D'UN PÈRE CONNU , N'AYANT JAMAIS ÉTÉ
ÉLEVÉ DANS LES MŒURS DES BANDITS , je ne serai
jamais CAPABLE DE LAISSER LA HONTE AU MI-
LIEU DU CHEMIN , EN DISANT , ET VA TE PROME-
NER LA HONTE , Gu-tien-gu me devient une ressource assurée contre tous les évènemens. Je pourrai le louer pour être gouverneur , précepteur de
quelque personnage du bon ton , qui voudra que
son fils ait les airs , les mœurs et le *baragouin* du
siècle , et non pas ce style blafard et suranné ,
qu'on trouve dans un Fénelon , un Rollin , un
Racine : toutes ces réflexions , l'air décidé de
mon âne , son ton tranchant , les applaudissemens
qu'il recevoit de toutes parts ; la déférence que

---

appelle , dans la langue du pays , Tas-zilarès ; il est situé entre
Pékin , capitale de l'empire , et *Cham-chu-niven* , maison de
plaisance de l'Empereur. Voy. *Géographie moderne de Lacroix.*

chacun avoit pour ses avis , *ses oreilles* , *sa grace* , *firent insensiblement à ma stupidité* .... *succéder* .... L'expression me manque , Messieurs , pour pouvoir rendre , comme je le sens , toutes les obligations que j'ai à un Ane dont la faveur, qu'il m'a faite en me nichant dans le pavillon Chinois de la bienheureuse immortalité , me touche moins , quelque grande qu'elle soit , que celle que j'ai de vous offrir aujourd'hui cette Préface , où vous rencontrerez de temps à autre des inégalités de style , quelques taches qui ressembleront de loin à ce maudit vieux goût , dont le commencement de ce siècle étoit encore infecté ; mais où vous trouverez aussi (à quelque chose près) , ce décousu , cette délicieuse impertinence , ces jolis riens rhabillés de neuf, ET CES FLOTS DE CRITIQUE BADINE que vous admirez tant dans le zénith, l'apogée du siècle *Fi-c'en-est; ET J'AI FINI.*

PRÉFACE

DE

L'ANE PROMENEUR,

OU

DES AVENTURES

VÉRITABLES ET REMARQUABLES

DE CHRYSOSTOME CRITÈS

ET DE GU-TIEN-GU

DANS LES PLANÈTES,

Composée de pièces de rapport d'un nouveau choix, formant un tout à la Mosaïque, le mieux assorti.

A PAMPELUNE,

Chez DÉMOCRITE, Imprimeur-Libraire de S. Allégresse Sereinissime FALOT MOMUS, au Grelot de la Folie.

et se trouve A MONTMARTRE,

Chez MARTIN L'ANIER, le second moulin à gauche.

ET AUX QUATRE COINS DU MONDE.

LETTRE

DE CHRYSOSTOME CRITÈS

AU COUSIN JOCRISSE,

Datée de l'Immortalité où il a été pompé : on verra comme ; en prenant patience.

MON CHER COUSIN JOCRISSE,

Je t'écris ces lignes, pour te dire que nous sommes arrivés en fort bonne santé, mon Ane et moi, dans le pays de l'Immortalité, quoique un peu fatigués de la route qui est fort mal pavée jusqu'au pont de l'Espérance, par la faute des entrepreneurs qui mettent l'argent dans leur poche, sous prétexte qu'on n'y va plus qu'en ballon. Je me propose d'adresser une belle requête au Conseil à ce sujet. Nous voici arrivés enfin ; nous avons été reçus par la Déesse avec tous les honneurs ; il y a eu gala, grands appartemens; on a donné le soir *Pan.* dans l'île des *Lant.* ; le bal a suivi ; il a été ouvert par mon Ane et la Déesse ; ils ont dansé le menuet d'attitude dans la perfection. L'Immortalité m'a fait l'honneur aussi de danser avec moi la fricassée : je m'en suis tiré avec les graces que tu me connois. Sur le matin avant qu'il fît jour, nous avons été régalés d'un superbe feu d'artifice dans lequel on a enlevé huit mille neuf cents quarante poètes, musiciens et peintres en guise de fusées : c'étoit la plus belle chose du monde de voir toutes ces têtes péter en l'air, sur-tout celles des poètes, qui étant plus creuses que les autres, contenoient plus d'artifice.

Je conçois bien, mon petit cousin, que ce seroit te faire un cadeau, de te raconter tous les détails de cette fête brillante, mais je n'ai qu'un moment à moi. Blanchard d'*Outre-mer* arrive et repart à l'instant ; c'est bien commode, en vérité, que ces ballons : on n'est point obligé de faire manger de l'avoine à çà, ni de relayer en route. Il passera exprès sur Paris pour te remettre ce paquet qui contient le détail de mes voyages avec mon Ane, et différentes pièces de rapport qui sont relatives à l'ouvrage. Essaye le goût du public, en cousant ces dernières les unes aux autres, et en formant du tout un ensemble à la Françoise. Je me suis toujours apperçu qu'on aimoit la marqueterie à Paris, témoins nos meubles, nos étoffes chinifiées et nos nouveaux bâtimens ; fais-moi donc de tout cela un *Pot-pourri*, que tu intituleras *Préface à la mosaïque*. Un titre ridicule, mon ami Jocrisse, un titre ridicule ; cela prendra, mon cousin, mon cousin, cela prendra, et fera prendre la relation de mes

voyages

voyages dans les mondes planétaires. Tout pi-
quans qu'ils soient (peut-être) par les détails et
les situations comiques où nous nous sommes
trouvés mon Ane et moi, ils ont malheureusement
un style ; aussi Gu-tien-gu n'en est qu'à demi
content : UN STYLE! FI DONC L'HORREUR ! dit-il ;
» QUAND PAR MALHEUR ON EN A UN, IL FAUT
» TACHER DE L'OUBLIER QUAND ON FAIT UN
» OUVRAGE, NE CONNOISSANT RIEN D'INSIPIDE
» DANS CE MONDE, COMME CES FADES CAMAYEUX
» OU TOUT EST BLEU, TOUT EST ROSE, TOUT
» EST AUTEUR. «

Tu vois bien, mon petit cousin, puisque la
relation de mes voyages a malheureusement un
style, qu'il ne faut négliger aucune de ces
petites précautions qui peuvent solliciter l'indulgence des lecteurs, et fasciner leurs yeux sur
un défaut aussi absurde, aussi impertinent, aussi
CAMAYEU, que celui d'avoir un . . . style !

Je t'envoie aussi, mon cher Jocrisse, l'*Attache*
de mon Ane, qui m'autorise à faire paroître mon
ouvrage sous ses auspices, et de le lui dédier.
La peste ! j'ai failli l'oublier, cette *Attache* ; c'est
bien important, mon ami, qu'une *Attache* : on
ne t'imprimeroit pas quatre vers en l'honneur de
mon Ane sans son *Attache* ; vois-tu cela, mon
cousin ?

Des prôneurs sur-tout, cousin, des prôneurs;

C

je m'en rapporte à ton activité : va, viens, presse, harcelle, importune, fatigue, fatigue encore : *Tous moyens sont bons pourvu qu'on parvienne :*

OSER TOUT DIRE, OSER TOUT FAIRE,
C'EST LE BON SIÈCLE D'A PRÉSENT.

L'oracle l'a dit. Fais ta cour aux Femmes ; on n'a plus d'esprit sans elles. Lustucru et son compère peuvent te donner un coup d'épaule : TANT VA LA CRUCHE A L'EAU QU'A LA FIN ELLE S'EM-PLIT. Oh! mon cousin, que c'est bien dit! que c'est bien dit, mon cousin ! profite de ce tant va la cruche là. — *Aditias, moun paouvro Jocrisso ; tou sabé qué io t'aimo dé touto moun armo.*

TON BON CHRYSOSTOME.

P. S. Mes complimens à Messieurs *Tsao-Tatsès* (1) ; prie-les de trouver bon que je fasse ici les fonctions de leur maréchal des logis. Adieu encore une fois ; capitaine Blanchard d'*Outre-mer* n'attend plus que ma lettre pour lever l'ancre. Le bonjour à la Terre. Brûle cette épître… non, non, imprime-la ; c'est toujours deux ou trois pages de plus ; on alonge un ouvrage comme on peut, et je m'attends bien que tu vendras celui-ci au poids.

---

(1) Tsao-Tatsès. — Nom que les Chinois donnent aux Tartares. Voy. sa signification dans la Géogr. de Lacroix, vol. II, p. 223, édit. de Paris 1773, §. II, *Du pays des Mongous ou Mugales noirs.*

PRÆ-PRÉFACE.

Motifs qui ont engagé Chrysostôme Critès à donner une Préface avant ses Voyages. Recette pour s'assurer du succès d'un ouvrage : La chose au pis : Dernier mot de l'Auteur.

Si nous ne vivions pas dans le siècle des singularités, il paroîtroit sans doute extravagant de voir à la tête d'un ouvrage, dont un Ane et un Savetier sont les héros immortalisés, une *Préface à la mosaïque*, précédée d'une Præ-préface. Mais ce qui ne s'est pas vu jusqu'alors, se voit aujourd'hui ; et pour me servir de l'expression d'un auteur très-connu, les têtes de nos François sont comme les ailes d'un moulin à vent, elles tournent où le vent souffle.

Toutes nos découvertes modernes auroient paru impossibles il y a cent ans ; on auroit traité de fou et de visionnaire le premier qui en auroit admis la possibilité : d'où dépendoient-elles cependant, ces découvertes utiles et sublimes? de la moindre chose, d'un rien ; mais ce rien, il falloit le saisir ; et c'étoit la grande difficulté.

En général, tous les auteurs qui débutent, sont fort embarrassés des moyens qu'ils doivent

C ij

prendre pour se faire connoître et donner du succès à leurs ouvrages. Ordinairement ils ont recours aux Journaux ; ils leur envoient des échantillons de la pièce : mais Messieurs les Journaux, avant d'examiner cet échantillon, regardent le chef ; s'il ne porte pas l'empreinte d'un nom connu, ils rejettent l'échantillon (1), sans avoir égard s'il est bon ou mauvais. Voilà donc un pauvre auteur éconduit, et son échantillon au rebut.

Depuis quelques années, tout en exerçant la profession de mes pères, j'ai employé mes momens de loisir à travailler à des ouvrages, bons ou mauvais ? je n'en sais rien, mais bien certainement utiles dans le but qu'ils ont. J'ai senti, tout comme un autre, cette demangeaison de faire gémir la presse, et d'augmenter la liste des écrivassiers rimailleurs, etc. du nom de Chrysostôme ; mais quel parti prendre ?... Pauvre

---

(1) *Exemple.* A. I. C. Critès est auteur de deux pièces insérées dans l'Almanach des Muses, 1785 ; l'une (fort plate) a paru tout exprès sous un nom étranger qui sonnoit mieux que celui d'un pauvre savetier : l'autre, *les Adieux d'une mère à son fils* (un peu meilleure), fut insérée sous le nom du village où s'arrêta un des ancêtres de Critès qui vint en France du tems de Sixte V (Voy. la vie de Critès). Dans le compte qu'on rendit de cet Almanach dans un certain Journal périodique, on distingua l'auteur prétendu de la première pièce ; néant pour le pauvre Chrysostôme tout court. — *Sic vos non vobis.*

savetier, relégué dans ma boutique, n'ayant pas le bonheur seulement d'être bâtard; car si je l'étois, il faudroit que je fusse bon à bien peu de chose, pour qu'on ne pût pas faire de moi... ne seroit-ce... qu'un Commis. Ce qui m'embarrassoit le plus, c'étoit mon nom de Chrysostôme Critès : quel journal, me disois-je, aura la bonté de prôner un Chrysostôme? Quel honnête Imprimeur voudra prostituer ses presses à l'impression des œuvres d'un Chrysostôme? Trouverai-je un Libraire assez déchalandé pour vendre, et qui voudra courir les risques d'acheter l'ouvrage d'un Chrysostôme Critès, dont R... même ne voudroit pas dire de mal? Encore si j'étois moins connu pour ce que je suis, je ferois comme beaucoup d'autres qui ne valent guère mieux que moi ; je prendrois le nom de marquis, chevalier, ou comte tel ; j'aurois sous la toile des compères qui me vanteroient, et je parviendrois par là à me faire lire, qui sait? à me faire goûter ; mais un Chrysostôme Critès tout court, ah mon Dieu! rien que ce nom de Chrysostôme ; il y a de quoi faire *avorter* tous nos petits-maîtres. Et puis qui les *désavorteroit* donc? Mesmer qui est allé à Londres remplacer le docteur Graham (1)?

_____

(1) Les Anglois ont eu aussi leur Mesmer qui leur magnétisoit des guinées : on ne sera peut-être pas fâché de connoître quel-

Aujourd'hui, grace au génie Gu-tien-gu, cette difficulté est levée, et j'aurois nom *Childebrand*, que ce petit apprenti Boileau, qui a écrit au Journal de Paris cette phrase pillée, J'AI DE LA RÉPUTATION, M. JOURNAL, ET JE LA SOUTIENDRAI, M. JOURNAL (et il l'a soutenue), n'oseroit, je parie, aboyer mon nom, n'eût-il mordu de huit jours.

---

ques détails sur ce docteur. Il avoit une maison superbe près le palais *St.-James*, *Pall-mall street*. Il l'appela le temple de l'Hymen, *sacred to Hymen*. Toute la façade du temple étoit ornée depuis le haut jusqu'en bas, de figures représentant Esculape, Apollon, etc. Dès que la nuit tomboit, on voyoit aux deux côtés des portes du temple, deux hommes de taille gigantesque, revêtus de casaques à la livrée de la Faculté, et qui tenoient chacun une torche allumée à la main. Une infinité de figures et de tableaux allégoriques fixoient les regards dès qu'on étoit entré dans le vestibule. On passoit ensuite dans une pièce superbement ornée, où se trouvoit ce qu'il appeloit, *the celestial bed* (le lit céleste). Dans la troisième pièce étoit une table d'*Eo*, devant laquelle se tenoit un banquier qui avoit auprès de lui des tiroirs pleins d'or. Une quatrième pièce étoit disposée en salle de rafraîchissemens de toute espèce. Lorsque la compagnie étoit rassemblée, on entendoit une musique souterraine délicieuse. Du vestibule partoit un escalier qui conduisoit à d'autres pièces superbes, dans l'une desquelles Graham faisoit des discours très-plaisans sur le système de la génération. La principale de ces pièces renfermoit une machine électrique d'une grandeur immense, qui répondoit à travers le plafond, et par des conducteurs invisibles, aux quatre colonnes du lit céleste, qui étoit d'une élégance recherchée. De ces quatre colonnes creuses partoient des agens qui conduisoient le feu électrique au centre du lit de l'hymen. Le Docteur insinuoit aux auditeurs bénévoles, qu'une nuit passée dans ce

Il en reste une seconde, mais toutes mes bat-
teries sont prêtes pour la vaincre : quoique simple
artisan, je suis aussi sot que certains marquis, et
quand je m'en mêle, je déraisonne aussi bien
qu'un comte. » Oh oh ! me suis-je dit à part
» moi, en fumant ma pipe : cette bonne ville de
» Pariss'en va radotant chaque jour de plus en plus;
» on n'y voit plus clair en plein midi ; tout y croît à

lit céleste avec ce qu'on aimoit, suffisoit pour faire cesser la stérilité la plus obstinée, et un ou deux essais pour une stérilité du
second ordre. Il n'en coûtoit que deux guinées pour un essai ; et
cinquante guinées pour la nuit, non compris les restaurans et le
billet d'entrée, qui se payoit deux couronnes (six livres), bien qu'il
fût écrit sur la porte : *Diviti et pauperibus patent fores.* (Et ce
n'étoit, mon Dieu ! pas trop cher). *N. B.* qu'au chevet du lit, il
y avoit deux cordons pour avertir la machine électrique, quand
il falloit qu'elle pressât ses mouvemens, afin de coopérer avec
les coopérateurs, au grand œuvre de la génération, qui se faisoit au son délicieux d'un orgue qui venoit je ne sais d'où, et
qui jouoit les airs les plus lascifs. Tout Londres s'est porté à ce
spectacle d'un genre unique. On doit cet hommage à la vérité,
c'est qu'il a produit en effet tant d'exemples de fécondité, mais
tant d'exemples, que le Gouvernement Anglois craignant que
Londres *ne se peuplât trop*,

> Alloit faire défense à Dieu
> De faire miracle en ce lieu,

lorsque le docteur Graham jugea à propos d'aller jouir dans
quelque coin de la terre du fruit de ses travaux et des guinées de
Messieurs les Anglois. On dit qu'une célèbre grande-Prêtresse de
Vénus a acheté le lit anti-stérile, dont les jeunes gens de Londres,
que la déesse *Parens* retient un peu trop de près, vont faire essai
à juste prix. Il fait encore des miracles.

C iv

» rebours, comme la queue de feu notre veau. « (1)
Un pot de chambre rempli d'ordures, dont on coiffe
le chef du *divin* Jeannot, a plus de prix que le *Char*
où s'enlève *la* Médée. Les zéphirs de Clamart
viennent, en se jouant, caresser la blonde chevelure de nos Apollons, et de leur haleine embaumée, réchauffer leur esprit et flatter leur odorat.
Et bien, amusons-nous aussi à faire quelque sottise (2) digne du siècle. Pendant ce temps-là les
grains mûriront; le vent changera peut-être, et
puis dans le temps comme dans le temps. Voilà
mes motifs ; qu'en dites-vous ? en valent-ils
d'autres ? J'attends votre réponse.

Mais un ouvrage entrepris sous des auspices
aussi heureux, peut n'avoir pas tout le succès
que l'auteur en attend : or, le grand secret, c'est
de lui donner de la vogue, ou du moins de s'assurer s'il en peut avoir. La recette est depuis des
mille ans à la portée de tout le monde, et personne n'a eu encore l'esprit de la saisir.

Il est écrit que la divinité se sert de la main
d'un *manchot* pour exécuter ses grands projets.
Mesmer prouve bien que ce n'est qu'une para-

---

(1) *Heu! heu! pejus quotidiè hæc coloria; nemo enim cœlum, cœlum putat : retroversùs crescit tanquam cauda vituli.* (Pétron.) Est-ce une prédiction de Pétrone, ou la terre en tournant, seroit-elle arrivée au même point ?

(2) Synonyme de chef-d'œuvre.

bole , puisqu'un *manchot* n'a pas de main ;
n'ayant pas de mains, il n'a pas de doigts; n'ayant
pas de doigts , il ne peut guérir les vapeurs de
nos jolies femmes , NI FERTILISER LES FRONTS
STÉRILES ; enfin n'ayant ni mains ni doigts , il
ne peut les étendre pour magnétiser cent louis,
ni les replier pour les empocher : miracle le plus
miracle de tous.

A l'appui de cette première preuve , en vient
une seconde : car moi , tout savetier que je suis ,
je sais très-bien que j'ai une main droite et une
main gauche , sans pouvoir trop les distinguer
cependant; je suis bien sûr aussi d'avoir dix doigts,
puisque je les ai comptés encore ce matin. Eh
bien ! j'ai découvert le secret important de magnétiser l'opinion du public , de ce bon public auquel
je voudrois tant magnétiser aussi quelques vieux
louis , que je garderois comme Mesmer , parce
que , comme dit très-bien le proverbe , CE QUI
EST BON A PRENDRE EST BON... A GARDER.

Jeune homme qui veux parcourir la carrière
des lettres , prends et lis.

Un Charlatan , qui veut avoir le débit de sa
drogue , fait toujours précéder l'annonce de son
orviétan par des tours de passe-passe et de go-
belets; chaque muscade qu'il escamote , chaque
tour dont il amuse les gens oisifs , aiguise la curiosité , et ajoute un nouveau prix à la poudre

dont il fait cadeau au public. L'adroit *Turlupi-*
neur se garde bien de montrer tout son savoir ; il
réserve soigneusement dans sa gibecière les tours
les plus forts et les meilleurs. L'assistance émer-
veillée attend et achète ; parce qu'en conscience
il est bien juste d'acheter la marchandise d'un
homme qui vous amuse. Si l'on n'achète pas, l'es-
camoteur plie bagage, en charge le dos de son
lapin (1), et va chercher une place meilleure et
plus chanceuse.

Ce que font les charlatans, Messieurs les auteurs
devroient le faire. Une préface qui paroîtroit avant
l'ouvrage, et dans laquelle on en glisseroit adroitement un échantillon, auroit trois avantages bien
distincts ; d'abord, de faire lire une préface qu'on
ne lit jamais ; secondement, d'essayer le goût des
lecteurs, et au cas que l'échantillon prît, de leur
faire attendre avec impatience les tours de maître qui sont le corps de l'ouvrage ; et en troisième
lieu, il arriveroit delà que le public ne seroit dupe,
au pis-aller, que d'une préface ; par ainsi, ces
pauvres diables d'auteurs ne dépenseroient pas
en pure perte leur temps et leur huile, et ne
s'épuiseroient point pour n'avoir ni profit ni gloire.

Cette méthode est neuve sans doute. Quelques

_____

(1) *Lapin*, terme dont se servent les Jongleurs, pour nom-
mer leurs garçons. Les Charpentiers appellent aussi leurs apprentis lapins.

gens capables (et il y en a tant), la trouveront
impertinente. Qu'elle soit tout ce qu'on voudra;
je l'adopte.

Comment !... nous nous serions épuisés , mon
Ane et moi, à courir tout Paris comme des forçats;
nous aurions valeté dans toutes les expériences
magnétiques , élastiques , empiriques , aérostatiques , cagliostrotiques , cabalistiques , marti-
niques, enfin à tous les en Iques possibles ; grim-
pés dans une chaise de poste aérienne , nous aurions été trouver le compère Cyrano dans la lune ;
faire des discours en l'air avec Astolphe Blan-
chardin ; chercher la poule noire et des moutons
rouges dans le Dorado ; reconnoître les terres
découvertes par le géant de Liliput ! Aux risques
de nous casser mille fois le cou, nous aurions été
prendre des comètes par la chevelure , par la
queue et par les oreilles ; décrit ellipses sur ellipses !
nous aurions horizontalement, perpendiculaire-
ment, transversalement, diagonalement, et à tort
à travers parlé de tout sans rien savoir, comme nos
savans ! et cela pour nos menus plaisirs , et les
beaux yeux de ces Messieurs , et sans avoir l'espérance de voir accueillir le détail de nos voyages !
Eh que nenni , Messieurs ! quoique nous n'ayons
pas plus d'esprit qu'un . . .nous ne sommes PAS
SI BÊTES POURTANT , PAS SI BÊTES.

Cette préface , taillée sur le meilleur patron

que nous ayons pu trouver, chamarrée de toutes
pièces, où l'on trouvera des balivernes habillées
en raison, et la raison affublée de balivernes,
peut vous donner un apperçu du corps de l'ouvrage. C'est précisément la parade de la pièce,
ou, comme disent les bateleurs, *les bagatelles de
la porte*, pour allécher les curieux, et leur donner l'envie de prendre *leurs billets*. S'ils s'en vont,
point de représentation; on n'allumera pas seulement. M'en pendrai-je pour cela ? eh que non!
tout au rebours de m'en pendre; car,

> Si d'aventure la Beurrière,
> De concert avec l'Epicier,
> Comptant sur une bonne affaire,
> Ont retenu chez mon libraire
> Mon ouvrage dans son entier,
> Je ris déja de la grimace
> Qu'ils vont faire, quand ils verront
> Qu'au lieu de l'ouvrage ils n'auront
> Que quelques lambeaux de préface.

LE LIBRAIRE

AU LECTEUR,

DEUX MOTS EN CONFIDENCE.

PARDON, très-honoré lecteur , si je prends la
respectueuse liberté de t'interrompre.... Si tu
n'as pas fini , j'attendrai : mais si tu as achevé la
lecture de ton Jeannot chez le dégraisseur ; si tu as
souri à Mamzelle Suzon, que je vois sur ta chemi-
née , son *nécessaire* en main ; si tu as fait dire à ton
perroquet : bon jour MON PETIT FI ! FI ! FI ! FI ! FI !
FIGARO ; si tu as sifflé ton air d'opéra ; si ton
jabot forme ce joli pli qui caressoit hier si joliment le menton du marquis Dorilas ; si le dernier coup-d'œil est donné à ton miroir ; si tu n'as
enfin aucun RENDEZ-VOUS , que je serois désolé
D'INCENDIER , permets-moi de t'adresser ces deux
mots en confidence.

En ma qualité de libraire , je peux bien tromper
CETTE VERMINE ÉPHÉMÈRE qu'on appelle auteurs ;
mais je me ferois un cas de conscience d'abuser
le public ; je m'empresse donc à te prévenir sur
le galimathias qu'on te donne ici sous le titre de
préface. Le *famélique* auteur de cet impertinent
ouvrage , qui se croit de l'esprit comme *Cicadus,*
parce qu'il est savetier des Jockeis d'Apollon

comme lui, qu'on lui a REDRESSÉ LA MOELLE
EPINIÈRE comme à lui, et qu'il sait lire comme
lui ; a donc lu quelque part, qu'un artiste cè-
lèbre contrefit autrefois le mort, pour donner de
la vogue à ses ouvrages.

Pour renchérir sur cette idée, Chrysostôme
Critès a feint d'être pompé miraculeusement à
l'Immortalité avec son Ane : j'ai voulu vérifier le
fait ; rien au monde n'est plus faux que cette
prétendue apothéose.

J'ai tiré adroitement les vers du nez du cousin Jocrisse, que j'ai rencontré par hasard ces
jours derniers : je l'abordai, sous prétexte de savoir
de quelle manière les poules pissoient (1) ; comme
il me croit fort intéressé au succès de l'ouvrage de
son cousin, il m'a confessé que c'étoit une petite supercherie innocente que Chrysostôme
employoit pour éblouir ; que son exaltation, dont
tu verras bientôt le détail, ainsi que sa lettre, datée de l'Immortalité, étoient apocryphes ; au
surplus il m'a juré, SA VÉRITÉ LA PLUS VRAIE,
qu'il ignoroit ce qu'étoit devenu son cousin, ainsi

---

(1) On sait que la fonction la plus intéressante des Jocrisses
François est de mener les poules *pisser*. Les Jocrisses Latins (car
les Latins avoient aussi leurs Jocrisses) s'amusoient à les *traire* ;
c'étoit eux qui fournissoient sans doute du lait à Néron : *Lac si gal-
linaceum quæsieris ? inveniet*, disoit un de ses convives à *Eucolpe*.

que son Ane prétendu, qui n'est autre chose, m'a-t-il dit, qu'un geai qui se pare des plumes du paon pour briller dans le monde.

Cette fourberie me fait trop RAGER, pour ne pas t'en faire l'aveu. Ce n'est pas tout: ce Sinon des savetiers sait que cet aimable Espagnol a tes amours, et qu'il est passé pardevant les *jurés-connoisseurs*, que:

Qui n'aime Figaro, ne peut aimer son Roi,
Et selon le public, n'a mœurs, ni foi ni loi.

Il a abusé des dehors de l'amitié pour tromper ce bon garçon, jusqu'à tenir le poîle le jour de son mariage, jusqu'à... se prier pour être le parrain de son premier enfant, avec Mll^e. Suzon C'en-est; il affecte pour lui les complaisances les plus insidieuses, afin de lui faire oublier ses anciens torts; mais cette bienveillance apparente est bien éloignée de sa façon de penser; il ne l'affecte que par adulation, et pour te faire plattement sa cour. Afin que tu saches à quoi t'en tenir, ainsi que ce digne frater qui fait innocemment la barbe à tout Paris, et qui n'a pas plus de MALICE que PÉDRILLE DE PAGE SUR LA MAIN; je vais te raconter par quelle aventure j'ai appris à le juger.

L'autre jour (c'étoit la veille de Noël, bon jour, bonne œuvre) ce Chrysostôme qui n'au-

roit jamais su *qu'apporte-moi mes pantoufles* étoit
de la prose, s'il ne fréquentoit pas les servantes
des bourgeois gentilshommes de la rue Greneta, et
qui, sous les dehors de la gaieté (gaieté de mauvaise compagnie) cache une ame atrabilaire, qui
est laid et méchant comme défunt Caïn ; ce maudit savetier se trouvoit à une de ces plates cotte-
ries, formées de la lie du peuple et du goût, avec
cinq à six membres de la confrairie des orfèvres
en vieux cuir (1) de St. Etienne-des-Grès. J'y
arrive d'aventure, conduit par la même raison
que prétexta jadis Charles-Quint (2), pour manger de l'oie à Bruxelles. Ces grands cordons de
l'ordre, affublés chacun d'une chemise de leurs
femmes en guise de surplis, et la couronne de
fleurs en tête, en attendant le dernier coup de

---

(1) La Confrairie de l'Aloyau de St. Etienne-des-Grès ; ils
vont à l'offrande dans l'équipage indiqué, avec un drapeau à la
main, dont ils frisent le nez des assistans.

(2) Charles V, arrivé à Bruxelles *incognito*, marchandoit une
oie que marchandoit aussi la femme d'un honnête savetier. Cette
dernière s'empressa de couvrir le marché de l'Empereur, et em-
porta l'oie. Charles, dans un moment de gaieté, résolut d'en
manger sa part, et suivit la savetière dans une cave où étoient en
goguette quelques illustres confrères de St. Crépin ; il fut mal ac-
cueilli d'abord, parce qu'il prit prétexte de faire raccommoder sa
botte ; mais ayant proposé de payer du vin, si l'on vouloit l'ad-
mettre au banquet ; la bande joyeuse accepta l'offre : on tappa
sur l'épaule du compère Charlot, en buvant des rouges-bords à
sa santé, et à celle de sa Margoton. Il ne fut bruit le lendemain

matines,

matines, raisonnoient auteurs, politique, que sais-je ? La curiosité m'engagea à me mêler de la conversation. Dame Médisance au caquet affilé alloit son train. Figaro étoit sur le tapis : Dieu sait comme on l'habilloit. Je prie Dieu et Saint Crépin, disoit un gros Thomas, si nous avons guerre, qu'il n'ait pas l'entreprise des F.. ; nous serions... Le commerce est tué, disoit un autre, en ne lui donnant pas le temps de rachever ; les cuirs sont hors de prix : je parie qu'il est tout au moins croupier dans l'entreprise. Dieu merci, ajouta un gros joufflu rouge-trogne, je n'ai bu d'eau de ma vie, car je craindrois qu'il ne fît pomper toute la Seine par ses Ahuris de Chaillot. Grégoire le Rieur prétendoit qu'il avoit une dysenterie de prunes de Mirabelles, *qui lui laisseroit de longs souvenirs.*

MASSACRE ! MORT ! ENFER (1) ! MILLE MILLIONS DE PIPES DE DIABLES ! reprit Chrysostôme Critès, en rebroussant son bonnet sur l'oreille gauche, et en roulant ses gros yeux louches, JE NE SAIS PAS

---

que de cette aventure. Depuis, l'honorable confrairie des orfèvres en vieux cuir, de Bruxelles, obtint la permission de prendre pour *armoiries* la botte couronnée, dont ils font la fête l'épée au côté. (Voy. Hist. de Charles V, traduite de l'Allemand.)

(1) MASSACRE ! MORT ! ENFER ! etc. . . . .

    D'un savetier, Critès, est-ce là le langage ?

Eh non, Messieurs ! c'est d'un Comte ; voyez plutôt acte V, scène IX du chef-d'œuvre Figaro.

D

SI JE FAIS UN JUGEMENT TÉNÉBREUX ; MAIS PAR
LA SANTA BARBARA ! SANS SAVOIR TROP BIEN
MON LATIN , OU JE NE SUIS PAS SI GREC QUE LUI ;
AUSSI JE NE M'APPROXIMÉ PAS CONTRE CE POT
DE FER , MOI QUI NE SUIS QU'UN. . . . QU'UNE
CRUCHE : T'AS RAISON , GRÉGOIRE ; GAUDEAT
BENET NANTI, puisqu'il l'est ; mais je gage cho-
pine qu'il a de la poudre d'*Attrappe-nigauds* , POUR
AVOIR COMME ÇA QUINZE ET BISQUE SUR LES
JUGEMENS de tous nos badaudiers , ET POUR
LES ENFILER COMME SON MAITRE. GOD-DAM !
qu'il ne m'enfilera pas ! eh , non pas de ça , Lisette !
Ah ! Nicolas, que tu ne me le . . . . . . (1) ! Je n'eus
pas la patience d'entendre jusqu'à la fin une sortie de cette nature , que cette ame damnée n'auroit pas eu l'esprit de faire , si sa mémoire ne
lui avoit rappelé ces *brillantes* expressions , dont
l'abus est d'autant plus criminel, que c'est égorger
les gens avec leurs propres armes. Au surplus ,
cette conduite de Critès, dans un temps où il
feignoit d'être le plus chaud partisan du Figarotisme , te prouve évidemment , mon cher lecteur , que c'est une COULEUVRE, CE MAUDIT SER-
PENT-LA ; UN PAREIL OUTRAGE NE SE COUVRE

---

(1) *Pas de ça , Lisette. Ah ! ah ! Nicolas , tu ne me le* , &c. —
Expressions oubliées par M. *Délicieux* . . . . Les grands hommes
ne pensent pas à tout.

PAS PAR TOUT L'ENTOURAGE que prend aujour-
d'hui, pour lui donner des éloges, CETTE VERMINE
ÉPHÉMÈRE QUI DÉMANGE UN INSTANT, ET PÉRIT
AUSSITÔT , par bonheur.

Mais, laissons-là , ami lecteur , ce Chrysostôme avec TOUS CES JURÉS , CRIEURS , AFFI-
CHEURS ET BALAYEURS LITTÉRAIRES , qui ne
méritent pas seulement qu'on LEUR REDRESSE LA
MOELLE ÉPINIÈRE avec le manche de l'instrument
de leur métier : il suffit ; te voilà prévenu sur
cette préface , et sur l'ouvrage qui pourroit la
suivre.

S'il m'est permis d'élever actuellement quelques doutes sur la disparition de ce misérable
savetier et de son Ane, et sur son Apothéose
prétendue, je me crois en droit d'imaginer bien
plutôt que le champion aux grandes oreilles , et
le noble confrère de Saint Étienne-des-Grès, se
sont cassés le cou quelque part ; ou , s'ils en sont
réchappés d'aventure , on les aura envoyés aux
Anticyres (1) , ou bien logés à l'hôpital des
fous , afin qu'à force de bains froids , on leur
restitue leur instinct un peu trop aliéné , pour
les chasser ensuite , l'un au moulin , et l'autre
à sa manique.

---

(1) Les Anticyres : Ile où croît l'ellébore : les anciens disoient
d'un fou, *Anticyras naviget.*

D ij

Au surplus, bien payé, et d'avance, de cette espèce de préface, je n'engagerai pas autrement le public à se la procurer; il m'importe peu que les rats en rongent tous les exemplaires, comme ils ont rongé ceux d'un certain P... que je ne nommerai pas par amitié pour l'auteur, qui mérite d'être plaint. Je suis déja tout consolé, si le défaut de succès de cette misérable Rapsodie m'ôte la faculté d'imprimer le reste de l'ouvrage; il y a assez d'autres platitudes qui m'arrivent tous les jours, et qui me sont adressées par des auteurs très-connus, en droit depuis long-temps d'affronter la cour et la ville, avec approbation et privilège. — *Vale et gaude.*

PRÉFACE.

Difficulté de faire une Préface ; but très-
charitable de celle-ci.

UNE Préface !... mais ! vous croyez donc, vous
autres, que ce n'est rien qu'une préface ; aujour-
d'hui sur-tout que l'ancien systême est renversé;
oui, Messieurs, renversé. Je vois bien à votre
air de bayer aux corneilles, et à ouvrir de grands
yeux, que quoique vous sachiez beaucoup de
choses, tout même, puisque vous avez des
journaux, des gazettes, des clubs, des lycées,
des museum, des moulins à vent, des moulins
à eau, des moulins mécaniques, des cafés, des
dictionnaires ; malgré tout cela, vous ignorez
cependant l'origine des préfaces.

Allons, Messieurs, quelques pages de plus ; cela
grossira l'ouvrage, l'Imprimeur y gagnera d'au-
tant, et JE TENDRAI UNE AUTRE PIÈGE AU JU-
GEMENT DE NOS CRITIQES ; CE SERA POUR EUX
UNE AUTRE PISTE ; ILS ME COURRONT DIFFÉ-
REMMENT, *& m'attraperont s'ils peuvent.*

Je vous préviens donc que je vais NOIRCIR LE
PLUS DE PAPIER QUE JE POURRAI, AU SERVICE DE
VOS BONNES GRACES : je vanterai beaucoup mon
onguent, *je le vendrai à faux poids* : je dirai beau-

coup de bien de moi , beaucoup de mal des autres :
j'attraperai votre argent ; autant Crhysostôme
Critès qu'un autre. D'ailleurs , mes bons Messieurs , vous êtes si charitables ! . . . si charitables !
et puis le bénéfice de cet ouvrage , qui est desti-
né (quelques petites dettes criardes , que j'ai
laissées sur la terre , payées) à cet Institut (1)
de bienfaisance en question : eh oui , là ! pour ces
pauvres filles tricotières dont je vous ai parlé
cet autre jour (2). Ah ! c'est une œuvre méri-
toire que celle-ci , et j'espère bien qu'on ne dira
pas de moi , comme de ce certain Monsieur. . .
dont parle Boileau.

> C'est un homme d'honneur, de piété profonde ,
> Et qui veut rendre à Dieu ce qu'il a pris au monde.

Mais revenons à l'origine des préfaces ; je la
tiens d'un Prieur de St.-Léonard en Limousin ; il
se rappeloit de l'avoir entendu raconter à Thalès
dans la grande place de Milet , où ils se prome-

---

(1) Quand vous aurez quelques propositions à faire pour le bien
public , tâchez qu'on en ignore la source , disoit-on à un *honnête*
Républicain d'Athènes , et servez-vous de l'organe d'Aristide , si
vous ne voulez pas qu'on vous soupçonne d'y être poussé par un
intérêt personnel , que vous voilez du manteau de la bienfaisance.
Note inutile. — Les intentions de Critès sont pures , ni plus , ni
moins que celles de , etc.

(2) Voy. Promenades de Critès , seconde Promenade , pag. 10.

noient, en attendant l'ouverture du spectacle des Grimaciers (1) de ce temps-là. Il faut que je reprenne d'un peu plus haut. Temps, patience, et un peu d'attention ; nous amenerons tout à bien.

» Quelques six mille ans avant la création du » monde «.... Qu'est-ce à dire, Messieurs, vous voici tous qui bâillez, comme si vous assistiez à une farce (2) de Molière ? Si je ne craignois de vous insulter par la comparaison, je vous dirois que vous ressemblez à Jean le fablier, *les longs ouvrages vous font peur :* eh bien, parlons d'autre chose, mon récit n'auroit cependant *guère duré que les* TROIS HEURES ET DEMIE, compris le monologue : à propos de monologue et du bon faiseur,

> Tout le trouble poétique
>
> A Paris s'en va cesser ;
>
> Figaro le Jeannotique
>
> Et Critès le Moliérique,
>
> Consentent de s'embrasser.

Quoi ! vous ne saviez pas ? l'affaire est faite ; d'un

---

(1) Il y avoit aussi des Grimaciers du temps de Thalès. Les siècles de la sagesse se sont toujours distingués par la protection qu'ils ont accordée à ces spectacles, qui sont l'école du goût, de la dècence et des mœurs. Aussi dans la ville de Milet les fermoit-on toujours plus tard que les Théâtres nationaux.

(2) C'est ainsi que dans ce *siècle retourné*, on appelle les comédies de Molière, et l'on appelle comédies les farces Figarotiques.

D iv

GOD-DAM ! voyez-vous, Gu-tien-gu nous a REN-
FILÉS ensemble, précisément huit jours après l'af-
front que j'ai reçu chez l'Avocat Belistras. Oh !
je suis absolument converti aujourd'hui. J'ai dé-
pouillé de pied en cap ce goût dépravé que j'avois
pour nos anciens. J'ai fait un *Auto-da-fé* au Génie
séculaire, et de l'ostrogot Corneille, et de Racine le PLEURARD, et du *farceur* Molière, ainsi
que de toute cette racaille d'auteurs rouillés, avec
leur Polieucte, leur Athalie, leur Misanthrope.
Je tire aujourd'hui vanité de mes torts, et me fais
un mérite de les avouer.

Pour vous en donner une preuve la moins équivoque, et vous laisser le temps de reprendre haleine, et à moi celui de réduire à deux ou trois
heures de moins, le récit de l'origine des préfaces du Prieur Limousin, je vais vous donner à
lire mon impertinente consultation chez l'avocat
Belistras. Ah, Messieurs, Messieurs ! quelle preuve
de modestie de ma part ! Graces, je vous prie,
pour ma bêtise, en faveur de mon repentir ! Foi
de Critès, il est bien sincère en vérité, en vérité !
Croyez-moi, si vous voulez.

CONSULTATION

DE CHRYSOSTOME CRITÈS.

CHEZ M. DE BELISTRAS,

AVOCAT DU GOUT.

[*A. I. C.* CRITÈS *avant d'avoir le bonheur de posséder son Ane,*
étoit anti-Jeannoto-Mesmero-Baloto-Chicano-Figarotiste. On
lui avoit dit qu'il y avoit un arrêt rendu par Trissotin Phébus,
qui défendoit de parler à Paris de tout ce qu'on pensoit en
matière de goût, sous telles peines. Le pauvre Critès qui
est, comme on sait, savetier de son métier, et bavard
par interim, et qui avoit la bêtise de croire dans ce temps-là,
que la Figarotimanie *étoit le* nec plus ultrà *de la stu-*
pidité, va consulter l'Avocat du goût. Cet Avocat, si connu
à Paris, si célèbre de nos jours sous le nom de Belistras de
la Grimaudière, joue d'abord Critès par des réponses va-
gues et laconiques ; mais la consultation finit à peu près
comme dans la scène où Scapin enveloppe son maître].

C. CRITÈS.

ADORER Dieu, respecter la patrie ;
   Chérir mes parens et mon Roi ;
    Ne jamais manquer à ma foi ;
  Fêter Bacchus et caresser ma mie,
  C'EST toute ma Philosophie.

Voir les sots prospérer, et les voir sans envie ;
    Etre fidèle à l'amitié ;
Dans un banquet où Momus me convie,
Par Linus (1), par Cypris, tour-à-tour égayé,
    Endormir la mélancolie ;
    Par aucuns soins n'être lié ;
Semer de fleurs le sentier de la vie,
    C'est toute ma Philosophie.

    Qu'après cela , sur ce siècle Falot ,
    Je chante la palinodie ;
    A l'anonyme Figaro ,
    Que je dorme ou que je m'ennuie ;
    Enfin sur la Dramomanie (2),
    Ou sur tel opéra nouveau,
Que ma Muse en jouant aiguise la saillie ;
    Quand du capot de la folie,

---

(1) *N. B.* Que le savetier Critès n'a de sa vie entonné que des chansons à boire ; que son Linus est Grégoire, et Margot sa Cypris. . . Mais les Poètes ! les Poètes ! . . . Oh ! c'est charmant d'être Poète ! On n'a pas dîné ? n'importe , on vous fait la peinture d'un banquet divin ; un peu d'illusion , on croit y être encore : on chante les faveurs qu'on a reçues de sa belle ; c'est Diane , c'est Vénus , c'est Euphrosine. . . c'est une Hébé de la rue de la Mortellerie.

(2) Le genre larmoyant reprend vigueur , depuis qu'on ne joue plus que des pièces Françoises sur le théâtre Italien. Le goût n'a pas encore rendu d'arrêt contre ce genre sur le théâtre de la nation.

Ou bien ou mal, j'affuble la raison,
Cela fait-il tort aux grains?

BELISTRAS.

Non.

CHRYSOSTOME.

J'en suis fort aise . . . . Et , si par maladie
Je me trouve au lit consigné;
Si d'un doigt en tous sens sur mon corps promené,
Je vais , sot que je suis , suspecter la magie ;
Ne puis-je pas être soigné,
Traité , purgé , drogué , saigné
Suivant l'art que prescrit Lieutaud , La Peyronie ?
Ne puis-je pas , si c'est ma fantaisie,
Prendre de la rhubarbe,et comme au tems vieux... vieux;
Sans baquet , sans cérémonie,
Guérir ou mourir ?

BELISTRAS.

Tu le peux.

CRHYSOSTOME.

Je le peux !... Ah ! tant mieux! tant mieux !...
Si des C'en-est (1) n'ayant pas la manie,

(1) Les C'en-est ont commencé à régner l'an du monde 5779.
C'en-est I n'a guère eu moins de quatre-cents représentations.

Je veux aller au boulevard ,

Quoiqu'en haillons admirer Athalie (1);

Voir jouer à Salé (2) le rôle de César ;

Et dans la Comtesse d'Orbeche ,

C'en-est C auroit passé ses prédécesseurs , sans une éclipse de soleil qui arriva de la manière suivante : » Phébus rentra le soir
» dans la chambre de Thétis , suivant sa coutume. Il trouva les
» Dieux marins qui s'amusoient à jouer à de petits jeux,(à je te pince
» sans rire , à je te vends mon corbillon , à la main chaude , etc.)
» Phébus proposa une partie de *Colin-Maillard;* il toucha le doigt
» mouillé et le fut. Comme il s'obstinoit à attrapper Neptune , il
» donna de la tête contre le trident de ce Dieu , et cela bien
» par sa faute ; car Glaucus lui crioit à tue-tête, *pierre noire,*
» *pierre noire,* ne te frotte pas là , *Colin.* Il se fit aux deux pom-
» mettes des joues et au nez une triple blessure ; ce qui le força à
» garder le lit neuf jours , pendant lesquels ses chevaux et son char
» se reposèrent. Il fut guéri avec du baume Américain , autrement,
» de l'onguent à bonhomme. On assure pourtant qu'il lui en reste
» de cet accident une extinction de voix ; mais... IL REPARLERA,
» IL REPARLERA. «

(1) Quand on veut voir aujourd'hui quelqu'une de nos anciennes
pièces Françoises , on peut s'en régaler aux Associés, moyennant
12 sous , premières places. Il en coûte cinq fois 12 sous au Palais
royal, pour voir jeter un pot de chambre sur le chef du divin
Jeannot : dix fois 12 sous au théâtre François , pour voir Figaro
travailler et enfiler son maître et le public. (Note essentielle pour
les étrangers).

(2) Matthieu Salé , allié par les femmes à Chrysostôme Critès,
jadis compagnon en vieux cuir chez Eustache-Jerôme Chenaux,
maître savetier , rue de la Madeleine , vis-à-vis le marché d'A-
guesseau, aujourd'hui directeur des Associés. Qui sait ce que de-
viendra ce spectacle ? M. Matthieu Salé se donne tous les soins
imaginables pour le rendre digne du public.

Applaudir à Goton Maillard (1) ;
Le puis-je ?

BELISTRAS.

Rien ne t'en empêche.

CRHYSOSTOME.

Et si pour les anciens ayant un vieux respect,
D'Ovide j'admirois la tournure facile ;
Et qu'ivre de plaisirs, mais toujours circonspect,
Placé dans un repas entre Horace et Virgile,
Je buvois à Lydie, ou chantois Lucrétyle ?
Puis-je, sans me rendre suspect,
Jeter des fleurs à S. A.. à D... (2) ?
Et si Monsieur Gilbert (3) s'en fâchoit par malheur,

_____

(1) La Goton, première actrice des Associés, ci-devant marchande de vieux chapeaux sous le grand Châtelet. Elle ne joue pas si mal.

(2) MM. S. A... et Del... pitoyables traducteurs des pitoyables Virgile et Ovide.

(3) Gilbert est pris ici généralement pour tout satyrique outré. Juvenal, qu'il semble avoir voulu imiter, n'attaqua que les vices dans un temps où . . . .

Ardebant cuncta, et fractâ compage ruebant. JUV. Sat. VI.

Boileau a ridiculisé dans ses Satyres des auteurs ridicules qu'il ne haïssoit pas, et n'a presque jamais eu tort qu'à l'égard de Quinault, qui avoit un mérite réel ; et à l'égard de Colletet, dont il suffisoit de déprimer les ouvrages, sans insulter à sa misère par

Puis-je pas essayer de déterger sa bile,

   En lui faisant flairer l'odeur

Du gâteau préparé par la vieille Sybile ;

Ou s'il faut qu'en mordant son venin se distille,

Alors jéter mes vers pour purger son humeur ?

BELISTRAS.

Pourquoi pas, (s'ils sont tiens) ? de son *Propre* on dispose,

Sans qu'aucun ait le droit de trouver mal la chose :

Et Brodeau (1) le dit net, lettre (M), chapitre vingt.

---

ces deux vers qui ne font pas d'honneur à la mémoire de notre Satyrique, on est obligé d'en convenir.

   Tandis que Colletet crotté jusqu'à l'échine,

   S'en va chercher son pain de cuisine en cuisine.

Gilbert au contraire vomit sa bile sur des auteurs d'un vrai mérite, qu'il haïssoit. Il auroit fini par distiller son venin sur amis et ennemis, *Tros Tyriusve*, etc. Dans un accès de fièvre cynique, *il voulut avaler et ce froid d'Alembert qui fit une Préface,* et beaucoup d'autres, notamment M... qui lui fit donner la bastonnade. Il eut une si cruelle indigestion, qu'il eut recours à la décoction apéritive de Rabelais ; mais ne s'étant pas donné le tems que la clef fût réduite en sirop, il l'avala toute crue, et trépassa. Si Gilbert s'étoit contenté d'attaquer les vices de son siècle et les sots, on pourroit estimer ses talens.

(1) Voy. Brodeau sur Louet, lettre (M), chap. 20, Potier, Dumoulin, Le Brun, Ferrières et Renusson. Ce dernier s'explique ainsi, chap. 3, sect. première : » Les biens sont destinés pour notre usage, pour nous en servir. Il est *loisible* à un chacun d'en faire ce que bon lui semble. On peut les obliger, les hypotéquer. On a la liberté de les vendre et consommer entièrement *à son bon*

CHRYSOSTOME.

Il le dit !... à merveille !.... Et si par un instinct

Que par son testament m'a légué feu mon pére,

Du pauvre Desrosier (1) redoutant le destin,

J'aime comme Regnier *aller mon grand chemin ?*

Si la tête me tourne à demi-pied de terre ;

Si pour avoir lu ce Newton (2),

---

plaisir et volonté *, de quelle qualité qu'ils puissent être (quisque rei sua arbiter*). « Or, ces vers, bons ou mauvais, appartiennent à Critès ; il peut donc les jeter à tous les Cerbères critiques. — M. de Belistras a raison.

(1) *Desrosier,* première victime de la très-inutile découverte des Aérostats. — La Divinité n'a-t-elle pas fait assez pour l'homme, lorsque

(*Os homini sublime dedit cælumque tueri,* etc.)

Si dans un ballon, on n'avoit à craindre que les vents et la foudre ; s'il y avoit comme sur la mer, des havres ; si l'on pouvoit louvoyer : mais dans le pays des tempêtes, on ne trouve pas même d'écueils pour briser son vaisseau en se sauvant. — De pareilles réflexions font taire les grelots de la folie.

Dans les airs il est glorieux

D'ouvrir des routes inconnues ;

Il est beau de monter aux cieux,

Mais triste de tomber des nues.

(*Vers à M. de la Lande, Journ. de Paris, 3 mars dern.*)

(1) Newton, génie jadis sublime, qui tenoit le milieu entre la divinité et l'homme, mais que *le Ballonisme* a culbuté avec son impertinent systême. Il n'osoit pas sauter un fossé de demi-pied de profondeur. (*Voy. Macaronicam et luculentissimam dissertaionem Nicoleti de optimo et gallicissimo usu pirouetandi, aerostandi et* Dégringolandi *ad instar infelicissimi Michaelis Morini, qui volens denichare pias*),

De brancha in brancham, degringolat, atque facit... pouf.

Dans mon cerveau j'ai logé la chimère,

Vulgairement nommée Attraction ;

Et que dans un brûlot, surmonté d'un ballon,

Je tremble d'affronter les vents et le tonnerre ;

Puis-je tenir au sol où le ciel m'a placé,

Et préférer au courier de Javelle (1),

Sans que personne en soit blessé,

La bonne lunette d'Herchelle (2) ?

BELISTRAS.

A ton aise.

CHRYSOSTOME.

Fort bien !... Et si des gros Seigneurs,

(Qu'au surplus j'estime et j'honore),

Il ne me plaisoit pas de briguer les faveurs ;

Si dans mon lit bien chaud, en rêvant à ma Laure,

J'aimois mieux sommeiller sur mon chevet oiseux,

Que d'aller bien avant le lever de l'aurore,

Importuner Minerve et réveiller les Dieux...

Pourquoi?pour dire aux grands dans un vers bien sonore,

» Que leur nom passera chez nos derniers neveux ;

» Qu'en un cercueil de plomb reposent leurs ancêtres ;

---

(1) Courier de Javelle : Ballon bronzé à ailes de moulin, avec lequel on fait des excursions de demi-lieue, du côté où le vent souffle.

(2) Herchelle, inventeur d'une fameuse lunette, avec laquelle, les deux pieds fichés tout bêtement sur la terre, on a fait et on fera de nouvelles découvertes astronomiques.

» Que

» Que de leur char doré le tintamare affreux ,

» Fait trembler les buffets et brise mes fenêtres ;

» Qu'ils ont de huit laquais le cortège imposant ;

» D'appartemens pompeux de longues enfilades ,

» Du fumier à leur porte , alors qu'ils sont malades ;

» Qu'ils ont , pour les voler , un habile Intendant ;

» Que des vins les plus fins , leurs caves sont remplies ;

» Que de cent mets de trop leurs tables sont servies. (1) «

Or, MOI , qui n'eus jamais plus d'un écu vaillant ,

Qui vous peux dans un vers loger tout son ménage ,

      Et qui n'ai donc pour tout potage ,

[Qu'une Chaise , un Pourpoint , une Table , un Châlit] ;

      Qui , par un système fort sage ,

Crainte d'user son bois , reste l'hiver au lit ,

Mange à midi ses choux , et le soir son fromage ;

Et quel fromage encor ? que les rats . . . Dieu le sait !

Ce MOI , pauvre , mais fier , sans maître , sans valet ,

Craignant peu les huissiers , et tout leur griffonnage ;

Un peu trop haut niché pour avoir peur du guet :

Peut-il enfin , ce MOI , dans son sixième étage ,

Pour les seules vertus réservant son suffrage ,

Aux Grands , si c'est son goût , aux petits , s'il lui plaît ,

Sans égard pour le rang , offrir un pur hommage ?

---

(1) Et ne pas mieux dormir ! Et être malades ! Et avoir des chagrins ! Et mourir ! parce que *pallida mors æquo pulsat pede ;* Et la
maison *exilis Plutonia* , tout comme un vilain rôturier de Critès ,
excepté qu'elle est de plomb : —— A tout seigneur , tout honneur : c'est trop juste.

                    E

BELISTRAS.

Tout comme tu voudras ; jusqu'alors nul Arrêt,
Que je sache du moins, n'ordonne qu'un poëte,
Tant fou soit-il, ne puisse pas
(De cet être chetif, sans qu'aucun s'inquiète,)
Dans son grenier loger avec les rats.

CHRYSOSTOME.

Eh bien, avec mes *Rats*, Seigneur de Belistras!

Si je veux, moi, dans mes rimes cyniques,
Des procès odieux abhorrant les lenteurs,
De l'affreuse Chicane esquisser les rubriques (1);
Si, conduit par un fil dans ses routes obliques,
La lanterne à la main, je suis vos rapporteurs ;
Si d'un encre bien noir je peins vos procureurs ;
Si je mets au grand jour leurs ressources iniques,

---

(1) On donnera quelque jour (si l'honorable Communauté des
Procureurs veut bien le permettre) un apperçu bien clair des
mille et un moyens que la Chicane emploie, sur-tout au palais, 1°. pour ruiner les cliens dans le cours d'une procédure ;
2°. pour embrouiller, dénaturer, éterniser un procès, et faire
mourir de faim, de misère et de douleur un malheureux, dont
la fortune et l'honneur dépendent d'un jugement qu'il ne peut
obtenir. Un fameux Jurisconsulte, qui s'élevoit avec raison contre
notre Code criminel, disoit : » que s'il prenoit fantaisie à quel-
» qu'un de l'accuser d'avoir dérobé (dans sa poche)les tours de
» Notre-Dame, il commenceroit à mettre sa personne en sûreté
» par une prompte fuite, dans la crainte qu'on ne le convainquît
» *par la forme* de ce vol, et qu'on ne lui fît expier sur l'échafaud,
» le crime évidemment impossible d'avoir enlevé des tours qui,

Puis-je pas à mon tour, par un vers bien sanglant,
Fouetter à mon gré L . R... E . B . ?
Et de leurs lourds dossiers réunissant les masses,
Pour l'exemple du moins, faire mettre au carcan,
Avec un écriteau, leurs énormes liasses ?
Le puis-je sans blesser la personne ~~du Roi ?~~
Concluez, s'il vous plaît, Monsieur l'homme de Loi.

BELISTRAS.

Monsieur l'homme *de Vers* ou *de Prose*, il n'importe,
Mais que je maintiens sot *in utroque jure*,
Pour conclure, on pourroit vous jeter à la porte
Sans plus ample délibéré
Mais puisqu'enfin j'ai bien pu me morfondre
A vous écouter jusqu'ici,
En deux mots je vais vous répondre;
Dans votre esprit gravez-vous bien ceci.
» Au dehors seulement afficher la décence (1);

» de leur place ordinaire, verroient son supplice. « S'il arrivoit
alors qu'un homme sensible trouvât le moyen de faire surseoir à
l'exécution de cet innocent, jugé sur des preuves aussi équivoques,
et qu'un Avocat, poussé par le même motif, fît ou signât un mémoire qui honoreroit son auteur, quand même il se seroit trompé;
(parce qu'il est toujours beau de se tromper, quand il s'agit d'arracher son semblable aux horreurs de la mort) il en résulteroit...
que sait-on ce qu'il en résulteroit?

(1) Un poëte (je ne sais lequel) a dit dans le même sens, et
beaucoup mieux :

Tout roule sur un beau dehors,
Et l'on a mis le cœur à couvert du remords,
Lorsqu'on a mis le front à couvert de la honte.

E ij

» Des vertus, qu'on n'a pas, conserver l'apparence ;

« Blâmer l'un, louer l'autre, accabler celui-ci ;

» Dire blanc, dire noir, et suivant l'occurrence,

« Jeter la plume au vent pour prendre son parti :....

  » C'est la Morale d'aujourd'hui.

» La Patrie est un mot qu'on met à la réforme ;

  «~~Aimer son Roi~~, c'est le flatter ;

 » Avoir des mœurs s'appelle radoter ;

» Etre religieux, c'est l'être pour la forme'.

» Laisser aller le monde ainsi qu'il veut aller ;

» Si le vent souffle à gauche, à gauche aussi souffler ;

» Jouer gros jeu, se taire, ou, si l'on veut, parler

» De pluie et de beau tems, et pourvu que l'on dorme,

  » En paix laisser dormir autrui :

  « C'est la morale d'aujourd'hui.

» Quant à l'Esprit, oh ! c'est une autre affaire :

« Se vanter, se vanter, encore se vanter ;

» En revendre aux Midas (1), bien que l'on n'en ait guére ;

  » A prix défendu l'acheter,

  » C'est là, je crois, tout le mystére.

» Le goût seul et le *bon*, c'est d'aimer Figaro (2) ;

---

(1) . . . . Par Midas on entend

 Un Rustre parvenu, Baudet chargé d'argent,

 Un sot, un animal pesant et ridicule,

 Sur deux pieds ou sur quatre à son gré cheminant.

(2) M. de Belistras est le chevalier de Figaro, c'est tout simple ; il lui crie tant qu'il peut, *bravo*, *bravo*, camarade, *ton*

» Écrire, c'est n'avoir ni sens commun, ni style ;
« Goûter ce *vieux* Molière, applaudir à Virgile,
» C'est vouloir attirer sur soi tous les *haro* ;
» Médire des ballons, est une chose inique :
  » A moins de croire au doigt magique,
  » Il est écrit *in Mesmero*,
» Que sans faute on mourra paralytique, étique,
» Rachitique, apathique, hystérique, hydropique ;
  » Enfin de quelque mal en *Ique*,
» à moins que ce ne soit de casse ou de sené.
» Il faut flatter les Grands, caresser leur chimère,
» Sinon, dans son grenier à la faim condamné,
  » Sécher de honte et de misère ;
» Risquer, si l'on médit, de mourir *bâtoné*.
» D'un Poëte tel est le destin ordinaire :
  » Mais, *proh scelus !* sur de *francs* Procureurs,
» Rejeter d'un procès les utiles lenteurs ;
  » Oser crier à l'injustice,
» Parce que tu l'auras dans les *formes* perdu :
  » Malheureux ! en bonne police,
» Pour un crime aussi noir on doit être pendu.
  » Va, ta Minerve est une ingrate ;
» Aussi, que quelque jour un de tes Apollons
  » Vienne à me tomber sous la patte !

---

ouvrage est vraiment comique, vraiment original, et l'un des plus moraux qui soient au théâtre. (Voy. note de la page 7 du Mémoire pour ou contre M. Marie-Emilie Guillaume, première édition ; (car il y en a deux.)

» Je veux te l'habiller de toutes les façons (1) :

» Et toi, Rimeur maudit, Rimeur à la douzaine,

    » Rimeur à donner la migraine ;

» Rimeur !... (2) Vois-tu CECI ? tourne-moi les talons. «

---

(1) Il a tenu parole . . . et d'une manière bien glorieuse.

(2) Figure de Rhétorique qu'on appelle Réticence , Litote , Euphémisme, Antiphrase, tout comme on voudra. M. de Belistras ne s'est pas contenté de montrer *Ceci* à Maître Alexandre-Isidore-Chrysostôme Critès. ÉÉÉÉH! PAS SI MANCHOT POURTANT, PAS SI MANCHOT.

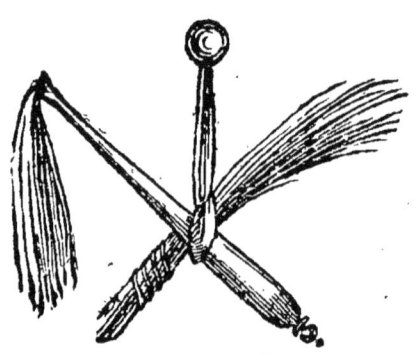

DE L'ORIGINE

DES PRÉFACES.

HISTOIRE

DU SILEUSAB VASTATOR,

[ÉPISODE A LA MODERNE.]

ALLER trop vîte au but, est fade et rebutant ;
Tout ce qu'on dit de trop est divin et charmant.
Despréaux est un sot qu'on ne devroit pas lire ;
Et qui sait se borner, ne sut jamais écrire.

Ainsi donc, Messieurs, quelques bonnes intentions que j'aie de rapetisser le récit du prieur Limousin, je suis forcé de suivre une maxime aussi salutaire : Vous vous ennuierez de fait, mais vous vous amuserez par convention.... *Bravo*, Critès ; bien dit, ma foi ! Voilà ce que c'est aussi de connoître son siècle, mon ami !

QUELQUES cinq à six mille ans donc avant la création du monde, Il étoit un Sileusab bien orgueilleux. Un Sileusab, c'est comme qui diroit, de nos jours, un gros et grand seigneur Espagnol qui auroit dix à douze saints alignés devant son nom, et une kyrielle de dignités en *Os*.

Pourquoi orgueilleux ? et pourquoi les Sileusabs le sont-ils? Parce qu'il avoit un père ; parce
que ce père étoit puissant; parce que ce père
qui étoit puissant, s'étoit mis, lui septième, sur
un pauvre diable de Sileusab qui n'avoit pas de
bras, et qui n'auroit pu se défendre contre sept
quand il en auroit eu ; parce qu'il avoit beaucoup
de *Quisalas* (1), grands comme des Eiduques
Allemands ; parce que dans le nombre de ces
Quisalas il s'en étoit trouvé un plus adroit que
les *Quisalas* des six autres Sileusabs ; parce que
ce *Quisala*, presque aussi bien payè qu'un jokei
Anglois l'est aujourd'hui, avoit trouvé le secret
de faire hennir un cheval qui n'étoit pas hongre,
pour lui avoir fait flairer la veille une jolie
cavalle ; parce que le hennissement de cet étalon
lui avoit fait gagner une belle gageure, et *ipso*
facto, l'avoit mis en possession du plus beau
royaume du Chaos ; et parce que la possession
de ce royaume l'avoit mis à même de chercher
noise à ses voisins, sous prétexte que le soleil (2)
de ce tems-là se levoit dans leurs provinces
comme dans les siennes, et que tel fleuve qui

---

(1) En langue du Chaos, *Quisala* signifie Régisseur du feu et
de l'eau. — Aparremment que le feu et l'eau étoient aussi en
régie dans ce temps là.

(2) Le soleil du chaos! . . . Pourquoi pas ? il y a bien aussi un
soleil actuellement. Je cite mes autorités d'ailleurs.

prenoit sa source à un mille de Silaseubie, sa
capitale, couloit aussi chez eux à quelques cent
lieues plus loin, et qu'ils en facilitoient la chûte
dans la mer; ce qui ne seroit pas arrivé s'ils se
fussent opposés à l'écoulement de ses eaux, qui,
suivant la loi *primi occupantis*, appartenoient à
Vastator. Enfin, par rapport à mille autres cri-
mes atroces et de lèse-majesté au premier chef,
qu'il exposa dans un beau manifeste composé de
trois mille sept cents huit articles, non compris le supplément, d'après lesquels il déclaroit:
qu'attendu l'évidence de l'insulte et l'obstination
qu'ils mettoient à donner refuge au soleil et au
fleuve, ses sujets *nés*, quelque pacifique qu'il
fût, il ne pouvoit pas, sans déroger aux consti-
tutions de la monarchie et compromettre sa dignité, s'empêcher de punir des abus aussi crians
avec la sévérité qu'ils méritoient; qu'il alloit
donc, de par Dieu, user de l'*ultimâ ratione* des
Sileusabs, au moyen de laquelle il avoit sac-
cagé, brûlé, pillé, rasé toutes leurs villes, dont
ces scélérats n'avoient plus besoin, puisque
(Dieu aidant) il les avoit fait égorger presque
tous; et ils le méritoient bien.

Ainsi le motif de la vanité du fils de ce Sileusab étoit la possession de ces vastes déserts
qu'avoit conquis son prédécesseur. A peine eut-il
en mains les rênes du gouvernement, qu'il vou-

lut marcher sur ses traces. Mais en héritant de l'ambition démésurée de son père, Vastator II n'avoit ni les ressources de Vastator I, ni assez de génie pour en profiter, si le hasard les eût fait naître. Ce dernier, en bouleversant tout, en créant des lois à sa mode, en vexant ses sujets, avoit eu au moins l'adresse d'avoir des *Quisalas* affidés et intelligens dont il récompensoit le zèle et les services avec la générosité d'un souverain. Il les avoit tous fait instruire dans l'art de la magie; et ils y étoient si experts, qu'ils tondoient sur un œuf, tiroient l'huile des murs, débarbouilloient les Maures, faisoient boire des ânes qui n'avoient pas soif, lavoient les tuiles crues, tiroient d'un sac de blé deux moutures; par ainsi plumoient les poules sans les faire crier, et tout cela en chantant le *Libera* sur l'air d'*O filii.*

Vastator II au contraire les traitoit, à peu de chose près, aussi mal que ses autres sujets. Perdu dans sa jeunesse par les flatteries des courtisans, enflé des titres orgueilleux que l'adulation invente pour carresser la vanité des souverains, il se crut bientôt un Dieu; il voulut même qu'on l'honorât comme tel. Il éleva son cheval à la dignité de premier Ministre; il fit l'Onagre de sa nourrice Contrôleur général du goût et Surintendant de sa musique, et lui donna un joli licou auquel étoit suspendue une plaque sur laquelle étoit, d'un côté, le portrait du Sileusab, et sur le revers, une tête d'Ane avec cette devise:

Aures, pertinacitas et cantus erexerunt,
ce que Regnier auroit rendu par ces vers:

Sois morgant, effronté, et sans cesse importune;
En ce tems l'impudence élève à la fortune.

Il rendit un Arrêt par lequel il étoit enjoint à tous les gens de loi, juristes, sermonistes, gens tenant école, Médecins, de porter des fourrures d'Anes au bras gauche tous les jours de cérémonie, et de se couvrir la tête d'un bonnet à deux cornes, garni de plumes d'oie, sur le devant duquel devoit tomber une roupie de coq-d'Inde, et leur battre sur le nez. Il fit faire aussi une généalogie d'un petit chien qu'il aimoit beaucoup, par laquelle le d'*Hozier* de Sileusabie prouva qu'il descendoit en ligne droite, et sans aucune mésalliance, de Biribi, caniche du grand *Tien ;* il lui fit ériger un temple, il institua des fêtes en son honneur, pendant lesquelles ses sujets étoient obligés d'aller à quatre pattes, de japper, de *Meire ad muros, canum more,* et de coucher dans des niches: il voulut aussi, pendant ces *Caninales*, que les femmes menassent leurs maris ou leurs amans en lesse, et que ces derniers portassent des *J'appartiens* au col.

*E vj

Des soins d'une aussi grande importance ne l'occupoient pas tellement, qu'il ne pensât aussi à étendre ses conquêtes. Il avoit dans son voisinage une île habitée par des peuples si doux, que le Sileusab son père avoit respecté leurs possessions, moyennant un tribut annuel qu'ils lui payoient.

Vastator II l'avoit triplé, sans qu'ils se plaignissent, tant ces peuples, bonnes gens, aimoient la paix: il vouloit pourtant avoir une cause apparente pour rompre. Comme le tribut que payoient les *Bonopolitains*, les autorisoit à jouir du soleil, et qu'ils satisfaisoient au traité avec exactitude, il ne pouvoit pas, comme son père, les inquiéter à cet égard. S'ils eussent été en terre ferme, Vastator n'auroit pas manqué de trouver quelque moyen de rupture. Le moindre nuage qui seroit venu de leur côté; un vent d'ouest qui auroit fait tomber quelques feuilles mortes des charmilles de son parc; un rat, une taupe, un lapin qui se seroit terré dans ses états, et qu'on auroit atteint et convaincu de s'y être terré par leurs ordres et avec l'intention de miner son royaume, quelque autre grave attentat de cette espèce, auroit fait courir aux armes, et proscrit un peuple assez scélérat, pour s'entendre avec les rats, les taupes et les lapins, pour anéantir les domaines du Roi du soleil, par des menées d'autant plus infâmes que, se faisant sous terre , il étoit difficile de s'en méfier , et dangereux d'y apporter un remède qui seroit devenu pire que le mal.

Vastator étoit dans cette *cruelle* perplexité , lorsque *Balordos* son résident à *Bonopolis,* capitale de ces peuples , lui fournit un expédient auquel il ne s'attendoit pas.

Les *Bonopolitains* avoient un proverbe très-ancien , et qu'ils avoient toujours à la bouche comme les Anglois leur (god-dam) ou certains peuples leur (ma parole d'honneur) ; *Le Chien de sa chienne n'est qu'une béte* , disoient-ils à tout propos. Vastator prétendit que c'étoit une insulte qu'ils faisoient à Biribi : il leur fit enjoindre de changer la forme de ce proverbe , et de dire à l'avenir, *Le Chien de sa chienne est un Dieu.* Mais ces bonnes gens aussi habitués à leur proverbe , qu'un boiteux à clocher , ou un procureur à mentir , ne purent s'empêcher de s'en servir quelquefois ; c'étoit précisément ce que demandoit l'orgueilleux Sileusab ; mille vaisseaux étoient prêts ; les troupes n'attendoient que le signal pour marcher contre ces rebelles et venger l'insulte faite à Sa Déité *Biribi.* Mais ces grands préparatifs échouèrent ; les vents et la mer conjurés dispersèrent ses vaisseaux. En vain fit-il fustiger la mer , et enchaîner les vents, la mer s'indigna , les vents rompirent les chaînes dont on vouloit comprimer leur fureur : pour comble d'infortune , le Syleusab et les troupes qui étoient descendues dans l'isle, encore en assez grand nombre, furent battues par une poignée de soldats bien disciplinés. Le grand Etendart de la nation , qui portoit l'empreinte de Biribi, fut pris et lacéré ; et Vastator fut obligé de retourner dans ses états, *honteux comme un coq plumé* (1), et d'autant plus humilié, que le cri de la victoire de l'ennemi étoit : *Le chien de fa chienne n'est qu'une bête, le chien de fa chienne n'est qu'une bête.*

_____

(1) Cette histoire a bien l'air d'un *renouvelé des Perses*, que Maître Critès s'amuse à renvoyer par-delà la naissance du monde, pour avoir l'air de nous donner du neuf, comme bien des gens. Vastator ne seroit-il pas ce Roi dont Juvenal dit ,

Ille tamen , qualis rediit Salamine relictá ,

In Corum atque Eurum solitus sævire flagellis

Barbarus , Œolus numquam hoc in carcere passos ,

Ipsum compedibus qui vinxerat Ennogisæum ?

Mitiùs id sanè , quod non et stigmate dignum

Credidit. 5

Sed qualis rediit ? nempè una nave cruentis

Fluctibus , ac tardá per densa cadavera prorá.

JUV. lib. IV , sat. X.

ÉLOGE DE CRITÈS

PAR UN CLUB

DE FÉMININS BEAUX-ESPRITS;

Il est interrompu par un petit Vieillard du tems de la Reine Margot : Critès lui rive son clou.

Que peut contre le roc une vague animée ?
Hercule a-t-il péri sous l'effort de Pygmée ?

I L faut convenir en vérité, que tout ce qu'on faisoit et disoit du temps de Thalès, ainsi que tout ce qu'on dit et fait de nos jours, est bien sagement amené. Mais! comme on voit bien que de cette histoire, va couler comme d'une source l'origine des préfaces, et de suite tout ce qu'on trouvera dans ce mémorable ouvrage! Ce qui est plus admirable encore, c'est la manière adroite dont Monsieur Critès arrange, intercale et distribue tous ses matériaux! *Où prend donc son esprit toutes ces gentillesses ?* Mais voyez donc comme il a de l'esprit, ce M. Critès! — Ah ça ! M. Critès, graces; laissez-nous respirer un moment ; il faut, *quoi qu'on die*, que vous ayez pris tout l'esprit de votre siècle, M. Critès : VOULEZ-VOUS BIEN N'AVOIR PAS DE L'ESPRIT COMME ÇA donc, M. Critès? — Eh! belles dames, pendant QUE LA LONGUEUR DU LEVIER DE VOS BONNES

GRACES, M'ÉLEVE A LA HAUTEUR DE MON MÉRITE
AJUSTÉ AU NIVEAU DU BON GOUT, JE M'EN VANTE!
Écoutez, écoutez ce petit vieillard du temps
de la reine Margot; ce petit DESTRUCTEUR DE
TOUTE HONNÊTETÉ PUBLIQUE, QUI POURRIT EN
GERMANT DANS LE FUMIER QUI L'ENFANTE. Beau
fruit de nature, en vérité, pour se moquer des
autres! Si ce n'étoit pas en présence de femmes respectables, je le (1)... Écoutez le dénigrer mon
sublime génie AVEC UN MÉPRIS QUI LE PROPAGE
AU LIEU DE LE TUER. — » Un ouvrage dé-
» cousu, dit-il; où l'on trouvera sans doute
» des faits mal liés entr'eux, des scènes gro-
» tesques, et le vanter! Quel âge bon dieu! des
» C'en-est d'un côté, des Figaro de l'autre, et
» bientôt des Gu-tien-gu partout! Qu'êtes-vous
» devenus, divin Molière, tendre Racine, sublime
» Corneille! François, François! nation respec-
» table! pouvez-vous applaudir à de pareilles
» sottises? êtes-vous las de donner le ton à votre
» siècle? voulez-vous, après avoir été l'exemple
» et l'admiration de vos voisins, leur servir de
» fable et de risée? — Vous aurez assez à rougir
» un jour d'avoir applaudi à cette farce insipide,

---

(1) Il paroît que Maître Crités a ici la colère qu'avoit contre
Ascyite un affranchi de Trimalcion. *Bellum pomum*, lui crioit-il
de sa place, *qui rideat alios ... qui non valet lotium suum, quem
si circummiuxero, nesciet quâ fugiat.*

» à cet

» à cet excrément du mauvais goût et de la litté-
» rature (1), où l'esprit est suppléé par des poin-
» tes ; les saillies, par de plats calembourgs ; la
» plaisanterie, par des équivoques dégoûtantes ;
» la raison, par les sophismes les plus bizarres ;
» où la religion, les mœurs, le prince, la patrie
» sont également sacrifiés ; où le héros de la scène,
» parvenu, on ne sait par quelles basses intrigues,
» *ayant fait*, dit-il, TOUS LES METIERS, HORS
» CELUI DE VOLER PUBLIQUEMENT, ose s'affi-
» cher lui-même en faisant de sa vie l'histoire
» la plus scandaleuse ; où un simple individu,
» abusant de sa qualité d'étranger et des lois sa-
» crées de l'hospitalité, a l'audace de vexer,
» d'apostropher ; quand ? dans le siècle, dit-on,
» le plus poli ; comment ? en face ; où ? en plein
» théâtre ; qui enfin ? une nation respectable
» qu'il baffoue, un peuple fier de porter le
» nom de François sous la domination la plus
» juste, et qui a la foiblesse de le souffrir, que
» dis-je ? de lui applaudir, d'ajouter lui-même
» en quelque sorte à l'ignominie, dont il paroît

---

(1) La dépravation du caractère d'une Nation présage sa dé-
cadence : j'appelle dépravation dans son caractère, lorfqu'elle
n'a plus cet orgueil pour son nom, cet amour, cette estime pour
elle-même, sources continuelles d'émulation, de force & d'har-
monie dans l'Etat. (*Essais sur Paris*, tome IV, pag. 31, in-12.)

F

» aimer à se couvrir, en répétant avec le délire
» de l'extravagance, les applications grossières
» qu'une plume flétrie et vendue au déshonneur,
» a la hardiesse de diriger contre lui, dans un
» vaudeville insultant et dans des scènes dé-
» cousues, où le vice fait rougir la vertu, et
» dans lesquelles l'effronterie présente à la pudeur
» une coupe empoisonnée, sans daigner prendre
» la peine d'adoucir, au moins en apparence,
» l'amertume du poison qu'elle contient....
» O temps! ô mœurs!.........où es-tu,

  » Age d'or, âge heureux du monde en son enfance !
  » Où..... «

Or ça, Monsieur le censeur, de grace, aurez-
vous bientôt fait de nous donner la coqueluche,
avec vos C'en-est par-ci, vos Figaro par l'autre, vos Gu-tien-gu par-tout, et puis vos impertinens sermons, et puis votre sempiternel âge
d'or ? Croyez-vous que ces Dames et moi ne
sachions pas tout comme vous :

Qu'il s'en va tout-à-l'heure à peu près six mille ans,
Que d'un vieux Radoteur on chérissoit l'empire?
Vos *Humains* d'autrefois étoient des ignorans,
Sans courriers, sans gazette ;... ils ne savoient pas lire.
En brillant équipage à *refforts bien lians*,
Garni de ses Laquais, estafiers insolens,
Voyoit-on, dites-moi, Mondor de la ressource

D'un déluge de boue inonder les Passans ?

Les Filous, les Catins, un Peuple d'intrigans (1),

Abrégoient-ils vos jours? vous coupoient-ils la bourse?

D'un bâton bien noueux, aux Zoïles du temps

On ne REDRESSOIT pas la MOELLE ÉPINIÈRE,

* * à tant le grain ne vendoit pas l'encens.

Les Peuples, les Journaux, l'un l'autre s'égorgeans,

Pour du thé, pour un mot, ne faisoient pas la guerre.

Dans ce siècle *blafard, d'ignorance plénière,*

Chacun portoit le poil et les cheveux naissans ;

Aussi les Figaros, inconnus sur la terre,

Ne venoient pas d'*Aguas* faire la barbe aux gens.

Sottement vertueux, tous nos premiers parens

Aimoient mieux s'ennuyer dans leur pauvre bicoque,

Et comme des Hiboux, avec leurs... dix enfans,

Manger leurs glands, leurs noix et leurs œufs à la coque,

Que d'aller aux *C'en-est* dépenser leurs six francs :

Ni Baquets, ni Ballons, ni Sabots élastiques,

Ne les détournoient point de leurs soins domestiques.

---

(1) Mais ! c'est de la belle et bonne Satyre que vous nous
donnez-là, maître Chrysostôme, avec votre air de louer des
choses.... — Qu'on tolère, Messieurs ; qu'on protège, Messieurs. Tout est pour le mieux, dans ce meilleur des mondes. Il
vaut mieux que quarante mille Catins fassent périr chaque année
vingt mille honnêtes gens et au-delà, plutôt qu'une honnête femme
soit insultée, ... laquelle honnête femme ne le seroit pas cependant, si elle s'occupoit dans son ménage au milieu de sa
famille. — Mais ! mais ! vous voyez bien que vous ne savez
ce que vous dites.

» Tout est bien, disoient-ils, dans ce bas univers ;

» Et si du Créateur la sagesse profonde,

» Eût voulu qu'en sabots l'homme marchât sur l'onde,

» Ou qu'en ballon léger il voguât dans les airs,

» De gaz il eût rempli nos fumeuses cervelles,

» De nos bras épandus il eût formé des ailes ;

» Et pour nous faire à l'aise avancer sur les flots,

» A nos pieds applatis il eût mis des sabots. «

Tel est le *sot jargon* que votre vieille Rhée,

Le nigaud de Saturne, avec sa nièce Astrée,

Sur un lit de gazon dictoit dans les forêts,

A ces premiers Humains, qui, comme des Benêts,

Cou tendu, nez en l'air, révoquant les miracles,

De leurs vieux Dieux tannés savouroient les oracles.

Ah ! s'ils avoient connu l'aimable Figaro !

Si chez le Dégraisseur ils avoient vu Jeannot (1) !

Si de l'Ane Chinois admirant les merveilles,

Ils avoient, pour l'entendre, alongé les oreilles !

Si Dieu les eût fait naître au siècle *Fi-c'en-est* ;

S'il les eût introduits au Sallon du baquet,

Où d'un doigt tout-puissant le grand Mesmer redresse

Les manchots, les boiteux, et cela d'une adresse

---

(1) Jeannot et Figaro riment-ils suffisamment ?... Toujours
DES ACCROCS POUR UNE MAUDITE RIME ! S'il est permis à un
Poète de prendre une licence, en vérité, Messieurs, c'est à
coup sûr lorsqu'il s'agit de faire rimer ensemble les noms de
deux grands hommes, qui s'euriment si bien d'ailleurs.

Bien rare assurément, puisque tout aussitôt
Le manchot est boiteux, et le boiteux manchot !
Enfin, s'ils avoient vu, du moulin de Javelle,
Dans son ballon bronzé monsieur Jean de Nivelle,
Aller prendre là-haut la lune avec les dents,
Ils cesseroient alors d'être des mécréans,
Et changeant avec vous de ton et de langage,
A ce siècle, aux *C'en-est* ils rendroient leur hommage.

Enfin, Monsieur, il est bien étonnant que
Vous, qui avez le bonheur de respirer dans
l'âge du goût et du bon sens; Vous qui avez
vu de vos yeux ces grandes merveilles ; Vous
qui nous voyez, mon Ane et moi : il est bien
étonnant, encore une fois, qu'au lieu de nous
accorder le LAURIER DE VOTRE AGRÉMENT, vous
vous avisiez de donner ici de l'IMPORTANCE AUX
RÊVERIES DE VOTRE BONNET, en cherchant à
nous OMBRAGER DE CELUI DE VOTRE DÉNIGRE-
MENT; que vous vous donniez LE TON ROUGE ET
TRANCHANT de manquer à un homme célèbre
comme moi, à un homme protégé par un Ane
comme moi, et que vous PROPAGIEZ L'AIGREUR
jusqu'à intercepter LE GRACIEUX ACCUEIL de
ces belles dames. Je le vois, en traitant ainsi
EN MINEURS les grands hommes du jour pour
LEURS BEAUTÉS , et les anciens EN MAJEURS
POUR LEURS SOTTISES, VOTRE GRAND MALHEUR

C'EST QUE VOUS NE RIÉZ POINT. Je vous dis moi que ces dames ont raison, et que vous êtes un sot en trois lettres (1), l'entendez-vous, JEAN-DE-LIRA à barbe grise ? il y a plus d'amour-propre à paroître modeste quand on ne l'est pas, qu'à convenir de son mérite quand on en a ; et... c'est moi qui moi vous le dis ; et... ma Préface est

---

(1) Compère Critès, tu aurois bien dû en conscience *me prendre la mesure d'une bonne paire d'escarpins au derrière de ce petit vieillard.* Je passe à ce maroufle de Journaliste de Bouillon d'avoir eu l'esprit assez garrotté, pour ne pas sentir, malgré mon candide exposé, qu'il ajoutoit au laurier de sa Critique par le dépit de la dépendance où je le mettois. Quoiqu'il ne trouve pas mes Drames du *bon genre*, mes Mémoires du *bon style*, mes Comédies du *bon ton*, ni ma musique du *bon françois*, je n'en suis pas moins sorti, quoique échiné, vainqueur *au* théâtre ; et ton Ane, Toi et le Public, n'en voulez pas moins,

. . . . . Nonobftant clameur de haro,
Pour la centième fois revoir mon Figaro.

Va, mon Compère Critès, malgré la belle Epître du Marquis de * * * à son Comte de Rivarol, il a beau me lorgner à gauche en me voyant passer à droite, je n'en suis pas moins un très-grand homme, (tu vois que j'ai la bonne foi naïve) ; et mon Mariage est une pièce délicieuse, écrite *sans la moindre équivoque*, sans une pensée, sans un seul mot dont *la pudeur...* oui ! dont *la pudeur, même des petites loges,* ait à s'alarmer ; ce qui pourtant est bien quelque chose, *Compère Critès,* dans un siècle ou *l'hypocrisie de la décence* est poussée jusqu'au *relâchement des mœurs.* — Tout cela pourroit bien être trop fort pour la *pétition des principes au dessous des lumières* de ce siffleur, moucheur, cracheur, tousseur, balayeur littéraire, perturba-

excellente et fort gaie. Un prince (1) qui est mort me l'a dit. Est-ce que vous valez un prince mort? Voyons.

Quant aux événemens qui me sont arrivés, et que vous n'avez pas le droit de juger encore; historien fidèle, je n'ai pu déguiser des faits qui seroient démentis par tous les habitans des planètes, avec qui capitaine Blanchard d'*Outremer*, a établi une correspondance sûre, par le moyen

---

teur, etc. Mais ce que je ne lui pardonne pas, *à ce dépenaillé censeur rongé d'extraits et couvert de critiques*, c'est qu'il ne sente pas que mon esprit ne peut s'asservir dans ses jeux *à la règle, qu'il est incorrigible, et que la classe du devoir une fois* FERMÉE, ce léger volant de mes pensées (faisons du joli, Compère), que ce *léger volant* donc de mes pensées devient un *petit badin*, comme un liège emplumé qui bondit sur la raquète, s'élève, retombe, égaie les yeux, repart en l'air, fait la roue, revient encore; et par des coups portés (attention, Compère, comme je peins!), et par des coups portés, parés, reçus, rendus, accélérés, pressés, *relevés* (des coups *relevés*, Compère!), avec une prestesse, une agilité.... une.... une.... Eh bien! comment trouve-tu cela, Compère Critès? — Bien joli en vérité, Compère Figaro; si joli que j'en ferai une note. — Et cette *note*, à l'exception de la phrase Jeannotique du commencement, a déja été admirée dans le texte de la jolie lettre modérée, dans laquelle Figaro vêtu modestement, après *avoir été fessé en faux-bourdon et presque enterré le* (n'importe le jour), *fesse à son tour, en très basse-taille, son Frère le critique.* — [On n'a pas distingué cette note en lettres capitales, à cause de sa longueur; mais *on la garantit*, entendez-vous? on vous la garantit, M. le Lecteur, et comme du joli encore, vantez-vous-en.]

(1) Voy. Préf. du Mariage de Figaro, pag. xij. Ruault. 1785.

de laquelle on ne tarderoit pas à découvrir la vérité. Je me munirai d'ailleurs d'un certificat de mon Ane : après cela , Monsieur le censeur , si je ne vous plais pas , je vous dirai haut et clair : Tant pis pour vous.

Non ego ventosæ plebis suffragia venor ;

. . . . . . Non est mortale quod opto.

SUITE

DE

L'ÉLOGE DE CRITÈS,

PAR LUI-MÊME.

Sentimens des plus Grands Hommes du siècle sur l'ANE PRO-MENEUR, auparavant même qu'il fût au jour. — Précautions adroites de Critès pour donner du crédit à son Ouvrage. —— Les Censeurs altérés.

J'entre sur ma louange, et bouffi d'arrogance ;
Si je n'en ai l'esprit, j'en aurai l'insolence.
REGN. Satyre II.

O VOUS, CENSEURS DÉLICATS ! BEAUX-ESPRITS SANS FATIGUE, INQUISITEURS POUR LE GOUT, QUI NE ME COMDAMNEZ PAS EN UN CLIN-D'ŒIL COMME CE PETIT JUGEUR PLÉBÉIEN , qui n'a pas tant d'esprit que cet autre petit vieillard, qui nasonoit si joliment dans le foyer ces paroles sublimes et remarquables, EN FRAPPANT LE PARQUET DE SA BÉQUILLE : (NOS FRANÇOIS SONT COMME DES EN-FANS QUI BRAILLENT QUAND ON LES ÉBERNE.) Vous enfin, qui ne RÉPANDEZ PAS UNE LUMIÈRE DÉCOURAGEANTE, ET NE VERSEZ PAS DE LA DÉFA-VEUR sur mon ouvrage ; zélés partisans du beau et du bon, qui sentez si bien le mérite méphitique

des *C'en-est*, qui PERCEZ LA PROFONDE MO-
RALITÉ D'ENSEMBLE du Barbier, qui dressez vos
longues oreilles avec Gu-tien-gu; n'avez-vous pas
été indignés de l'insolence de cet éternel prôneur
de l'âge d'or? Il vient de jeter mon livre avec indignation. Ah! que n'a-t-il lu encore quelques
lignes! en voyant les éloges *réparés à neuf* que
vous m'adressez de toute part, avant même de
connoître l'ouvrage, il auroit jugé du style de
mes défenseurs par celui de mes partisans, et il
en seroit mort de désespoir.

POUR VOUS, GÉNIES DÉGARROTTÉS, ET LES PLUS
DÉGOURDIS DE LA NATION, QUI AVEZ TOUT CE
QUE L'OUBLI DES PRINCIPES ET LA SÉDUCTION A
DE PLUS ENTRAINANT; TOUT CE QU'UN ESPRIT
DÉGELÉ ET LES RESSOURCES QUE LA SUPÉRIORITÉ
PIQUÉE AU JEU PEUT OPPOSER A L'ATTAQUE DES
SOTS, ET AUX MENSONGES MALPLANTÉS DES
MALVEILLANS, ET QUI LES DIAPRÉS DE MEUR-
TRISSURES, ET LES RÉDUISEZ A NE PLUS REMUER
(1) NI PIED NI PATTE DE LEUR LANGUE PAR DES

---

(1) Il y a dans l'original : [Remuer ni pied ni patte d'un doigt].
Le jardinier Antonio est ivre quand il se sert de cette expression
et de quelques autres du même *acabit*. — C'est ce même Antonio, toujours ivre, qui dit un peu plus haut : (Boire sans
soif et faire l'amour en tout temps, voilà ce qui nous distingue
des Bêtes....) L'ivresse, comme on voit, cause de grands dis-
parates ; il est du grand homme de saisir la nature sur le fait,
et le grand Figaro n'a pas manqué son coup.

VERS CARRÉS ET BIEN RONFLANS, DONT VOUS POIGNARDEZ NOBLEMENT LES JUGEMENS TÉNÉBREUX DE CETTE VERMINE QUI VEUT EFFLEURER MA RÉPUTATION; permettez-moi de mettre sous les yeux de mon lecteur l'hommage anticipé que vous rendez à mon mérite, afin de DÉMONTER TOUTE CETTE ENRAGÉE BOUTIQUE A CENSURE, ET QU'ELLE SOIT FORCÉE DE CONVENIR, QU'IL NAIT DANS MA PRÉFACE (BEAUCOUP PLUS GAIE AUSSI QUE L'OUVRAGE) UN JEU PLAISANT D'ON NE SAIT QUOI, NI QU'EST-CE, qui en fait tout le mérite.

LETTRE adreſſée par Arctin de la Morande, à l'Auteur.

Non collapsa ruunt subductis tecta columnis.

Brompton, près de Londres.

J'APPRENDS avec un sensible plaisir, maître Chrysostôme, que vous allez donner vos Aventures au public : je vous félicite de tout mon cœur de vous être enfin rendu à la saine raison sur ce que vous savez : j'en suis d'autant plus satisfait, que je suis l'ami intime de la personne en question, avec qui je me rappellerai d'avoir terminé une bien excellente affaire à Londres.

Adressez-moi votre ouvrage aussitôt qu'il sera imprimé. Je suis bien fâché, puisque vous savez l'Anglois, que vous ne l'ayez pas composé dans cette langue ; c'eût été un moyen bien bon de lui donner de la vogue en France. En attendant que je le connoisse , je vous envoie ce sonnet, dont vous pouvez disposer. Ajoutez le titre de votre ouvrage, que je ne connois pas , au lieu des *trois étoiles.*

SONNET

A MAITRE CRITÈS,

AU SUJET DE SON EXCELLENT***

ESPRIT apparoissant à tous les beaux-esprits,
Comme un éclair qui brille à travers le nuage ,
Peut-on pas appeler vos sublimes écrits :
L'ouvrage sans pareil , un sans pareil ouvrage ?

Critès , qui vous lira sans en être surpris,
Ne peut être compté du nombre des sept Sages.
Où diantre , dites-nous , avez-vous donc appris
A faire de si beaux et de si bons ouvrages ?

Où vous avez tracé , d'un style merveilleux ,
L'Histoire qui doit être admirée en tous lieux ;
En l'entonnant si bien , d'une haleine si forte ,

Que les Monts et les Vaux, la Gazette et les Bois,
Le Mercure de France, ou le Diable m'emporte,
S'enrhumeront sans doute à chanter vos exploits.

P. S. Adressez-moi par le prochain ordinaire l'éloge de votre livre tel que vous voulez qu'il soit ; je l'imprimerai sur le champ. J'ai bien quelques bagatelles ici pour lesquelles on me presse depuis six mois, entre autres un précis de je ne sais quel ouvrage, intitulé (1) (*Des moyens de soulager l'humanité souffrante*) : voilà deux fois qu'on me fait passer de l'argent pour que je l'imprime. On en donnera sûrement aussi pour qu'on lise une bagatelle aussi plate de motifs, et de style sans doute ; *tertia solvet*. Envoyez-moi toujours votre * * *. A propos, mandez-moi si vous voulez que j'en fasse faire une contrefaçon, contre laquelle vous crierez beaucoup. . .

M A D R I G A L

ADRESSÉ A L'AUTEUR,

PAR UN CÉLÈBRE AVEUGLE.

VOYANT ici ce que je voi,
Esprit divin, adorable génie,
Je ne sais, j'en jure ma foi,
•Que dire ou que penser de toi,

---

(1) Quelques Médisans pourroient insinuer, par malice, que cet ouvrage est de Critès lui-même : qu'on n'en croie rien. Foi de Critès, ce n'est pas de lui.

Ni de ta Gutiengumanie.

Si bien qu'ayant été fort long-temps à rêver,

(Même avant d'avoir pu te lire,)

Je suis, en conscience, obligé de t'écrire,

Pour les clous *aux Censeurs river* (1),

Que Phébus est venu lui-même pour t'instruire,

Si tu ne l'es allé trouver.

I M P R O V I S A

A M P H I B I E,

Chanté au Musée le jour du pompement du divin Chrysostéme
Crités à l'Immortalité.

LA trompette sonne.

L'univers résonne,

Videt Crités

Sub pedibus nubes ;

Tôt, tôt, tôt, qu'on s'empresse,

Que chacun en liesse,

Canat Critem

Syderum hospitem.

---

(1) Hem ! Pour les clous aux censeurs river.... Ah ! venéz-y
donc, MM. les Censeurs.

MADRIGAL

À L'AUTEUR DE L'ANE PROMENEUR,

Par la célèbre Mme RIME ET RAISON.

CRITÈS, l'Ane et l'Ouvrage ont tant de belles choses,
Qu'Ane, Ouvrage et Critès, on peut les comparer
Au rosier que l'on voit doublement se parer
   Et des épines et des roses.
ON, prétend que ma rime est souvent sans raison :
Cet ON en a menti; sieur ON, quoique tu gloses,
   J'en ferai la comparaison.....
Oui, Critès, dans ton Livre on trouvera conjointes,
Malgré les SI, les CAR, et les MAIS et les ON,
De la Rose la fleur, et du Rosier les pointes.

QUATRAIN

Pour souhaiter bon voyage au Livre de Critès, partant pour
l'Immortalité.

Allez, partez, courez, courez, volez beau Livre;
  Volez à l'Immortalité :
  Critès, sur son Ane monté,
  Ne tardera pas à vous suivre.

Sans vouloir, comme bien des gens, faire parade
des vers qu'on m'adresse de toute part, et qu'ils
font imprimer en tête du livre, afin qu'on suppose

du mérite à l'auteur, je me crois autorisé à dire que voilà des présomptions bien fortes en faveur d'un ouvrage, contre lequel la critique doit nécessairement échouer.

Il arrive quelquefois qu'on donne des éloges, mais jamais on n'en prodigue d'aussi complets à un homme dont on ne connoîtroit pas le mérite. Ces éloges, comme je vous l'ai déjà dit, doivent fixer d'autant mieux votre opinion, qu'on me les a donnés avant même que je conçusse le projet de donner au public cette excellentePréface, qui aura, SI J'EN CROIS LE CALCUL POSITIF DES ESPÉRANCES, le sort de ces brillans ouvrages dont la réputation s'est soutenue dans l'esprit de la plupart des gens, qui n'en connoissoient pas même le titre, mais qui savoient seulement que l'auteur avoit sur SON CHANTIER une pièce de théâtre de LA MÊME FABRIQUE, que celle qu'ils avoient accueillie sur ouï dire, et qu'ils vantoient sur parole.

Quelque bonne opinion que j'aie de moi, et bien que mon Apollon et ces Messieurs me garantissent le succès le plus prompt et le plus durable, j'ai cru que je ne devois pas négliger de prendre toutes ces petites précautions, si nécessaires quand on veut assurer son triomphe.

Que pourra-t-on desirer dans cet ouvrage? Titre extravagant? il l'a. Portrait de l'auteur? Il y est ressemblant

ressemblant à faire peur. Une préface d'un certain genre ? Je défie au bon faiseur de Préfaces d'en faire une plus impertinente et plus ridicule. Vers à la louange de l'auteur ? Ah ! Messieurs, en veut-on de plus forts, et de meilleurs ? [L'ouvrage des ouvrages, *videt sub pedibus nubes*, et d'une haleine si forte, etc.]

Les sujets qui seront traités, exigent-ils de se présenter aux yeux en même temps qu'ils se peignent à l'esprit ? Des gravures très-soignées d'après les dessins originaux de mon Ane, satisferont la curiosité des amateurs : toute l'Académie royale est en l'air pour cela. Le suffrage des femmes ?... Femmes charmantes! vous savez que j'adore votre sexe ; soyez mes apologistes.... Elles le seront, c'est convenu. Contrefaçons ? J'en ai commandé. Traductions en langues étrangères? Je connois assez moi-même l'anglois et l'italien pour être mon traducteur : j'en ferai aussi une version grecque pour les champs Elysées, et une autre en bas-breton pour l'envoyer au diable. Je veux que le diable me lise aussi : empêchera-t-on ma Préface et moi d'aller au diable, voyons?

Les modes donnent infiniment de relief à un livre nouveau, quand elles peuvent prendre le nom de l'auteur, ou de quelque personnage principal de l'ouvrage. J'ai écrit dans toutes les manufactures Chinoises, Angloises, Welches, Ostro-

gotes, Visigotes; j'ai la parole des Baulard, des Bertin, des Grancher, du Pâtissier du Palais royal, et de toute la rue des Lombards; et l'on ne va plus voir à Paris incessamment, et dans la province, que des habits à la Gu-tien-gu, des chapeaux à la Gu-tien-gu, des poufs à la Gu-tien-gu, des plaidoyers, des gaufres, des esprits, des oreilles, des pastilles, des fracs, des petits pâtés, et des têtes à la Gu-tien-gu, jusqu'à la mienne.

> Censeur, Censeur, eh! que prétends-tu faire?
> Tu te prends à plus dur que toi:
> Pauvre Censeur à tête folle!
> Plutôt que d'emporter de moi
> Seulement le quart d'une obole,
> Tu te romprois toutes les dents.

Allons, tais-toi, et loue.... ou blâme, cela m'est tout un; car je te le répète:

> *Non ego ventosæ plebis suffragia venor;*
> *. . . . . Non est mortale quod opto.*

LES L'EUSSES-TU-CRU,

OU

PALINODIE

DE GILLES LUSTUCRU

A SON COMPÈRE JELAIVU.

[*Comme l'Editeur de cet Ouvrage alloit donner la suite de l'Origine des Préfaces, il a reçu les deux Pièces suivantes ; et les égards dus à Monsieur Gilles Lustucru et au Compère Jelaivu, l'ont forcé de suspendre quelques momens. Pardon, Lecteur ; tout s'ENFILERA à son tour, sois tranquille.*]

L'EUSSES-TU CRU, Compère ? qu'à ce siècle futile de Louis XIV, à ce siècle dont la gloire cependant paroissoit être annoncée par les Cotin, les Scudéri, les Chapelain, les Pradon, les Saint-Amand et tant d'autres auteurs de même force ; qu'à ce siècle de mauvais goût qui a vu naître les Boileau, les Racine, les Fénelon, les Molière, les Regnard, en dût succéder un, où toutes les connoissances humaines devoient parvenir au plus haut degré de perfection. Ce phénomène est pourtant arrivé.... *Mon Compère, l'eusses-tu cru ?*

Tu sais comme moi et mieux que moi, Compère, que les arts et les sciences doivent leur accroissement et leurs progrès aux lettres : quel siècle devoit donc produire de plus grands événemens et des découvertes plus précieuses, que celui où l'on voit figurer avec tant d'éclat, les Jeannot, les Figaro, les Gu-tien-gu, et avec eux les *C'en-est*, les proverbes rapiécés à neuf, les calembourgs ?

O DOUZE OU QUINZE MILLE FOIS FORTUNÉS, ceux qui auront eu le bonheur d'avoir existé dans cet âge du goût et de la raison, si fertile en découvertes ; où l'on court la poste dans les airs ; où l'on va en sabots sur l'onde ; où l'on guérit de la colique d'estomac sans rhubarbe ni élixir de Tréwinchell ; où de jolis monumens bien historifiés ont fait tomber le faste pédantesque de la colonade du Louvre , *jadis superbe ;* où l'on déserte le palais et les jardins d'Armide, pour voyager dans l'isle des Lanternes , l'insipide Quinaut pour le fameux M.... (I) ; et pendant lequel sans

---

(1) Le M. . dont il s'agit ici , n'est ni le M. . Champenois qui s'apperçut, comme Socrate, de la bonté des Femmes quand elles étoient mortes ; ni le Guillaume M. . à qui Figaro ne se seroit pas avisé de dire : (*Qu'il parle latin , j'y suis grec*) ; ni le Suisse M. . qui aima mieux rester en prison que d'avoir une belle place en changeant son cheval borgne contre un aveugle ; ni le Docteur M.. à qui un pitoyable auteur du temps soutint :

Que l'Homme, qu'un Docteur est au dessous d'un Ane,

et qui n'étoit pas si mâchoire d'Ane pourtant que Santeuil le disoit ; mais le célèbre M. .. dont parle Alcofibras , celui qui accompagna Gribouille dans ce beau pays où l'on vous donne des vessies pour des lanternes, et dans lequel on donnera bientôt du plain-chant pour de la musique.

doute on cessera de lire l'Esprit des lois, ouvrage qui n'est qu'une vieille sottise, pour méditer à loisir Critès promené par son Ane, qui est un chef- d'œuvre!... *L'eusses-tu cru, mon Compère ?*

QUE faisoient nos pères ? Ces rêves - creux alloient chercher dans l'antiquité des modèles à imiter, des exemples à suivre ; ils n'avoient jamais dans la bouche que leur *Aristophane*, leur *Thucydide*, leur *Plaute* et leur éternel *Horace* : à les entendre, ce n'étoit que dans ces Auteurs divins qu'on pouvoit se former le goût et le jugement. Ils ne regrettoient pas comme nous, les *Bavius* (1), les *Mævius*, les *Marsus*. Eh bien ! qu'ont-ils produit, ces génies si vantés ? Ils ont fatigué les ressorts de leur esprit, à force de le mettre à la torture : ils ont cru enfanter des merveilles ; et semblables à la montagne qui accouche, ils ont mis au jour, quoi ? un Cinna, une Phèdre, une Athalie, un Misantrope, un Tartuffe, et un ramas de pareilles sottises, que se disputent les théâtres des Grimaciers et de Monsieur Salé, et qui pourtant ont eu quelque vogue !... *Mon Compère, l'eusses-tu cru ?*

_____

(1) *Qui Bavium non odit, amet tua carmina, Mævi.*

Bavius et Mœvius, Poètes célèbres de l'antiquité, que Virgile a loués, à peu près comme Boileau a loué Cotin. — Domitius Marsus de Thrace : Néron le préféroit à Virgile. Martial en fait l'éloge.... dans une épigramme.

AUJOURD'HUI les hommes, qui ont sucé la raison avec le lait, n'ont garde de prendre tant de peine : on feuillette les mille et un dictionnaires, on lit les gazettes, on dîne, on digère, on raisonne ; on va à la Redoute, au Musée ; on politique au Caveau, on fredonne un air d'opéra, on parcourt le Journal de Paris, et l'on est très-savant, mais, mais très-savant. Chaque jour est marqué par une nouvelle merveille : Jeannot chez le dégraisseur, Jerôme pointu, le général Jacot et le Barbier, enchantent tour-à-tour la cour et la ville ; ils font les délices de la bonne société ; ils soupent dans la petite maison avec la sultane favorite de Monseigneur ; Hébé et Ganymède leur servent du nectar dans la coupe des Dieux ; ils sont logés dans des palais ; on leur bâtit des temples. . . . *L'eusses-tu cru, mon Compère ?*

JADIS, d'immenses galeries étoient tristement décorées des prétendus chefs - d'œuvres des le Sueur, des le Poussin, des Rubens, des Wandik, des Salvator Rosa, des Bouchardon.

AUJOURD'HUI, où le goût est plus épuré, on a de jolis petits cabinets bien symétriques, où l'œil satisfait contemple à loisir, dans de jolis petits cadres qu'a vendus Dulac, de jolies masures, des troncs d'arbres et de l'eau mousseuse, de M. H. ... (1) ;

_____

(1) Quelques personnes ont trouvé, dit-on, que Crités s'est un peu trop égayé dans ses Promenades, sur le compte de MM.

des diseuses de bonne-aventure, des Bohémiennes du célèbre Deb *, des cruches et des inventaires de fripperie de Bil **; et des Magots de Chine qui branlent la tête..... *Mon Compère, l'eusses-tu cru ?*

AUTREFOIS sur son luth un poëte ennuyeux

Chantoit Laure et Corinne, ou célébroit les dieux ;

D'Aréthuse et d'Alphée, en ses rimes oiseuses,

Il aimoit à mêler les ondes amoureuses ;

Il vengeoit Ménélas des affronts de Pâris ;

Il conduisoit les Grecs au bord du Simoïs :

De Priam et d'Hécube il peignoit l'épouvante,

Quand le fils de Thétis à la voix foudroyante,

La chevelure en feu, poussoit vers leurs remparts

Des Troyens éperdus les escadrons épars ;

Au perfide Etéocle il envoyoit Tydée,

Et dans un char de flamme il enlevoit Médée ;

Ou la houlette en main, sur de rauques pipeaux,

Deb... Bard... W... et H.... et personne n'a crié *haro* contre M. Coup-de-Patte, qui a imprimé que le respectable M. Vien n'avoit plus qu'à peindre la famille de Priam le cul en l'air, et qui a eu l'impertinence de dire à l'Académie : *Qu'en recevant M. W... fils dans son sein, elle y admettoit jusqu'au dégoûtant.* Il y avoit, sans doute, au Sallon de plus pitoyables tableaux que ceux de M. H... etc. Critès n'a pas daigné les appercevoir, parce que les auteurs étoient à la peinture, ce qu'un D....., et un tas de grimauds de cette espèce, sont à la littérature, c'est-à-dire, de quelques degrés au dessous de zéro.

Assis au pied d'un hêtre, à ses bêlans troupeaux
Il fredonnoit en l'air quelques chansons rustiques;
Enfin le soir, rendu vers ses dieux domestiques,
En mangeant ses marrons et son fromage mou,
Il faisoit à sa femme un conte Loup-garou.

AUZOURD'HUI, petit-maître et rimeur agréèble,
    Il zaze sur un ton croqué;
Et le buzte en avant, en zoli frac musqué,
    Il trance par-tout du capèble.
Il trouve les Zardins, èh!...d'un fère (1) admirèble.
Du ztyle de Corneille il est tout offuzqué;
    Il voltize dans les ruelles;
Il perziffle Cléon d'un rendez-vous manqué,
Et nomme (pour rimer) les femmes des cruelles.
Sur le Cien de Cloris il fait un madrigal,
    Qu'à l'article Littérature
    On vous offre, comme un régal;
    Dans tout le plus proçain Mercure.
Il làçce, en minaudant, une lézer in-promptu,
Que sa muse à loisir avoit rimé la veille.
Il fredonne un couplet sur l'air *hurlubrelu;*
Orphise, en se pâmant, dit, c'est une merveille!
    Mon Compère, l'eusses-tu cru?

---

(1) Les gens du bon ton écrivent ainsi le verbe *faire.* La diphtongue sonore *oi,* tant regrettée par l'estimable d'Olivet, est proscrite aussi jusques dans les monosyllabes. On dit à la cour *je crès* pour *je crois.* On dira bientôt du *bès* et des *pès,* pour du *bois* et des *pois.*

Jadis les gens de lettres avoient formé entre eux une république; la Sagesse y prescrivoit des lois ; la Raison en avoit dirigé le code ; le Goût présidoit cet aréopage ; les Grâces en étoient les conseillers; le Bon-sens plaidoit les causes; Momus dirigeoit les arrêts dictés par la folie ; le Ridicule y mettoit le sceau ; Gélasinus les exécutoit ; la peau et les oreilles de Marsyas étoient la punition ordinaire de ceux qui osoient défier Apollon, et le Vaudeville couroit gaiement dans les vallons du Pinde, et apprenoit aux oiseaux à répéter avec lui :

Petaut, le Roi Petaut, a des oreilles d'Ane !

Aujourd'hui, grace donc au *vainqueur des deux rivaux qui regnèrent sur la scène*, le dieu du Goût parle le langage des Halles; le fiel de l'injure a remplacé le sel Attique d'Horace ; le temple des arts est devenu (1) l'antre de la chicane;

_____

(1) Deux atômes, savoir, un atôme en littérature, flanqué d'un atôme en jurisprudence, ayant lu quelque part qu'*Erostrate s'étoit immortalisé en mettant le feu au temple d'Ephèse*, ont aussi voulu s'immortaliser par des voies pareilles. Quelques mauvais vers adressés ou non à M. de***, leur ont donné les moyens de faire un procès ridicule et un libelle punissable : procédé pour faire parler de soi, bien digne de tels grimauds. On assure que l'atôme en littérature vendra de cette affaire-là une mauvaise satyre, que personne n'a lue, dans laquelle il déchire M. de Cond**, qui n'en saura jamais rien. Quant à l'atôme en jurisprudence, il est allé, dit-on, lorgner philosophiquement chez les Capucins de Pampelune.

la Muse de Jean-Baptiste erre encore sur des bords étrangers ; elle tourne ses regards noyés de pleurs , vers les lieux qui l'ont vue naître, vers son ingrate patrie qu'elle a honorée ; elle demande justice contre ses calomniateurs; elle s'écrie dans les étreintes de sa douleur (1) : » O citoyens, citoyens! s'il n'a pas été coupable, » rétablissez sa mémoire, rendez-lui l'honneur! « Mais ses cris sont impuissans ; le vent les emporte au loin, et le chantre des Dieux ne peut faire entendre sa voix, où croasse le Stentor des marais du Parnasse ; et cela doit-être... *Mon Compère , l'eusses-tu cru ?*

DANS LE SIÈCLE DERNIER, un auteur sacrifioit ce qu'on appelle de nos jours LA BIENHEUREUSE INFLUENCE DE L'AFFICHE pour le fonds du sujet. Pensées d'un tel , Entretiens d'Ariste et d'Eugène , Sentimens de Cléante , Traité de telle chose ; voilà quels étoient les titres de ces ouvrages, où nos pères trouvoient , et où leurs

---

(1) Il paroît constant que J. B. Rousseau n'est point l'auteur des fameux et très-pitoyables couplets qui ont causé ses malheurs ; il les a niés jusqu'au lit de la mort. Ce grand homme, bien plus *grand* que ses ennemis qu'on appelle *grands* , a été banni de sa patrie, de cette patrie où l'on voit triompher un Tigelin, un .... (n'importe.) Mais , dit JUVENAL :

Conscia mens surdo, sceleratos verbere cædit.

admirateurs trouvent encore des graces sans
apprêt, une saine critique sans fiel, de l'esprit
sans affectation, du raisonnement sans sophismes,
de la plaisanterie sans équivoques ; et ils attendoient modestement que le public décidât du
mérite de leurs ouvrages.

AUJOURD'HUI, nos auteurs plus éclairés, sont
aussi infiniment plus adroits : pour assurer à leurs
productions ingénieuses un succès plus prompt
et plus durable, ils donnent *une marotte et des
grelots à la Raison*, ils habillent *Momus en Paillasse;*
ils affublent les héros de leurs ouvrages d'une peau
étrangère : l'un porte la rescille Espagnole, et
l'autre des oreilles Chinoises. Ils montent ensuite
sur des tréteaux, et d'une voix de Stentor, ils
crient au public : Venez, venez, Messieurs;
j'ai DES MORALITÉS D'ENSEMBLE RÉPANDUES
DANS DES FLOTS D'UNE INALTERABLE GAIETÉ ;
MON DIALOGUE EST VIF, ET LA FACILITÉ EN CACHE
LE TRAVAIL; MON INTRIGUE EST ADROITEMENT
FILÉE; L'ART S'Y ENFILE SOUS L'ART, ET MON ART
SE NOUE ET SE DÉNOUE SANS CESSE ; mes tableaux sont piquans, variés, mes situations comiques, ET IL NAIT DANS MA PIÈCE UN JEU PLAI-
SANT D'INTRIGUE; je suis, en un mot, un homme
charmant, délicieux, divin; et le public en chorus
répète : Il est charmant, divin, délicieux. Honni

soit qui mal y pense! *sic itur ad pistri*..... eh! non, *ad astra*.

L'EUSSES-TU CRU, MON COMPÈRE?

MON COMPÈRE, L'EUSSES-TU CRU?

RÉPONSE

DU COMPÈRE JELAIVU.

Air : De l'eusses-tu cru?

Si je l'ai cru,
 Mon compère,
Ce grand phénomène... là,
 Lan la, la leran lan là!
 C'est de l'eau claire :
  Mon compère
  Lustucru,
 Et je l'ai vu.

Air à faire, ou *Ariette de l'Isle des Fous* :
La beauté sans l'esprit n'est rien.

J'AI VU Lully, j'ai vu Campra,
Faisant la mine d'une toise,
Avec Rameau, *cahin caha*,
Aller à la foire à Pontoise.

J'AI vu chasser de l'Opéra
Bernard;.... Quinault l'insipide,
 Si stupide,
  Si sot,
  Si sot.

J'ai vu Monsieur Gribouille
Qui lanternouille,
Chatouille,
Gazouille,
Gargouille.
Mon Compére, que c'est beau !
Bravo! oh ! qu'on se dérouille :
Gribouille fait la bredouille
A tous ces Quinault là,
A tous, à tous ces Quinault là.

Si je l'ai cru,
Mon Compère,
Ce grand phénomène.... là,
Lan la, la leran lan là !
C'est de l'eau claire :
Mon Compère
Lustucru,
Et je l'ai vu.

Air : Non, non Doris.

CHAPEAU percé, j'ai vu Cinna,
La Rodogune et l'Athalie,
Qui s'en alloient en caraba
Aux boulevards gagner leur vie :
Bajazet menoit les chevaux,
En casaquin suivoit Mérope ;
Derrière eux Chimène en sabots,
Donnoit le bras au Misanthrope.   (*Bis.*)

Air : Je suis Lindor, etc.

De ses deux mains, Madame Melpomène,
En cheminant s'arrachoit les cheveux ;
Et puis en l'air élevant ses yeux creux,
Aux quatre vents contoit ainsi sa peine.

Air : De la Bourbonnoise.

La pauvre Melpomène,
Elle est bien à la gêne ;   (*Bis.*)
Sans souliers, sans domaine,
Elle est sur le grabat :
   Ah ! ah ! ah ! ah !
Pour la Folle Journée,
Être si mal menée !
Et sans pain confinée
Sur de vilains tréteaux :
Oh ! ooh ! ooh ! ooh ! —— oh , etc.
   Et pour un Figaro,
   Oh ! oh ! oh !
   Et pour un Figaro.

Air : Jardinier ne vois-tu pas.

THALIE à sa sœur disoit :
Ah ! fi donc, Melpomène !
On vous le pardonneroit ,
Si ce Barbier en valoit
La peine, la peine, la peine.

Air : Du haut en bas.

Du haut en bas
Aujourd'hui, ma sœur, on nous traite :
Du haut en bas
On a profané nos appas ;
Mais, croyez-en votre cadette,
La chance à tourner est sujette....
Du haut en bas.

Air : Turlurette.

Connoissez votre Paris :
Sur un pivot les esprits
Vont comme la girouette,
Turlurette,
Turlurette,
Ma tanturlurette.

Air : Réveillez-vous, belle endormie.

Au lieu d'avoir martel en tête,
Et de vous donner du tourment,
Venez, ma sœur, à la guinguette,
Venez attendre un meilleur vent.

Si je l'ai cru,
Mon Compère, etc.

Air :

Air : Lison dormoit dans un bocage.

J'AI vu dans le Sallon des crises,
Borgnes par-ci, Goutteux par-là ;
J'ai vu se pâmer des Marquises
Aux doux sons de l'harmonica ;
J'ai vu Chloé perdre la tête,
Et puis tomber dans des vapeurs....
Mais des vapeurs ! mais des vapeurs !
Alors un doigt, qui n'est pas bête,
Glisse par-ci, coule par-là :
O prodige ! chacun crie.... ah !

Air : Contredanse du Prince de Noisy.

JE le sens,
Je le sens ;
Ah !
J'en reviens,
J'en reviens ;
Ah !

LES COMMENT VOUS TROUVEZ-VOUS DE MESMER.

Air : Mineur du menuet de Golconde.

Vos vapeurs ?
Nos vapeurs ?

{ Oui ;... les avez-vous encor, vos vapeurs ?
{ Non,... nous ne les avons plus, nos vapeurs.

H

Vos douleurs ?

Nos douleurs?

$\Big\{$ Oui ; ... les sentez-vous encor, vos douleurs ?

Non, ... nous ne les sentons plus, nos douleurs.

Et votre œil ?

Lequel œil ?

Le gauche appareinmment :

Ah ! Monsieur, vraiment,

J'y vois blanc ou noir, assurément.

Mais celui

Que voici.

$\Big\{$ Une ordure, aï, aï ... Monsieur, soufflez-y.

Ouvrez, là... bien ! — Bst ! vous voilà guéri.

RONDE DE MESMER.

Air : Ma Commère, quand je danse.

ÇA, Mesdames, une ronde ;

Laissons crier les jaloux.

Si la Faculté me fronde,

Je les magnétise tous,

De ce doigt-ci, de ce doigt-là :

ÇA, Mesdames, une ronde ;

Laissons crier les jaloux.

EN vain l'on peste, l'on gronde,

Sur mon secret, sur le prix :

Ici toujours on abonde ;
Et les plus fins y sont pris,
Par ce doigt-ci, par ce doigt-là :
ÇA , Mesdames, etc.

AYEZ la toux, la gravelle,
La colique, *et cætera :*
Bon, c'est une bagatelle
Que d'un *zeste* on guérira,
Par ce doigt-ci, par ce doigt-là :
ÇA , Mesdames, etc.

MON remède est immanquable,
A toute sauce il est bon ;
Il vous chasseroit le diable
De la bourse d'un Gascon,
Par ce doigt-ci, par ce doigt-là :
ÇA , Mesdames, etc.

SI les femmes sont stériles,
Ou les maris impuissans,
Qu'il en vienne ici des mille ;
Oh ! j'ai des milliers d'enfans,
Dans ce doigt-ci, dans ce doigt-là :
ÇA , Mesdames, etc.

GRATIS je guéris les filles
De tous leurs *bobo* secrets :
Pourvu qu'elles soient gentilles,

H ij

J'ai des doigts faits tout exprès ;
C'est ce doigt-ci, c'est ce doigt-là :
ÇA, Mesdames, etc.

VOUS connoissez la Palisse (1) ?
Il étoit mort cet été :
Eh bien ! sans jus de réglisse,
Je vous l'ai ressuscité
Par ce doigt-ci, par ce doigt-là :
ÇA, Mesdames, etc.

MES malades, fait notoire,
S'ils s'en vont aux sombres bords,
C'est pour étendre ma gloire
Jusqu'au royaume des morts (2) ,
Par ce doigt-ci, par ce doigt-là :
ÇA, Mesdames, etc.

SI j'avois en pacotilles,
Des boiteux que j'ai guéris,
Les bâtons et les béquilles,
J'en chaufferois tout Paris.
Par ce doigt-ci, par ce doigt-là :
ÇA, Mesdames, etc.

---

(1) La chanson de *M. de la Palisse est mort* , se chante en jouant du doigt.

(2) Court de Gebelin est allé guérir Madame Proserpine des caprices qu'elle a depuis son voyage en France , et apprendre à son cher mari l'histoire de la lettre E, qui signifie que Jupiter, Neptune et lui Pluton, sont trois têtes dans un bonnet.

JE guéris de la berlue;

Je vous rajuste des nez ;

Je *rends* l'ouïe et la vue (1)

Aux sourds, aux aveugles-*nés*,

Par ce doigt-ci, par ce doigt-là :

ÇA, Mesdames, etc.

CELUI qui n'y voit plus goutte,

Sur ses deux pieds se tient droit ;

Et si quelqu'un a la goutte,

Tout aussitôt il y voit ;

Par ce doigt-ci, par ce doigt-là :

ÇA, Mesdames, etc.

NARGUE des Apothicaires !

Qu'ils disent leur *libera* :

Leurs alambics, leurs clystères,

Je les ai mis *à quia*,

Par ce doigt-ci, par ce doigt-là :

Çà, Mesdames, une ronde;

Laissons crier les jaloux.

Air : Quand Biron voulut danser.

APRÈS qu'on eut bien dansé,

Après qu'on eut bien dansé,

Mesmer leur dit c'est assez,

Mesmer leur dit c'est assez.

---

(1) Guérir un mal *putné* d'un doigt par-ci, d'un doigt par-là, c'est une belle cure ; mais *rendre* l'ouïe et la vue à des sourds et à des aveugles-*nés*, c'est un miracle : n'est-il pas vrai, Lecteur?

H iij

Air : Allez vous-en, gens de la nôce.

ALLEZ vous-en, mes chers Malades,
Allez vous-en chacun chez vous,
Buvez du vin, mangez salades,
Je vous garantis de la toux,
Par ce doigt-ci, par ce doigt-là ;
ALLEZ vous-en, mes chers Malades,
Allez vous-en chacun chez vous.

SOUVENEZ-VOUS de mon adresse :
Au cas que votre mal revînt,
Gardez-vous d'avoir la foiblesse
D'appeler un sot Médecin,
Purgeant par-ci, saignant par-là ;
ET revenez, mes chers Malades,
Revenez aussitôt chez nous.

SI je l'ai cru,

Mon Compère,

Ce grand phénomène... là,

Lan la, la leran lan là !

C'est de l'eau claire :

Mon Compère

Lustucru,

Et je l'ai vu.

Enfin, mon Compère, j'ai vu bien d'autres choses (comme dit la chanson),

> Que je n'ose te dire;
> Je ne te dis pas tout.

J'ai pourtant été témoin encore du pompement de Chrysostôme à l'immortalité : tu ne seras pas fâché peut-être que je fasse la description de cette étonnante apothéose.

POISSON D'AVRIL,

OU

APOTHÉOSE

DE CHRYSOSTOME CRITÈS

ET DE SON ANE,

Telle qu'elle a été remarquée par le Compère JELAIVU, sur la butte Montmartre, le 1ᵉʳ avril 1786.

Muse, changeons de style.

LES flambeaux pâles et languissans de la nuit laissoient à peine appercevoir leur mourante lumière ; Vénus sortant de l'onde, et conduite par les Heures matinales, brilloit sur l'horizon ; à son aspect la noire épouse de l'Erèbe se préparoit à reployer ses voiles, et commençoit à précipiter ses coursiers dans les régions du Ténare : Céphale, prévenu du retour d'une amante qu'il ne pouvoit aimer, se cachoit dans les forêts : l'infidèle et jalouse Procris suivoit ses pas en chancelant ; une agitation inconnue et les pressentimens cruels qui s'élevoient dans son ame, sembloient lui annoncer qu'elle alloit recevoir la mort de la main de son époux. Phébus endormi sur l'humide sein de Thétis, ne rendoit pas encore la lumière au monde; mais les Tritons réveillés par les hennissemens d'Eoüs et de Pyroïs, préparoient l'ambroisie dans des conques de nacre et de corail. La verméille Aurore après avoir donné trois baisers au vieux Titon, se préparoit à entr'ouvrir de ses doigts de rose les portes de l'Orient. La plaintive...

C'est parler magnifiquement !

Mais ce n'est pas là le cas, compère ; un ton plus bas. — Soit.

Les filoux effrayés des approches du jour avoient déjà quitté leurs embuscades ; le joueur, la rage dans l'ame, sortoit d'un affreux brelan ; il avoit déjà marqué le bijou qu'il enleveroit à la tendre Aglaé : mille malheureux qui avoient essayé en vain d'émouvoir le cœur endurci de l'homme riche, réveillés par le besoin, inondoient de leurs larmes le dernier meuble de leur pauvre ménage, qu'ils alloient porter à ce Mont que l'abus de l'usure a forcé d'élever : la brillante Orphise sortoit du bal, et alloit déposer sur sa toilette, ses lis, ses roses, ses trente-deux perles, et l'un de ces beaux yeux que Florimon idolâtre : les grands, enfoncés dans le duvet, invoquoient inutilement Morphée qui rioit de leur sollicitude, en versant à pleines mains ses pavots sur les yeux de l'industrieux artisan : l'Ambition impatiente, qui veilloit au chevet des gens en place, tiroit avec fracas leurs rideaux, et leur reprochoit amèrement quelques heures d'un sommeil interrompu : *Sbrigani* avoit déja souri à la Chicane étique, dont la bouche hideuse et les yeux enfoncés distilloient l'encre et le fiel ; il lui tendoit *le seul bras* qui lui restât pour faire du mal ; il la remercioit d'un air hypocrite du nouveau moyen qu'elle lui offroit de faire des malheureux : des nuées d'estimables Limousins frappoient sans cadence, de leur modeste chaussure, un pavé encore échauffé de mille équipages bruyans, qu'avoit foulé la veille la richesse indolente ; ils alloient, au prix de leurs sueurs, gagner le denier de la vertu, et débarrasser des bâtimens gothiques et mal-sains qui les couvrent, ces ponts qui me cachoient l'image du meilleur et du plus grand des Rois. — Oh que c'est donc long, Compère ! de la Morale qui ne finit plus ! de la Critique ! des Limousins ! fi le mauvais ton ! — Ma foi, Lustucru, il est bien difficile *de contenter tout le monde et son Compère*. Mais je le vois : tu as le goût du siècle, *et c'est le bon, Compère Lustucru !* M'y voici.

Suzon la Ravaudeuse étendoit ses appas dans un lit, dont les draps jadis blancs lui rappeloient malgré elle *la malheureuse déconvenue* de son cher

Jeannot : logée au septième, rue *du Pet au diable*, elle ne pouvoit entendre de sa soupente *le ga-zouillis* de la matineuse alouette ; mais les pu-ces et quelques autres insectes avides de sang pur, commençoient à faire bondir cette grâce endormie : l'importunité de ces *Briarées* (1), l'avoit déjà forcée d'arracher la bandelette qui retenoit les tresses de ses cheveux *dorés & émaillés de perles ;* elle avoit jeté avec indignation ce *vê-tement* que l'étoupe de Picardie a tissu : l'Amour s'en saisit, et ne cueillit pas ce jour-là, dit-on, dans les vallons rians de Paphos et de Gnide, *les roses et les lis* dont il pare chaque aurore le sein de Vénus. Enfin, il étoit l'heure où le génie Calembourg pinçoit en grimaçant l'oreille de tous nos beaux-esprits, et les excitoit à mettre en chantier quelque nouveau *C'en-est*, ou *le Veu-vage de Figaro.*

Chrysostôme et son Ane, revenus la veille des états de la Lune, endormis dans les bras l'un de l'autre, s'étoient livrés, après beaucoup de fa-tigues, aux douceurs du repos. Gu-tien-gu,

---

(1) Briarée, géant à cent bras, voulut escalader le Ciel. Jupiter le foudroya, et ses cendres furent changées en des millions d'insectes à cent pieds ou pattes. Homère dit que ce Dieu lui pardonna à la prière de Thétis : cela pourroit bien être ; mais mon Ane et moi avons arrangé cela différemment.

qui avoit ses projets, et qui vouloit donner à son cher Critès le plus agréable Poisson - d'Avril qu'il eût jamais reçu, se réveilla le premier en sursaut. Après avoir considéré son fidèle disciple avec une tendre complaisance, il prend la gravité d'un Maire de village dans ses fonctions ; et puis :

Sous le nez du dormeur rebroussant ses sabots,
A Critès, qui ronfloit, il entonne ces mots :

» Tu dors, Critès, tu dors ; et déja de Montmartre
» L'aurore aux crins dorés couronne le sommet.
» Que fais-tu dans ce lit, comme un ivrogne en chartre?
» Lève-toi ; viens, mon fils ; laisse-là ton bonnet :
» Coiffe-moi ce laurier, le Ciel te le destine :
» Prends ta veste, ton sac, chausse ces éperons ;
» Allons! es-tu botté? ZESTE ! sur mon échine.
» CRAC ! un temps de galop, à la gloire volons. «

Témoin de leur départ, je prends mes jambes à mon cou, et avec la rapidité de l'éclair ou d'un Coursier de Melun, j'arrive sur le sommet de ce Mont consacré au dieu Mars et aux Anes (1).

---

(1) Langue vulgaire, *de la butte Montmartre.* Il y avoit autrefois sur ce mont fameux, un *temple* consacré au dieu Mars ; aujourd'hui il y a des *moulins* consacrés à des *Anes* qu'on appelle *Martins,* et c'est tout comme.... En effet, *Martin,* c'est

Une infinité de curieux à longues oreilles y
étoient déjà rassemblés.

Vous y étiez, Anes des Patriarches (1), Ane

---

comme qui diroit *Petit-Mars*. — On trouve cette même *An-à-*
logie dans l'origine du nom de *Petit-Maître*. Le duc de Mazarin,
Grand-Maître d'artillerie, étoit l'homme le plus galant de son
siècle. A peine avoit-il quitté ses drapeaux, qu'il venoit déposer
son cœur et ses lauriers aux pieds des Belles. Ses officiers s'effor-
çoient de copier toutes les *mines* de leur chef, mais ce n'étoient
que des *minauderies* en comparaison; et par comparaison aussi
on les appeloit *Petits-Maîtres*. Les *ANES*, comme on voit, et
ces *MESSIEURS*, ont un rapprochement sensible. .... Col étoffé,
œil luisant, belle oreille, tout, jusqu'à l'esprit; ils sont ju-
meaux peut-être? Pour moi, ... en vérité, je m'y méprends
toujours. — Voyez la peinture d'un Petit-Maître, Journ. des
Sav., in-12, décembre 1732, pag. 2159 et suiv., et l'apologie
de l'Ane dans Pluche et Buffon.

(1) Jadis les Patriarches alloient à Ane. Ils ont perdu cette
habitude depuis Grégoire III ; témoin la lettre qu'il écrivit à
son pourvoyeur de montures. (» Pierre, vous m'avez envoyé
» un mauvais cheval et cinq bons Anes ; mais je ne peux me
» servir du cheval, parce qu'il est mauvais, ni des Anes, parce
» qu'ils sont des Anes «). Hist. Ecc. de l'abbé Racine, tome III.
— Jacob étoit boiteux depuis son duel contre un ange, qui
lui froissa la cuisse d'un coup d'estramaçon ; il désigna un de
ses descendans sous le nom d'Ane robuste. — L'Ane d'Issachar,
appelé l'Ane fort par excellence (Genes. chap. 49, vers. 14.).
— Le Lion qui dévora Jadon, respecta son Ane : ces MM. se
firent beaucoup de politesses (Flav. Joseph. Lib. 8. chap. 3 des
Antiq.). — Jaïr de Galaad, l'un des Juges des Hébreux (Voy.
Jug. 10, vers. 4). — Le vainqueur de Madian coupa les jar-
rets aux chevaux des vaincus, et épargna les Anes (Num. c. 31,
vers. 34). — Les Ambraciotes rendent des honneurs divins à
ces Messieurs.

robuste du boiteux Jacob; Ane de Jadon que les lions respectoient ; et vous , Ane fort d'Issachar, avec les trente Anes des trente fils de Jaïr de Galaad ; ainsi que vous , respectables Baudets qu'épargna le vainqueur de Madian : Anes divins , tout parfumés de l'encens des Ambraciotes, vous y teniez le premier rang , et cet honneur vous étoit légitimement dû.

Vous y étiez, Anes des Assises (1) et des Confuales : vous aviez à votre tête l'Ane de Bourges assis dans un beau fauteuil de velours bleu, rehaussé de franges dorées : derrière vous étoient des Anes de toutes couleurs : l'Ane modeste de Stigellius ; les Anes et les Bourriques de Pierre le Clerc de G... et de Jacques Ferron; l'Ane du Meûnier de Brienne-la-Vieille, et la Bourrique de Valentigny ; l'Ane de la Fontaine , qui avoit tondu l'herbe d'un pré, la largeur de sa langue,etc. L'Ane Ammian Marcellin écartoit la foule de ces

---

(1) Un Ane préside aux *assises* de Troyes en Champagne , etc. (Voy. Mém. de l'Acad. de Troyes, pag. 157). — Un Ane présidoit aussi chez les Romains aux secrettes délibérations de la République , nommées *Confuales.* — Les armes de Bourges sont un Ane dans un fauteuil : on ne m'a pas dit s'il étoit en robe. — L'Ane de le Clerc de G...., etc. tous pauvres hères d'Anes plaideurs , comme celui du bon homme. — L'Ane de l'historien Ammien Marcellin siégea au tribunal de Pistoie , ville de Toscane ; quand il prononçoit un arrêt, il auroit fait fuir le grand Diable , même un françois.

importuns ; et d'une voix aussi effrayante que celle dont il épouvanta les paisibles habitans de la ville de Pistoie , il faisoit trembler tous ses frères Anes, tout Anes qu'ils étoient.

Vous y étiez, Anes par excellence, enfans gâtés de Domitien (1) , que cet empereur préféroit avec raison aux philosophes et aux savans de son temps ; vous ne faisiez qu'un même troupeau avec ceux de l'électeur Christian. Au milieu de vous brilloit cet Ane fameux, dont les oreilles servoient de baromètre à Columelle ; elles en servent encore à votre troupe brillante, qui étoit aussi magnifiquement enharnachée que celle des Anes auxquels Débora comparoit les premières têtes d'Israël.

---

(1) Le chauve Domitien préféroit les Anes, qu'on n'arrêtoit jamais au coin des rues pour cause de factions, aux Philosophes qui trouvoient mauvais qu'il enfilât des mouches ; comme s'il n'étoit pas permis à un Empereur d'enfiler des mouches , comme à un Philosophe d'enfiler des paradoxes, et à M. un tel d'ENFILER le pauvre monde. — Christian , électeur de Mayence , entretenoit à grands frais une meute d'Anes, qu'il respectoit autant qu'un Cavaravadouque ; (Caste du Maduré, qui rend de grands honneurs aux Anes, voy. Saint-Foix , t. V , Essais sur Paris, in-12, p. 29). — Columelle prétendoit que l'allure et les oreilles d'un Ane , équivaloient au meilleur baromètre de Réaumur : c'étoit aussi l'avis d'un Charbonnier du tems de Louis XI, (voy. Hist. de Louis XI). — Les Anes de Débora, (voyez Jug. chap. 5, vers. 10.)

VOUS y étiez, Anes luisans de Trossulo (1), lestes et pimpans comme l'Ane de Junius Bassus; et vous aussi, élégantes Bourriques d'Arabie : vous vous faisiez facilement remarquer par les panaches qui ornoient vos têtes ; par vos cous larges et étoffés ; par la bigarrure de votre peau, vos becs au vent, et les lorgnettes qui étoient braquées sur vos yeux : vos têtes, semblables à

_____

(1) Trossulo, aujourd'hui *Monte-Fiascone*, ville célèbre par la galanterie de ses Habitans. L'origine du nom de *Trossuli*, que les Romains donnoient à leurs petits-maîtres, est très-curieuse. Juvenal dit, en parlant d'un petit-maître de Rome,

Trossulus exultat tibi per subsellia lœvis.

— Calepin en donne cette définition : *Comati*, *nardo uncti*, *nitidi*, *venusti*, *molles ac delicati*. (*Dict. Calep. vol.* 2.). Cette définition rend bien défectueux ce proverbe latin : (*Asini caput ne laves nitro*. A laver la tête d'un Ane on perd sa lessive.) — Junius Bassus, appelé l'Ane blanc par ses contemporains, à cause de son humeur joviale et de sa galanterie. — Les Bourriques d'Arabie sont citées pour leur caractère coquet et sémillant. — Cléante, disciple de Zénon, et quelques Moines des quinze et seizième siècles, se sont donnés à eux-mêmes le sobriquet d'*Anes* : bel exemple à suivre ; mais hélas! il n'y a plus de modestie en France. — L'Ane de Rabelais étoit si poli, qu'il chauvoit de l'oreille quand on lui cribloit son avoine, et disoit que c'étoit trop d'honneur lui faire. — L'Ane de l'apologue de Démosthène sauva la République : il s'éleva une contestation entre le vendeur et l'acquéreur au sujet de l'ombre de l'Animal, que ce dernier prétendoit n'avoir pas vendue. Les pièces de ce grand procès sont à la Chambre de la Tournelle de Mégare. (Plat. de vit. orat.)

la

la cime d'un peuplier de Hollande ou d'Italie,
se balançoient çà et là, et vos oreilles agitées
par l'inconstant zéphir, exhaloient au loin une
odeur d'ambre et de musc, qui faisoit secouer
la tête à l'Ane philosophe de Cléante, rechigner
celui de Rabelais, tout poli qu'il fût, et forçoit
Démosthène, qui se trouvoit là on ne sait pas
pourquoi, puisqu'il n'aimoit pas l'odeur d'ambre,
qu'il avoit le cou court et n'entendoit rien aux
propos de ruelle, à se cacher à l'ombre de
l'Ane de Mégare, pour ne pas voir, entendre
ni sentir ce qu'il appeloit vos sottises.

Vous y étiez enfin, Anes sorciers de Simon
Mayeul (1) : de concert avec les Anes subtils
de Jérôme Cardan, les Baudets symphoniques de
Gaspard Schott, juchés sur des échafauds bâtis

____

(1) Simon Mayeul, (Coll. Phys. lib. 8, chap. 3.) — Jérôme
Cardan regardoit la tête d'Ane comme un répertoire de parties
les plus subtiles, (*lib. X de Subtilitate*). — G. Schott fit exécuter un concert de Chats par le moyen d'un clavecin, dont les
touches plus ou moins pressées leur faisoient faire les différentes
notes; dièzes, bémols, etc. Il indiquoit le même procédé pour
les Anes. Il ne falloit pas moins que l'Apothéose de Critès pour
exécuter ce grand projet. — Aldrovande, Philos. Méd. et Naturaliste, parle d'une famille appelée *Jean des Anes* : sa citation est curieuse. » Il y a, dit-il en toutes lettres, une famille
» d'*Anes* très-ancienne à Florence ; un *Ane* de ces *Anes* réforma
» le code du commerce de cette ville, « (lib. de Quadruped. et
Soliped.) — L'Ane du P. Bougeant ne parloit que par signes,
comme qui diroit un Ane qui mesmérise. Si cet Ane péchoit

I

en orchestre, vous vous apprêtiez au premier signal à régaler tant de doctes oreilles de vos sons harmonieux, qui devoient faire crier *bravo*, aux Anes commerçans d'Aldrovande, *della strada san Dionigi, sant' Onorato de' Lombardi, ed altre strade di Firenze;* qui devoient aussi faire parler l'Ane discret de Bougeant, danser comme Vestris celui de Jean de Grue, rendre enfin tout ébaubis, comme un Périgourdin devant S. Jean des Ménétriers, tous les Anes à livrée, Anes bardots, Anes goujats, Anes Tartares, enfin toute la valetaille d'Anières, à qui la musique, comme on sait, donne la colique de plaisir, ni plus ni moins qu'à l'Ane d'Ammonius ou du bon père Regnaud.

J'eus beaucoup de peine à pénétrer jusqu'aux

---

par paroles, cela ne pouvoit être que quatre fois le jour, car le P. Bougeant assure qu'il ne disoit que quatre paroles en vingt-quatre heures, (Amusem. phil. sur le lang. des Bêtes). ── L'Ane de Jean de Grue, le plus célèbre danseur du temps après Bertrand, singe du Pape en son vivant, dont parle La Fontaine. ── Ammonius Saccas, d'abord porteur de sacs du Port au blé d'Alexandrie, ensuite philosophe et maître d'Origène et de Plotin, avoit un Ane qui abandonnoit son ratelier, quelque faim qu'il eût, pour entendre chanter. ── L'Ane du P. Regnaud inclinoit sa tête par dessus le chapeau d'un joueur de flûte, pour mieux l'entendre, (Entret. Phys. du P. Regnaud, tome III). ── Ces deux Anes amateurs avoient la colique de plaisir quand ils entendoient la musique, au point de P... à chaque note ; ce qui a donné lieu au proverbe : *Donnez à un Ane des sons, il vous rendra des P...*

barrières, tant la foule de ces derniers étoit grande. Je n'y serois jamais parvenu, sans quatre Anes Grenadiers de Rhéate (1), auxquels je dis que j'étois le Compère JELAIVU, Historiographe d'Anières. Ils comprirent le mieux du monde, attendu mon nom et mon titre, que je devois avoir place *aux premières loges*. A force de ruades, ils vinrent à bout d'écarter la populace, et de m'introduire avec ce qu'on appelle, en termes du pays, *La bonne compagnie*.

Un frissonnement de respect me saisit en entrant dans cette enceinte auguste. On a beau dire, quelqu'habitué qu'on soit à voir les grands

---

(1) Les Anes de Rhéate, célèbres par leur taille, leur force et la largeur de leur échine, (Plin. lib. 8, ch. 31.). — *N. B.* qu'il y a beaucoup d'autres Anes dont on ne parle pas ici : les Anes de David, que Saül n'auroit pas tant cherchés s'il eût été en certain pays ; l'Ane du pré de Jean Mosch, qui se montra si obligeant à l'égard d'Hélénus ; l'Ane ressuscité miraculeusement à Ravenne ; l'Ane Manceau, qui quitta son pays pour n'avoir pas voulu faire un faux serment ; l'Ane de Philémon, qui fit mourir son maître de rire, parce qu'il avoit mangé ses figues ; l'Ane de Solin, qui cassa les mandibules à un loup incivil ; le *piot* Baudet de Jean-Gilles Bricoteau, fermier de Venisel, à qui son maître légua ses cheveux pour lui faire une belle bride ; le beau *soulas* d'Ane de Michel Morin, bedeau de Beau-Séjour ; l'Ane conquérant de Bacchus ; celui qui sauva la virginité de Vesta, et força le dieu de Lampsaque à se retirer avec un *pied-de-nez* et sa *courte honte*, etc., etc., etc. ; enfin, toute la Bourgeoisie d'Anières. — On s'attend bien qu'à l'apothéose de deux Confrères, il n'a dû manquer aucun Ane.

I ij

hommes de près, on éprouve toujours à leur approche un je ne sais quoi.... de certains mouvemens.... une palpitation qui vous.... Le lecteur, qui est sans doute aussi pénétré d'une sainte émotion en lisant cet article de mon récit, peut juger par lui-même ce que j'éprouvai aussitôt que j'eus posé l'un et l'autre pied sur la terre bienheureuse, que touchoient Critès et son Ane.

La cérémonie alloit commencer; tous les assistans s'empressoient autour de Gu-tien-gu et de son Saint-George; tous vouloient embrasser la botte de Critès; tous se recommandoient à lui, et sur-tout à son Ane, pour qu'il parlât en leur faveur à Sa Hautesse l'Immortalité. L'air retentissoit des noms mille fois répétés de CRITÈS et de GU-TIEN-GU; les échos attentifs à leur devoir, répétoient avec enthousiasme, CRITÈS! et GU-TIEN-GU! La Seine frappée de ces sons mélodieux, suspendit un instant son cours; et pendant que les Zéphirs portoient sur leurs aîles ces noms immortels à Melun, Corbeil, Montereau et Nogent, jusques chez Messieurs les Bourguignons; elle les recueillit, et ses eaux murmuroient encore à Rouen les noms de CRITÈS et de GU-TIEN-GU. Que dis-je? les mers étonnées, long-temps après avoir reçu le tribut de ses ondes, se plaisoient à répéter ces noms fameux; et les Poissons, aux fenêtres pour la seconde fois depuis Moïse, en dise Boileau tout ce qu'il voudra, *gloussayèrent* à l'envi CRITÈS, CRITÈS et GU-TIEN-GU.

L'Ane et Chrysostôme saluoient la multitude avec une affabilité qui gagnoit tous les cœurs. J'approchai aussi à mon tour, et nous nous fîmes les plus tendres protestations; des larmes abondantes inondèrent mes joues : si Critès et son Ane ne pleurèrent pas, c'est qu'ils commençoient à se diviniser, et que même les apprentis Dieux ne pleurent jamais. Je m'arrachai enfin des bras de mon ami, pour faire place au cousin Jocrisse, avec lequel Critès eut une conférence d'un quart d'heure, sans doute pour ses affaires terrestres : il lui remit ensuite son portrait et *une clé rouillée* (1); Jocrisse les reçut respectueusement à genoux; il se traîna ensuite dans la même posture auprès de Gu-tien-gu, qui se prêta de la meilleure grace du monde à l'accolade affectueuse que le Cousin lui donna. Jocrisse s'étant enfin retiré, Chrysostôme prit dans son tablier le cahier sur lequel il avoit écrit ses mémorables Aventures dans les planètes; et après avoir fait signe à tout le monde de former une haie autour de lui.... un grand coup de tonnerre se fit en-

---

(1) Attention, camarade Lecteur, à cette *clé rouillée*, et souviens-toi que l'Iliade, auparavant d'être enfermée sous une *clé d'or* dans une boîte garnie de topazes et d'émeraudes, avoit été nichée dans quelque coin d'un méchant bahut du bonhomme Homère.

I iij

tendre , et pénétra de respect et de crainte toute
l'honorable assistance. Enfin , la cérémonie
commença de la manière suivante.

Chrysostôme présenta symboliquement son
ouvrage aux quatre points cardinaux de l'univers ; c'est-à-dire , à l'Orient, à l'Occident , au
Septention et au Midi , sur chacun desquels il dé-
crivit un triple cercle. A chacun de ces tours , Gu-
tien-gu et tous les Anes musiciens entonnèrent
une fanfare : les échos de Montmartre portèrent
ces sons éclatans jusqu'à la voûte céleste ,
où l'Ane de Balaam les entendit avec un tres-
saillement dont l'oreille des Dieux ne tarda pas à
ressentir les bruyans effets.

Avant décrit les douze cercles en l'honneur
des douze signes du Zodiaque , il revint au lieu
d'où il étoit parti : il salua encore une seconde
fois l'honorable assistance , qui attendoit l'événement dans le silence le plus profond. Il s'arrête
ensuite du côté de l'Orient , et après avoir ba-
lancé trois et quatre fois le livre qu'il tenoit , il
le lance de toute sa force , en prononçant ces
mots mystérieux, qu'il accompagna de mouvemens que les paroles expriment assez :

MARCHE EN AVANT ; MARCHE EN ARRIÈRE ;
TOURNE A DROITE ; TOURNE A GAUCHE ; ET ZESTE,
ET CRAC, VOLE A LA GLOIRE ; ET PRENDS GARDE
DE BRONCHER EN CHEMIN.

Le livre vole ; la foudre se fait entendre de nouveau ; le pavillon de l'Immortalité, en forme de lanterne chinoise, paroît tout-à-coup dans un nuage d'or et d'azur : la Déesse, dans l'attitude d'une femme qui veut attraper quelque chose à la volée, guette au passage l'œuvre divin, qui, tout rayonnant de gloire, chemine vers sa destination. Mais, ô surprise !.... Profanes, à genoux ! Une longue colonne de lumière, que laisse après lui l'ouvrage *immortel de Chrysostôme*, semblable à la queue d'une comète, pompe tout-à-coup, dans le plus majestueux silence, le Héros aux longues oreilles et son fortuné disciple. Chrysostôme n'eut que le temps de passer la bride de son Ane autour de son corps, et faisant *volte face*, de montrer encore une fois son visage radieux à la terre, à laquelle il adressa cet hymne sublime, que Gu-tien-gu et les quatre orchestres réunis accompagnèrent, sur l'air de la *Précaution inutile*, c'est-à-dire :

Sur l'air : J'avois pris Femme laide, pour n'être pas cocu-u-u-u.

> DE ma croûte mortelle
> Je me sens allégé,
> Dégagé :
> Dans une peau nouvelle,
> Aux Cieux je suis porté
> Tout botté.

I iv

Adieu, la terre ; je grimpe,
Et vais ce soir coucher,
Me nicher
Dans l'olympe, dans l'olympe, dans l'olympe.

Si je l'ai cru,
Mon Compère,
Ce grand phénomène... là,
Lan la, la leran lan là!
C'est de l'eau claire :
Mon Compère
Lustucru,
Et je l'ai vu.

SUITE

DE

L'ORIGINE DES PRÉFACES.

CAUSE des grands événemens expliquée, et leur résultat. — Reprise de l'histoire du Sileusab Vastator. — Deux cents quatre-vingt-dix-neuf Médecins noyés. — Découverte et Recette du fameux onguent MITON-MITAINE.

DE quoi cet immense Univers a-t-il été formé?.. *De rien.*

L'homme, ce prétendu Roi de tout ce qui existe, qui se croit le plus bel ouvrage de la divinité, qui la peint suivant ses caprices, et qui la croit sans cesse occupée de sa chétive existence, de quoi est-il fait? .... *D'un peu de bouc.*

Quelle est la cause de la chûte de ce Roi des mondes, de ce chef-d'œuvre de la divinité?.. *Une pomme.*

Qu'est-ce qui a occasionné la mort du plus juste des hommes, et quel est l'instrument avec lequel on l'a privé de la vie? ... *De la fumée, une mâchoire d'Ane.*

Qu'est-ce qui a mis tout l'Olympe en mouvement, et réduit Ilion en cendre ?... *Une femme adultère.*

Qu'est-ce qui a sauvé l'empire Romain du joug des Gaulois ? ... **Des Oies.**

Qu'est-ce qui a excité la folie des croisades et fait périr tant de Princes Chrétiens ?... *Un Moine à barbe ou sans barbe.*

Qu'est-ce qui a sauvé la nation Françoise de la domination des Anglois ?... *Une Servante de cabaret.*

Qu'est-ce qui a causé le fameux schisme Anglican ? ... *Une Catin.*

Qui a enchaîné des *Rois* à son char, et a eu des représentans des *Rois* auprès de sa personne ?... *Le Régicide Cromwel.*

Quelle est l'origine d'un ordre fameux dont se parent les Souverains ?... *Hélas !*

Qu'est-ce qui a fait perdre l'Amérique aux Anglois, et ruisseler le sang dans les deux mondes ?... *La plus chétive des plantes.*

Qui est l'auteur de ce mémorable ouvrage ?.. *Un Ane.*

Que lui en reviendra-t-il ?... *Du son, des chardons, et quelques coups de pied de ses confrères.*

A quoi aboutira tout ce bavardage? Au but où aboutissent presque tous les grands événemens.... A DE L'ONGUENT MITON-MITAINE.

Le Sileusab Vastator de retour dans ses états, se vengea, comme cela se pratique, sur ses peuples, des malheurs que lui avoit causés son ambition. Comme l'orgueil (1) l'avoit rendu bossu, et qu'il étoit boiteux et borgne de naissance, il rendit un édit par lequel il étoit enjoint à tous ses sujets, hommes, femmes, enfans, de quelque

---

(1) Plutarque regardoit la Bosse comme un signe d'orgueil. Cicéron (Ep. 4, ad Att.) peint l'horreur du vice sous l'emblême *Strumæ dipapho vestitæ*. Plutarque assure que c'étoit une loi chez quelques peuples d'Arabie d'imiter les défauts physiques de leurs Rois; ils se faisoient faire souvent des opérations douloureuses. Philippe de Macédoine ayant eu un œil crevé à un siége, et une jambe cassée à une bataille, un de ses Courtisans, son bouffon en chef, parut au lever, emplâtre sur l'œil, jambe empaquetée, et le corps soutenu sur des béquilles. Plusieurs Courtisans imitèrent l'action du favori. Héliogabale étoit louche; il n'aimoit que ceux de ses courtisans qui louchoient: plusieurs affectoient le défaut du Souverain. *Ælius Lampridius* rapporte qu'il convoqua des quatre coins de ses états les plus intrépides loucheurs, auxquels il fit préparer un superbe festin. Il éleva aussi aux premières places de l'Empire deux Cochers, qui louchoient sans doute. Pourquoi Critès n'est-il pas né dans ce temps-là, lui qui louche un peu? sa fortune étoit faite. Thitelman auroit écrit sur sa tombe, comme sur celle du Savetier dont parle Rabanus :

> De par mon œillade sinistre,
> De Savetier, je suis Ministre,

qualité et condition qu'ils fussent, de marcher
voûtés, de clocher et de se faire crever un œil.
En vain sa Faculté lui fit-elle de très-respectueuses
remontrances sur les inconvéniens de cet édit, et
sur les maladies qui pourroient résulter de la
contrainte de cette marche et de cette attitude ;
il fit couper la langue à l'Orateur, et garda au
Corps une rancune de souverain, dont il ne tarda
pas long-temps à trouver les moyens de se venger.

Quoique l'ambition et la méchanceté tinssent
toujours Vastator en haleine, et qu'il ne dor-
mît presque pas avant la guerre malheureuse où
il venoit de succomber, un échec aussi violent
contribua encore à augmenter ses insomnies ;
mais un événement qui ne paroîtra rien en lui-
même, quoiqu'il soit au fond une leçon vigou-
reuse donnée au Sileusab, le priva totalement
du peu de repos qu'il prenoit.

Quelque empressement qu'aient mes lecteurs
à savoir cette fameuse recette qui feroit dormir
un jaloux, je ne puis m'empêcher de rendre
compte de l'événement dont il s'agit.

Un soir le Sileusab trouva dans son bonnet
de nuit, une gravure qui représentoit l'Etat sous
la forme d'un homme bossu et boiteux : sur la
bosse étoit écrit DETTE NATIONALE ; sur la jambe
boiteuse, CRÉDIT DE LA NATION ; et au bas étoient

ces vers en langue du chaos , que je rendrai comme je pourrai :

» *Corpore in exiguo , ingenti molimine gibbus*
» *Arduus insurgit , sævo sub pondere clauda*
» *Crura gemunt , et tarda gravi vestigia nisu*
» *Alternant, flexu hinc illinc minitante ruinam.*

Ce qui signifie : « sur ce corps grêle s'élève avec » effort une bosse énorme ; ses jambes gémissent » sous un poids dont la lourdeur les force de clo- » cher ; elles se traînent péniblement l'une après » l'autre , et sont obligées de fléchir *qui-deci qui-* » *delà* sous un poids qui menace l'édifice d'une » ruine prochaine. «

Ce pamphlet , dont le Sileusab ne put se dissimuler le motif, et qui , tout en ridiculisant sa personne , contenoit encore une vérité sur laquelle il n'y avoit pas moyen de se faire illusion , acheva donc de le priver de son repos. Les cent portes d'airain dans lesquelles il se renfermoit, et la garde nombreuse qui veilloit autour de lui , ne l'empêchoient pas d'être sans cesse harcelé par les inquiétudes de tous les mauvais Rois. Le sommeil ne pressoit jamais sa paupière.

Vastator, au lieu de profiter de l'avis salutaire qu'on lui donnoit , et de chercher dans une conduite plus digne d'un Sileusab , cette tranquillité

d'ame qui accompagne les bonnes actions , fit
assembler les trois cents médecins qui compo-
soient sa Faculté , et leur enjoignit, sous peine de
mort , de lui trouver un remède qui pût le faire
dormir. Le court délai qu'il leur avoit accordé
étant expiré sans qu'ils eussent pu réussir dans leurs
recherches , il les fit tous noyer , à l'exception
d'un seul , qui assura le Sileusab que sous huit
jours il composeroit un onguent capable d'endormir Sa Majesté , et tout son royaume s'il le
falloit.

Ce médecin , que les historiens du chaos nom-
ment *Præfator*, ne s'attendoit pas à obtenir de
son remède plus de succès que de l'opium , qui ,
pris même en très-forte dose par le Sileusab ,
ne produisoit aucun effet sur sa personne : il y
travailloit cependant dans la prison où Vastator
le faisoit garder à vue , dans la crainte qu'il ne le
privât du plaisir d'ordonner son supplice, s'il ne
réussissoit pas. Le malheureux médecin , à force
de combinaisons , vint à bout de composer un
onguent ou pâte, de treize degrés et demi plus
assoupissant que l'opium , et qui ne coûtoit pas
plus à prendre que les poudres digitales de
Mesmer , comme on va le voir.

Pressé du desir si naturel qu'ont tous les malheureux de conserver leur existence, ou d'é-
loigner de quelques momens leur supplice ; per-

suadé d'ailleurs que les insomnies du Sileusab, *dont il connoissoit la cause*, devoient résister à tous les remèdes, *Præfator* voulut prouver au moins, par une dissertation en forme sur la nature des simples qu'il employoit, leur combinaison, leur mélange, etc. que son onguent Miton-mitaine étoit le *grand-œuvre* de la Pharmacie, et que s'il n'opéroit pas sur Sa Majesté Sileusabique, ses insomnies devoient résister aux noirs herbages du Cocyte et du Léthé; puisqu'il se soumettoit à endormir avec le MITON-MITAINE, Cerbère, Caron, les Furies et tous les Diables, si diables fussent-ils, jusqu'au démon de la chicane.

Le huitième jour arrivé, le Sileusab fit assembler sa cour : le pauvre *Præfator*, après avoir obtenu avec beaucoup de peine la permission de parler avant l'essai de son remède , se mit à faire d'abord l'histoire de chacun des ingrédiens qui entroient dans la composition de l'onguent miton-mitaine ; ensuite il prouva de la manière la plus claire , qu'il devoit nécessairement faire dormir, » puisqu'il avoit *in ipso* » *vis dormitiva*, laquelle *vis dormitiva* agissant » passivement sur les fibres narcotiques du cerveau, lesquelles étoient adoucies par la lénition » sternutatoire et périapathique du susdit onguent, commençoit d'abord à déterger, balayer,

» compulser et convoyer l'acrimonie incohé-
» rente du tendon d'Achille et des véhicules ap-
» proximatifs du sternum nasophthalmique (1);
» ensuite se divisoit au moyen d'une symphyse
» mastoïde et par la réfraction du plexus
» solaire ; ce qui purgeoit, détérioroit la ca-
» cophonologie bilieuse mélée avec les mo-
» lécules dulcifiantes et aqueuses des sinus
» concentriques cervicaux , d'où il résultoit
» la papillation, l'oscillation , et enfin cette
» *vis dormitiva* qui faisoit si bien dormir, que
» sans que Præfator poussât plus loin ses argu-
» mens, « le Sileusab, ses courtisans, ses gardes
mêmes, qui comprenoient tout cela le mieux
du monde , rien QU'EN - L'EN - EN - TEN - DANT
PARLER, se prirent à bâiller si fort, et ensuite
à dormir d'un sommeil si profond, que le pauvre *Præfator*, qui ne se seroit jamais imaginé que
son dormitif eût une si grande vertu , que rien
donc QU'EN EN ENTENDANT PARLER on étoit forcé
de dormir, profita de cette heureuse circonstance
pour s'évader , dans la crainte qu'il ne prît fantaisie au Sileusab d'exiger à son réveil, qu'il
trouvât dans le même remède une vertu anti-
dormitive.

_____

(1) Comme l'Auteur n'a suivi que très-peu les Cours de
Médecine , il seroit possible qu'il se fût trompé en traduisant
ce passage : sur ce , il s'en rapporte aux gens du métier qui
savent les termes, oui ; mais l'art, l'art?...

Lorsque

Lorsque Vastator et sa Cour se réveillèrent, le Médecin avoit déja outrepassé les frontières des immenses états de la Sileusabie, sans que personne eût eu la force de s'opposer à sa fuite, par le stratagême dont usa l'adroit *Præfator*. Le long du chemin il contoit à tous venans les vertus spécifiques de son remède, et endormoit les Voyageurs, les Villes et les Villages : fait incontestable, puisqu'il est appuyé par Thalès de Milet, le Prieur Limousin, mon Ane et moi, et qu'il acquerra une nouvelle authenticité, si, comme je n'en doute pas, le lecteur dort aussi, rien qu'EN EN ENTENDANT le récit.

Les Historiens du temps ne disent pas précisément combien de jours tout le royaume resta plongé dans le sommeil ; mais bien certainement il y eut deux fois pleine Lune dans le même mois, et il s'est trouvé une erreur d'un peu plus de trente jours dans le Calendrier de cette année-là ; ce qui a fait présumer, après de longs calculs, à un habile Astronome à qui j'ai fait part de cette aventure, qu'il se pouvoit bien faire que cette léthargie eût duré un mois deux heures quatre minutes dix-sept secondes, ou environ.

Je ne pourrai pas non plus trop bien rendre compte comment un remède découvert plusieurs milliers d'années avant la naissance de notre

K

monde nous est parvenu, et pourquoi les différentes drogues simples droguantes qui entrent
dans sa composition, ressemblent à quelques-unes
des nôtres; apparemment que de révolutions en
révolutions, nous sommes arrivés au même terme.
Je laisse aux *Chirographodroguistes* de notre siècle
à en donner la solution. Je me promets bien
d'en écrire au Journal de Paris. Quant à la recette
du fameux onguent Miton-mitaine, un autre
que moi chercheroit peut-être à en tirer parti
auprès du gouvernement; mais je ne suis pas de
ces gens intéressés qui vendroient le feu et l'eau;
je veux donner au Public une preuve de mon
patriotisme, en ne demandant pas seulement
un privilège exclusif pour le débiter.

RÉCIPÉ.

Noms des drogues.	Doses.	Adresses.
Olei Figarotini.	℥iij ß.	Au Théâtre François, *chez le Semainier.*
Florum C'en-est.	℔.	Au Palais royal et près de l'Egoût Montmartre.
Medullæ Asinariæ ou *de Petit-Maître* ad libit.	ℨvij	Par-tout, plus ou moins, particulièrement chez les gens dits du bon ton.
Radicis digiti Magnetici, vu la cherté.	Ðj	Chez M. Perlimpinpin-Parafaragaramus cadet, rue Vivienne.
Sermonum Clubicorum, etc.	Q. S.	Chez tous les Epiciers dé-taillans

Saupoudrez le tout de poudre de Perlimpinpin, et soufflez dessus à trois reprises, en prononçant chaque fois, *Præfator Tædium, Abracadabra* (1); faites réduire le tout en le TOURNILLANT dans un vase qu'on appelle INCIDENT IMPOSSIBLE, jusqu'à ce qu'il ait pris consistance suffisante. Quand cela sera fait, formez-en un gâteau : ouvrez la fenêtre, et jetez-le dans la rue, en disant *sic itur ad somnum*. Cette cérémonie achevée, rappelez-vous que vous êtes François, que vous vivez sous la domination d'un Prince qui ne se réveille jamais que pour le bonheur de ses Peuples; ensuite, buvez bien, mangez bien, riez des sottises

---

(1) Un des aïeux du Cousin Mesmer, nommé *Mesmerus Harmonicus*, avoit trouvé le secret de guérir la fièvre, en faisant prononcer certains mots cabalistiques, et en faisant écrire au Malade *Abracadabra* de la manière suivante, (Voy. les Dict. de Méd. et de Chompré, au mot ABRACADABRA.)

```
            A
           A B
          A B R
         A B R A
        A B R A C
       A B R A C A
      A B R A C A D
     A B R A C A D A
    A B R A C A D A B
   A B R A C A D A B R
  A B R A C A D A B R A.
```

On conseille à MM. les ENFIÉVRÉS d'user de la recette ; on la garantit.

d'autrui, et de moi si vous voulez, et allez vous coucher bien chaudement là-dessus quand vous éprouverez des oscillations, et .... *vous dormirez*. Si par hasard le remède n'opéroit pas, allez aux Sermons du Cousin Jocrisse, dont vous allez entendre un échantillon, et où l'on dort, comme vous allez voir.

SERMON
DU COUSIN JOCRISSE,

Ou l'on Chantera, Dansera, Jurera, Boira, Dormira, Rêvera, Jouera, se Pâmera, Mesmérisera, Musiquera et Phénoménisera.

LE COUSIN JOCRISSE se proposant d'être l'Editeur de cet Ouvrage, loua la grand'Salle des ventes au Palais royal : il fit apporter du vin et des rafraîchissemens. Il avoit pris la précaution auparavant de faire apposer des affiches. Les Gazettes et Journaux avoient annoncé qu'à tel jour, à telle heure, prêcheroit LE COUSIN ; les rafraîchissemens gratis.

GRAND CONCOURS! GRAND CONCOURS!

Hem! Hem! Hem!   (Trois saluts.)

In nomine Figaroti, Jeannoti et Gu-tien-guti, per omnia sæcula sæculorum. Amen.

> Ce Grec, cet Hébreu, ce Latin,
> *Figaro, Jeannot* et Martin,
> Ont découvert le pot aux roses.
> Mon Dieu! que nous verrons de choses,
> Si nous vivons l'âge d'un veau!

Ces paroles sont tirées du Coq-à-l'Ane à Lion Jamet.

H<small>EM</small>!... »Hé! benoits Auditeurs, que Martial Jocrisse n'est pas encore si bête qu'on le fait! oh

K iij

que nenni dà! j'en jure, quoiqu'IL N'AIT PAS ÉTUDIÉ LE FOND DES LANGUES.

(1) » Défoncez les pipes de vos sciences, subli-
» mes Docteurs ; ne vous amusez pas avec ces
» MM. les gens de Lettres d'autrefois, qui sont si
» très-savans qu'ils en sont bêtes ; et si quelqu'un
» de leurs sots admirateurs s'en fâche et qu'il se
» mutine, eh bien! que le plus sot prenne la
» querelle ; « Martial Jocrisse lui donnera du
revers du manche. Or çà donc, benoits Auditeurs,
pendant que le vin rafraîchit, je vais pindariser;
attention : hem! hem! hem!.... J'ai toussé, je
commence :'

Or, je vous dirai, » Belles petites mignonnes
» ames, qui venez sucer ici les rinceaux du
» rameau d'or, pour savourer la gelée de la
» science, « que depuis Homère et la découverte
sublime du séné et de la rhubarbe, il n'est rien,
non il n'est rien paru dans l'Univers de plus étonnant que le Jeannotisme, le Figarotisme et le Gu-
tien-gutisme ; je pourrois ajouter que le Mesmérisme et les Cassecous aérostatiques : mais cette
dernière trouvaille sur-tout, qui a causé tant de
débats, qui a mis tant de grandes cervelles en

---

(1) Ces paroles sont tirées du Livre par excellence de mon
grand Oncle le chanoine de S. Gutien, dont on va faire mémoire.

mouvement, que l'Italie a revendiquée, et par le moyen de laquelle donc l'ami Blanchard d'Outremer a été rejoindre, *et hoc certius certo*, Astolphe *in Naoutro-Damo la Louno*, ou tout au moins prendre son chocolat dans l'Ile volante de Gulliver, après avoir risqué de se noyer dans une goutte de lait de la soucoupe de la Princesse de Broldingnac(1); pays dont il nous a envoyé et nous enverra encore de belles relations, par le messager boiteux ABEAU MENTIR QUI VIENTDENLAIR : les Cassecous aérostatiques en un mot, j'en demande bien pardon et excuse au bon M. Montgolfier et à son féal portrait de bronze qui est ici près, ne sont pas d'institution moderne (2).

---

(1) Voy. les Voyages de Gulliver.

(2) Il est très-constant que les Anciens ont trouvé les moyens de s'élever dans les régions de l'air. Dédale, qui bâtit le labyrinthe et qui inventa ces Statues mouvantes que les plus forts liens ne pouvoient retenir, dont parlent plusieurs auteurs, et sur-tout Platon, (et Platon n'étoit pas poëte); l'évasion de ce fameux *Aéronaute*, qui a dû s'opérer (abstraction faite toujours des fictions poétiques) par le moyen de l'air raréfié ; la sphère d'Archimède qui représentoit le monde en petit, et où l'on voyoit les corps planétaires décrire leur orbite avec plus ou moins de lenteur, parce qu'ils étoient remplis, sans doute, d'un air plus ou moins rare, afin de précipiter et de ralentir leurs mouvemens, qui ne devoient pas être produits par des rouages qu'il auroit été trop difficile d'adapter à des globes d'une matière fragile, et qui nageoient, sans doute, dans un fluide ; rouages enfin auxquels je ne croirai jamais, ne seroit-ce que

Et hoc quoque certius certo. Je le prouverai, mes Frères.

---

par obstination et pour ne pas donner un démenti à Claudien, qui, en parlant de cette machine, dit positivement :

> Inclusus *variis famulatur* spiritus *astris*
> *Et* vivum *certis motibus* urget *opus.*

Et parce que j'ai lu encore les Nuits Attiques d'Aulugèle, Pline, la Magie universelle de Gaspard Schott , habile homme tout-à-fait, puisqu'il a trouvé le moyen de faire exécuter des concerts par des Anes et des Chats, (voy. le dern. Liv. de sa Magie universelle) ; et parce que j'ai lu le grand , le célèbre , l'immortel, le subtil Cardan de Pavie, qui vit à la lueur d'une chandelle ensorcelée , deux grands Fantômes frais descendus d'en haut, qui lui apprirent tant de belles choses , dont mon Compère Cyrano profita pour faire quelques milles lieues, il ne dit pas en combien d'heures. Et parce que j'ai lu le grand Albert, qui a donné la recette d'un air élémentaire ou gaz, lequel, insinué *in tunica de papiro volanti* , devoit faire voler cette *tunique* sphérique dans les airs , ni plus ni moins qu'un Ballon, (voy. son Livre des Merveilles de la Nature) ; et si je mens, vous m'enverrez aux moulins de M. de Montgolfier. Et parce que j'ai lu Mendoce, Lana, etc., etc., que vous auriez bien dû lire aussi avant de crier merveille , suivant le précepte du bonhomme Jean , qui ne vouloit pas qu'on criât merveille avant d'avoir examiné. Et parce qu'enfin , mon Cousin Chrysostôme Critès, qui est aussi *doctus cum libris ,* sans comparaison comme ceux qui vendent du papier par lequel les Livres mentent, a trouvé, lui, sans l'*hasard donc ni doublure d'habit de taffetas* , un moyen plus simple encore de s'élever en l'air, qu'on trouvera dans son Ouvrage, si Dieu nous prête vie à tous ; et il sera ma foi bien drôle de voir un Savetier enlever l'Ane d'entre les jambes *à tant de Messieurs, de Messieurs d'esprit qui n'ont pas tout dit,* et qui font du tapage comme cent , et de la besogne comme défunte Pénélope.

Mon Cousin Chrysostôme Critès, qui n'est pas un sot, non ; et Moi qui pétille d'esprit, oui, avons lu tous les SI, tous les CAR, tous les MAIS imprimés, réimprimés, parodiés sur ce sujet ; et pour ne pas mentir, nous n'en avons été guère plus satisfaits que des solutions données sur la danse *macabre* ou *macabrée* (1), à la tête

(1) Verville parle deux fois de la Danse Macabre dans son *Moyen de Parvenir*. — Voyez la Dissertation de Mᵉ Gonin, et l'argument par où il termine son ouvrage : » Il mourut (dit-il » en parlant de son père) comme à Dole à la danse Macabre. » Il y a la Mort qui parle à un beau jeune Homme, et lui » dit :

» Ah! galant, galant,

» Que tu es fringant !

» Si te faut-il meure. ——

» Et Mort arrogant,

» Pren tout mon argeant,

» Et me laisse queure. «

Laissons un instant Verville et la plaisanterie. — Dans le Journal de Paris du 6 août 1785, un Anonyme, plus curieux de savoir ce qui s'est passé avant nous que de la frivolité du jour, demande des notions sur cette Danse : plusieurs Lettres en réponse à ce sujet ont été insérées dans le Journal de Paris et dans le Journal général de Fance ; une entre autres de M. l'abbé de S. L., qui *n'a pas le loisir d'aller chercher les livres nécessaires*, et qui décide pourtant, 1°. *Que la Danse Macabre n'est autre chose que la danse des Morts.* — Solution très-savante ! — 2°. *Que cette danse s'appelle apparemment* Macabre *de celui qui l'inventa (* Macaber). — Raisonnement sans réplique ! — 3°. *Qu'il est tenté de croire que ce fut une peinture ou sculpture commencée environ au mois d'août, et achevée en Careme suivant....*

de laquelle il est constant que les Procureurs,
les Sergens déguisés en Diables s'en alloient en

— Présomption qui vaut un fait, puisque M. l'abbé le dit. —
Critès et son Ane, qui ne sont ni abbés ni bibliographes, donc
pas assez savans pour se passer de livres, ont d'abord conclu,
en lisant la lettre de M. l'Abbé, qu'on ne doit pas interrompre
le Public, ni remplir un Journal de rêveries, quand on n'a pas
le loisir d'aller chercher ni de consulter des Ouvrages *qu'on a
sous sa main* ; ensuite ils ont cherché à approfondir ce que
pouvoit être cette danse si célèbre dans le quatorzième siècle.
Ils ne donnent pas leurs *recherches* pour des *faits* ; ils les expo-
sent bonnement ; et comme ils mettent aussi beaucoup de prix à
s'instruire, ils se trouveront heureux si leur erreur peut être
utile au public, en engageant quelque vraiment savant à faire
des découvertes plus heureuses.

La Comédie, comme l'observe très-judicieusement Saint-Foix,
n'a dû être, dans son enfance, qu'une représentation de faits
récens ou connus par tradition, sans suite, sans ordre. Thespis
rassembloit la populace Grecque, en sonnant d'une espèce de
cor ou de cornet ; il promenoit ses histrions de bourg en bourg
sur un tombereau. Des tréteaux s'élevoient, selon toute apparence, dans les *Places des Marchés*, dans les *Carrefours* des
endroits où il passoit ; et ses acteurs barbouillés de lie et de
céruse, ou la face couverte de masques hideux, faisoient rire
ou épouvantoient les Spectateurs. Nos Thespis ont fait la même
chose ; ils alloient de ville en ville ; ils y représentoient, *également dans les Places des Marchés*, la Passion, les Nôces de
Cana, la vie des Saints, la Tentation de S. Antoine ; enfin, les
événemens remarquables dont ils avoient été témoins ou qu'ils
savoient par tradition, comme nous venons de le dire. La
Danse Macabre est de ce nombre : cette Danse (il nous le
semble) n'a aucun rapport ni avec la danse des Grecs autour
du bûcher de leurs parens défunts, ni avec le *folgar* des Nègres,
ni le *folgas* des Russes, qui s'exécute encore dans quelques
provinces de la Russie, lequel *folgas* est remarquable par plu-

Enfer , où ils ne vont pas moins depuis qu'on ne
danse plus auprès des cimetières , où puissent-

sieurs circonstances curieuses : celle , par exemple , de mettre
dans la main du trépassé un passe-port pour S. Nicolas , que
ces Peuples regardent comme le vice-bon Dieu , et celui qui est
chargé des affaires du Ciel , lorsque Dieu s'absente. (Voy. Hist.
de Russie de M. le Clerc , vol. II). L'épidémie qui régna à
Metz en 1374, qu'on appela la *danse S. Jean*, et qui est *peut-
être* l'origine de nos feux et des danses qui se font autour,
sur-tout dans les Provinces , l'épidémie qui régna à Paris de
1348 à 1351 , la peste de Basle au commencement du quatorzième siècle , peuvent plus vraisemblablement avoir donné lieu
à la *Danse Macabre.*

Quelle que soit l'origine de cette Danse , qu'elle nous vienne
des Anglois , comme le prétend Dom Félibien, (et cela ne seroit pas étonnant puisque les Anglois étoient en France) , il
est certain, d'après le même auteur, le Journal de Paris sous
les règnes de Charles VI, Charles VII, etc. qu'elle a été exécutée en 1424 dans l'endroit où préchoit le frère Richard , *le
dos tourné vers les charniers en-contre la charonnerie,* aujourd'hui
la rue de la Ferronerie , c'est-à-dire , selon toute apparence ,
dans ce côté de la place des Halles , (alors le marché Champeaux
hors des murs de la Ville ,) où se réunissoient les différens *jeux
et spectacles,* où il y avoit encore *bien certainement* une salle ou
barraque de spectacle en 1511 , dans laquelle salle ou barraque ,
bien certainement aussi, on représenta devant Louis XII une
pièce intitulée : *Le Prince des Sots, accompagné de la Mère
sotte,* dans laquelle on tournoit en ridicule le fougueux Jules II.
N'y a-t-il pas quelque apparence aussi que ce fut au même *endroit
de la Danse Macabre,* que Philippe-le-Bel, dont on connoît
les démêlés avec Boniface VIII, fit représenter la *farce* ou *pro-
cession du Renard,* allusion aux exactions de Boniface , et dans
laquelle un Acteur vêtu de la peau d'un Renard et un surplis
pardessus , chantoit l'Epitre , paroissoit ensuite mitre et thiare
en tête , et finissoit , en cet équipage , par courir après des

ils être tous avec les Chicaniers, Mouchards,
Médisans, Sorciers, Filous et Catins, afin qu'il
n'y ait plus de mémoire d'eux dans cette bonne
ville de Paris, où l'on se ruine bien sans cette
vermine.

Ouvrez donc de grands yeux, Messieurs les
Beaux-Esprits, qui avez des yeux pour voir :

Poules, qu'il étrangloit à la façon des Renards. (Voy. *Recher-ches sur les Théâtres de Paris, vol.* 2 *et* 5 *in*-12, Pasquier. *Les Antiquités de Paris*, de C. Malingre). On observera encore que sous Charles VI le goût de ces Danses féroces étoit monté au plus haut degré, et qu'en 1393 l'horrible Danse des Sauvages fut exécutée faubourg S. Marceau, hôtel de la Reine-Blanche, par les personnages de la première distinction, et qu'elle coûta la vie au jeune comte de Joigny, au bâtard de Foix, à Aimery de Poitiers, à Hugues de Guissay ; le Roi lui-même n'en réchappa que par l'intrépidité de la duchesse de Berri, qui se jeta sur ce Prince et l'enveloppa de son manteau. Cet événement qui fit perdre le peu de raison qui restoit à Charles VI, auroit dû, ce semble, être rapporté dans une circonstance où il s'agissoit de Danses anciennes et extravagantes. — Passons actuellement à l'origine du mot MACARE, MACABRE ou MACABÉE, qu'on devoit écrire MACHARE, etc. MACHA, MACHATS, en hébreu, signifie *briser, assommer, tuer.* MACHIN, *bourreau,* celui qui tue. MACHA, en langue celtique, signifie également *frapper, assommer.* MA-CHARE ou MACHAIRE, *bataille, combat de mort.* MACHAIGNET, *estropié, tué.* MAK'HA, en bas-breton, signifie également *assom-mer, tuer.* En espagnol, MACAR, MACADO, en flamand MAKEN, signifie *frapper, meurtrir, frappé, meurtri.* En italien, MACCARE signifie *briser, tuer.* Les Américains appellent MAKHANAS leurs glaives. Les glaives des anciens Gaulois s'appeloient *Machaires,* du mot grec MACHAIRA, MACHŒRUM en latin. (Voy. *Strabon et Pollux*). Suétone in Claud. §. 15, dit : *Carnificem acciri cum Machæra postulavit.* En grec, MACHÈ, MACHOMAI, *combat,*

dressez vos oreilles, vous tous qui avez des oreilles pour entendre.

> » OYEZ, oyez, Sots, Sages, Fols et Folles:
> » Vous, Musequins, qui tenez des écoles,
> » De caqueter, faire et entretenir,
> » Tâchez juger que c'est de nos paroles.
> » *Parler je vais, et fors à vous d'ouïr....* «

et de comprendre, si vous pouvez ; c'est bien dit.

Je vous conterai donc que, moi Martial Jocrisse, cousin-germain d'Alexandre-Isidore-Chrysostôme Critès, à qui je ressemble comme

---

combattre; en latin, MACTARE, MACTATOR, *tuer, assasin*, d'où est venu le mot françois MATER. Enfin, le nom de MACHABÉES n'a été donné dans l'écriture à Mathatias, Judas, Jonatas, Simon, Eléazard, que parce qu'ils furent toujours dans les combats, ou sont morts les armes à la main. Les sept frères que fit périr Antiochus ne furent appelés MACHA-BÉES, que parce qu'ils ont mieux aimé mourir que d'abandonner leur religion. L'écriture dit seulement : *Contigit autem et septem fratres unà cum matre apprehensos*, (*Lib. Mach. c. 7.*) Enfin, il est constant que dans le temps des persécutions, les Hébreux appeloient MACHABÉES ceux qui périssoient pour la *déjense de leur religion* ; et que dans la primitive Eglise, on appeloit MA-CAIRES les Chrétiens qui souffroient la *mort pour la défense de la foi.* S. MACAIRE de la Montagne de Scété, S. MACAIRE d'Alexandrie, qui eut tant à souffrir de la persécution des Ariens; ainsi que les Saints solitaires connus dans le quatrième siècle sous le nom de MACAIRES, n'étoient appelés ainsi que pour marquer qu'ils étoient prêts à *mourir* pour la foi. (Voy. le Dict. hist. univ. d'Hoffmann au mot MACHABÉES. et ses citations.) Une fille d'Hercule qui se dévoua à la mort pour les Athéniens, fut appelée MACHARIE.

deux gouttes de lait, j'ai eu jadis un trisaïeul
maternel qui étoit de *Noblerie*, quoique mon
Cousin et moi soyons de *Roturerie*; c'est égal :
Dieu veuille avoir son ame ! je ne l'ai pas connu,
mais c'étoit un bien digne homme, dit l'histoire,
gaillard, dispos, bon vivant, comme tous les
gens de notre famille, aimant le bon vin et les....
et les filles (honnêtes s'entend); pourquoi pas ?
Le bon Henri les aimoit bien, puisque la chanson le dit.

A propos du bon Henri et de la chanson, je
vous dirai, mes camarades, que j'ai fait un vœu;
ce vœu-là..... eh ! qui ne l'a pas fait comme
moi ? Ce n'est pas vous, mes bons amis; car
quoique vous ne soyez, dit l'Apôtre, » qu'un
» assemblage de parties inconnues; de fort jolis
» petits riens, folâtres, ardens au plaisir, ayant
» tous les goûts pour jouir, parlant un peu de
» tout et sachant peu de chose au fond; prodi-
» gues par-ci, ambitieux par l'autre, laborieux
» par nécessité, paresseux!... ah!... avec dé-
» lices; orateurs! (*je sais bien comme*); poètes
» par délassement, musiciens par occasion,
» amoureux par folles bouffées, « vous n'en êtes
pas moins bons François, prêts à verser la dernière goutte de votre sang pour le Prince et la
Patrie. Vous l'avez donc fait, ce vœu, de ne
jamais penser au bon Roi, de ne jamais parler

du bon Roi, de ne jamais prononcer le nom du
bon Roi, sans chanter le petit couplet du cœur
à sa louange. Çà donc, benoit Auditoire, au
diantre pour un moment, et pour toujours si
vous voulez, Figaro, Jeannot, Jérôme Pointu,
Martin l'Ane, les Ballons, leur origine et moi :
mettez ces rubans à vos chapeaux ; c'est la couleur favorite du bon Roi ; et nargue de celui qui
ne fera pas *chorus*..... Allons, gai.... je pars.

J'AIMONS les filles,
Et j'aimons le bon vin ;
De nos bons drilles
C'est là tout le refrain :
J'aimons les filles,
Et j'aimons le bon vin.

VIVE Henri quatre,
Vive ce Roi vaillant :
Ce Diable à quatre
A le triple talent,
De boire et de battre,
Et d'être un vert-galant.

BIS, mes amis, mes bons amis, mes braves
amis : c'est pour notre Louis XVI, sa femme,
ses frères, ses sœurs, ses tantes, enfans, petits-
enfans, arrière, arrière, arrière petits-enfans.
Allons, graves Magistrats, jetez vos grandes perruques, si elles vous gênent : une ronde ; la

main à vos femmes. . . . Et mort de ma vie ! vive
la joie ! vous en jugerez mieux demain.

[LES Présidens , les Magistrats, les Conseillers jettent
leurs grandes perruques , donnent la main à leurs
femmes , et dansent (1) une ronde , en répétant :
Vive Henri quatre , *etc.* Jocrisse les accompage de tout
son cœur avec sa Cornemuse limousine.]

C'est un *chorus* que cela ! à la bonne heure. . . .
— Çà , à présent qu'on jure. — Des Magistrats
jurer ! —Oui, jurer le juron du bon Roi — *Ventre-*
Saint-gris !. . . tout le monde. . . . — Quel carillon !
Les Sourds l'ont entendu , les Muets ont parlé.

Actuellement , trois fois trois rasades à la santé
du bon Roi ; c'est à la santé de notre père : trois

---

(1) Mais, M. le Prédicateur , et la place donc pour danser ?
Vous avez dit tout - à - l'heure , GRAND CONCOURS ! GRAND
CONCOURS ! — Censeur maudit que Dieu confonde ! me lais-
seras-tu achever ?. . . Les Plaideurs ont pris à leur tour les procureurs sur leurs dos. Les Financiers se sont faits petits comme
du temps où ils étoient laquais ; les femmes se sont réduites à
moitié , sans qu'il y parût ; les gros et grands Seigneurs ont
souffert qu'on leur marchât sur le pied , sans appeler leurs
gens ; les Petits - Maîtres se sont évaporés , et on t'a jeté par
la fenêtre avec tes pareils ; et j'ai bu ta part, entends-tu , mine
de réprobation ? Tu n'as que faire ici , puisque tu m'interromps
dans un moment où moitié riant, moitié versant des larmes ,
je chante le bon Roi dont jamais tu ne salues , toi , la digne
moustache en passant sur le Pont-neuf , parce que cette jambe
roide , . . parce que cette croupe , . . parce que ; . . va au Diable !
fois ,

fois trois rasades , c'est le précepte du F.'.
Horace : *ternos ter cyathos*.'. Allons, courage!
buvez.....

Buvez, Messieurs les Poëtes ; le vin, disent
deux auteurs Grecs (1), est le Pégase des Poëtes,
et l'eau n'a jamais produit un bon vers. Alcée
et Aristophane ne faisoient des vers que lorsqu'ils étoient gris. Eschyle, Homère, l'ami Chapelle ont fait l'éloge du vin. Ulysse ne parloit
jamais mieux que quand il avoit un verre de vin
dans la tête. Laissez-là vos impertinentes bro-
chures, vos Dorats sucrés, vos jolis rimeurs de
ruelle, et instruisez - vous ; et vous verrez si je
mens.

Buvez, braves gens - d'armes ; le vainqueur
de l'Inde est le Dieu des vendanges. » Jamais
» Guerrier n'est plus disposé à voler dans le
» champ de la gloire, que lorsqu'il a bu. »

> . . . *Bellator numquam nisi potus ad arma*
> *Prosiluit :* . . . .

Ennius.

Buvez, Messieurs les gens de loi, Avocats,
Jurisconsultes. » La loi Nœvia , ordonne que

---

(1) Οἶνῲ τοι χαϱίεντι μέγας πέλει ἵππῲ ἀοιδῷ.... Ὕδωρ
ἢ πίνων καλὸν ἐ τέχοις ἐπῲ, Cœl. lib. 38, cap. 25. —— Ἀνδϱὶ
ἢ κεκμηῶτι μέλῲ μέγα οἶνῲ ἀέξων. Homer. Iliad.

L

» vous buviez six coups ; la loi Justina , sept ; et
» la loi Françoise , neuf : » c'est la bonne.

Martial. l. 9.

Nævia sex Cyathis , septem Justina bibatur ;
Galla novem. . • . . . .

Buvez, Messieurs les Peintres , délayez vos
couleurs dans le vin. Le vin est l'huile grasse
des Peintres: si vous trempez vos pinceaux dans
l'eau , vous ne peindrez que de l'eau claire , et
vos couleurs s'évaporeront. » Car les tableaux
» sont comme les vers ; ils ne peuvent plaire
» ni vivre long-temps, dit Horace , lorsqu'ils
» sont faits par des buveurs d'eau : «

Picta placere diù , neque vivere carmina possunt
Quæ scribuntur aquæ potoribus.....

Buvez, pauvres diables, qui travaillez comme
des forçats toute la semaine , » *Calda potio vestia-*
» *rius est.* Un verre de vin vaut un habit de
» velours : le vin réveille l'espoir et les forces
» des malheureux , donne du ressort et de
» l'énergie à leur ame abattue, et leur fait pousser
» des cornes, « sans doute pour se défendre contre le riche insolent :

Petron.
Satyricon.

Bacchus . . . . :
Spem reducit mentibus anxiis,
Viresque et addit cornua pauperi.

Horat.

Buvez, Philosophes rêveurs, qui pensez tout savoir : Boileau, qui se grisoit quelquefois chez Boucingo, a dit que vous n'étiez que de vieux fous quand vous ne saviez pas boire, et il a eu raison cette fois ; car un philosophe doit rechercher la vérité, *et in Vino veritas.* Voilà justement pourquoi les Bourguignons disent la vérité, et que les Normands ne la disent jamais. Il n'y a que mensonge et fourberie dans le cidre, dit Aristote. La vérité abhorre le vide ; (1) c'est le systême de Descartes. *Viduum abhorret veritas, et in clunibus lagenæ dormitat verum.* La vérité est dans le cul d'une bouteille, pleine s'entend ; *lagenæ plenæ.* Ne falsifions pas les textes, cela nous feroit des querelles avec la Sorbonne.

Buvez, grands Ministres, vous qui tenez les rênes des Etats. Un verre de vin rappelle la raison, fait éclore d'excellens projets, donne la force de les exécuter. Les Perses ne parloient jamais d'affaires, que le verre à la main ; demandez plutôt à Athénée.

Lib. 4, cap. 6.

Buvez, pauvres sots qui croyez aux sorciers ; le véritable oracle, c'est celui de la *dive bouteille*

(1) Après Malebranche, aucun Philosophe n'a peut-être plus recherché la vérité que Descartes ; il a sacrifié trente ans de sa vie à cette recherche : il la découvrit enfin au fond d'une bouteille ; cela doit être, puisque Jocrisse le dit.

L ij

Tom. 3. c. 49.
Pentagruel.

de Rabelais. Renvoyons tous les Gribouilles,
qui se cachent dans l'eau crainte de la pluie ;
qu'ils aillent boire à leurs belles fontaines de Blois
avec Tribouillet. Pour nous, mes frères, allons
en pélerinage à la chapelle de Sainte Bouteille
du bon pays Lanternois. Oh ! la bonne sainte,
qui veut qu'on boive à gogo, et qui nous dit que
nobis debitoribus, ce sont des lanternes. *Vivat !* Au
diable les créanciers ! j'ai payé mes dettes.

Buvez, graves Magistrats, sages Catons qui
faites les saintes Nytouches : »Caton l'ancien, dit-
» on, n'étoit jamais plus vertueux, que lorsqu'il
» étoit échauffé par les fumées du vin.

Horat.

> *Narratur et prisci Catonis*
> *Sæpe mero incaluisse virtus.*

Buvez, Messieurs les Docteurs doctes et in-
doctes, qui croyez mieux y voir que les autres,
parce que vos nez portent lunettes ; et qui voudriez nous faire mirer dans l'eau trouble.

> . . . . *Doctus spectare lacunar,*
Juv. Sat. I.
> *Doctus et ad calicem vigilanti stertere naso.*

Vous devriez ma foi bien entendre cela, sans
qu'on fût obligé de vous l'expliquer.

Buvez, Messieurs les Petits-Maîtres, qui dé-
raisonnez si joliment sur tout ; car Athénée qui
étoit un gaillard, a dit que le vin donnoit de

l'esprit à un sot, même à un Petit-Maître (1).

BUVEZ, Messieurs les Maris, mes bons confrères *in matrimonio ;* car Bacchus est le Dieu des Maris, *cornutus Bacchus est ,*

> *Atque maritorum capiti non cornua desunt ,*

a dit quelque part l'égrillard Ovide. Rondibilis le dit aussi , et Ovide et Rondibilis ont bien raison : *experto crede Roberto.*

BUVEZ , Messieurs les Musiciens : prenez le sistre; volez aux fêtes d'Isis : » Un homme dans » l'ivresse est aussi propre à la musique , qu'un » Ane à jouer du flageolet. *Ebrius ad musicam* » *ut Asinus ad lyram.* « Mais on n'a pas besoin de

---

(1) Οὗ Θ ἀφρονίον] ας, καὶ Ω᾽ΤΟΥΣ εἰς φρόνησιν ἀναβάλλει. (*Ath.*) Les Grecs appeloient leurs Petits-Maîtres οτος, du nom d'un oiseau appelé également οτος (le Duc). Alciat, embl. 65, fait cette description de l'οτος, regardé comme oiseau ou comme Petit-Maître , (*temerarius , jactator , gloriabundus, ad aucupandam gloriolam pronus, gesticulabundus, ad suas laudes assultans,* *aureis pennis eminentibus.* Les Latins appeloient le DUC *Asio ,* à cause de ses oreilles semblables à celles d'un Ane. — Tu vois, lecteur , que je ne t'ai pas trompé quand je t'ai dit , dans ma note pag. 124, qu'ANE et PETIT-MAITRE , c'étoit tout comme.

(2) Rondibilis , très-fameux médecin et naturaliste , prétendoit que les cornes étoient l'apanage des Maris. « L'ombre , *dit* *ce grand homme* , plus naturellement ne suit le corps , que Coquuaige suit les gens mariez » : ce principe , qu'il vouloit que les Maris *écrivissent en leur cervelle avec un ſtylet de fer ,* étant une fois établi , pourquoi se mettre martel en tête pour une chose de première nécessité ? *Voyez* Rabelais , vol. 3 , ch. 32.

L iij

vous presser par trop; vous êtes de bons com-pagnons. . . . Je le sais par expérience.

BUVEZ, Messieurs les Danseurs, *ebrii coronam capiatis*, couronnez-vous de pampres. Vestris, Gardel, à moi !. . . à moi Nivelon, prenez vos danseuses. J'ai choisi Guimard, je ne la céderois pas au Roi. De par Bacchus et Terpsychore, buvons, ballons; ballons, buvons; je danse la Camargo comme l'Ane de Silène; *Dic age Tibia*. Bon! j'aime les airs vifs ; mais buvons d'abord. *Vino virent genua ;* le vin donne du jarret : après avoir bu, on bondit comme des cabris de Pro-vence, et gai! gai ! gai! mes amis! *Evohé !* je perds la tête:

> *Nunc est bibendum, nunc pede libero*
> *Pulsanda tellus :*
> *Bacchum in remotis vidi rupibus*
> *Docentem* qu'il falloit, *primò,*
> *Pleno lene merum bibere Cado.*

Horat.

BUVEZ, Messieurs les gens de qualité ; nous verrons si vous avez de l'esprit : car à vos tables où chacun s'observe, où l'on ne parle qu'à son tour (1), on ne sait à quoi s'en tenir. Le vin, dit

---

(1) Dans tous les temps les gens de qualité ont été fort so-bres en paroles. Du temps de Néron, c'étoit une marque de grandeur de ne parler que par signes aux Esclaves et à la

Platon, * secoue l'esprit : le frère Horace soutient *Banquet de
aussi qu'on ne peut s'assurer si les gens ont de ^Platon.
l'esprit, qu'en les *réforçant* à boire.

. . . . *Multis* urgere *culullis*
Et torquere *mero quos perspexisse laborant.*

BUVEZ, ennuyeux Misanthropes, qui ne haïssez
beaucoup les autres, que parce que vous vous
aimez trop vous-mêmes. » Boire est le charme
» de la vie, a dit Plaute ; le vin est le lien de
» l'amitié, et jamais on ne hait le genre-humain,
» jamais on ne crie contre le genre-humain,
» jamais on ne fuit la société du genre-humain,
» quand on boit. «

. . . . *Cantharum dulciferum*
Propinare suavissima amicitia, neque esse alium alii   In Stic.
Odio, nec molestis sermonibus, nec monologis uti.

BOIS, Méchant, dont le seul plaisir est de
faire le mal ; bois, homme odieux qui mets
le trouble dans les familles, qui t'engraisse du
sang d'un bienfaiteur qui t'a réchauffé dans son

Canaille *roturière.* Pétrone, pour tourner en ridicule cette méthode, représente Trimalcion faisant craquer ses doigts pour
demander le pot-de-chambre. Si jamais je deviens grand Seigneur, j'aurai, indépendamment de la Valetaille courante, un
Laquais tout exprès pour ouvrir ma bouche chaque fois que je
voudrai dire une parole.

sein ; bois, te dis-je, pour le bonheur de l'honnête homme dont tu as ravi le bien, et que tu cherches à avilir, pour prix de ses bienfaits.

Bois ou MEURS; le sommeil ou la mort du méchant est la paix du juste : mais, hélas! *l'ivrogne s'endort toujours, et le méchant jamais*, dit un proverbe Russe (1).

Buvez, Femmes charmantes que j'adore : Hébé a moins d'attraits, les Nymphes sont moins enjouées que vous, quand Bacchus vous sourit. Vos lèvres distillent une rosée d'ambroisie; votre haleine répand un parfum délicieux; la rose envie vos couleurs, quand l'amour et Bacchus vous ont inondées de leur mousse légère. Vénus elle-même est glacée, quand Bacchus ne l'anime pas. Tendre amant de Gelliane et de Fanni, aimable Pontano (2), viens m'aider à chasser cet

----

(1) *Voyez* l'Histoire de Russie de M. le Clerc, page 50, tome I, de la Russie moderne.

(2) Pontano, poète du quinzième siècle, précepteur d'Alphonse, roi d'Arragon, est auteur de quelques poésies latines pleines d'imagination, de délicatesse et de galanterie. On lui reproche d'être un peu bavard : est-ce un défaut? Il adoroit et chantoit la beauté; et peut-on s'arrêter quand c'est à la beauté qu'on rend hommage ? M. *Simon de Troyes* vient de donner une traduction de plusieurs poètes Latins, Grecs et Italiens; il n'a pas oublié l'Amant *aux cinq cens Maitresses*; il a su rendre dans sa prose élégante et facile, les agrémens qui appartiennent à chacun de ces Poètes. On doute que nos petits rimeurs plagiaires soient contens du recueil de M. *Simon.*

odieux Polybe, qui défend aux Graces de boire, parce qu'elles bavardent trop, dit-il (1), quand elles ont bu, l'impertinent! Buvez, ô mes Déesses! vous êtes si intéressantes quand vous bavardez!

BUVEZ, Messieurs les Médecins ; Sangrado est un empoisonneur avec sa tisane d'eau. Le médecin Pétrone dit que l'eau a des dents, que le vin est un baume de vie, *aqua dentes habet et vita Vinum est.* Fabre (2) est un plus grand clerc que vous tous ; c'est mon docteur à moi, puisqu'il préfère le jus de la treille, aux

_____

(1) ῟Ως Λαεῖν ἐςὶν ἀδύναῖον τὴν γυναῖκα πιῶσαν οἶνον. *(Athénée in Deipnosophistis* 10. *cap.* 13, *ex Polibio).*

(2) » Des Nations entières accordent à leurs malades du po- » tage, de la viande et du *Vin ;* au lieu que nos Médecins » à juleps et à apozèmes, vrais tyrans, comme la diète mal » entendue qu'ils prescrivent, font mourir d'inanition leurs » pauvres malades. « Fabre, part. 2, p. 86. — Boerhaave veut particulièrement du *Vin* pour guérir ses Malades. — Lobb, qui n'aimoit pas l'eau, dit en toutes lettres : *Fuge Medicos et Medicamina.* Lobb a raison. — M. Le Clerc, premier médecin de l'impératrice de Russie, pense comme Lobb. Voyez *son Histoire de l'Homme malade,* dont toute personne raisonnable devroit avoir un exemplaire. — A propos de *Vin,* il faut que je vous conte une histoire. Une Faculté de Médecins bien SAVANTE, *suivant la cou-tume,* fort ENTÊTÉE, *suivant la coutume,* étoit aussi DIVISÉE, *suivant la coutume,* sur la manière de traiter un gros et gras Chanoine, qui onques n'avoit bu d'eau de sa vie. Si on lui ôte le *Vin,* disoit une partie de ces perruques, *Aio morietur.* — *Aio morietur,* disoit l'autre bande, si on ne le réduit pas à la tisane de chiendent pour tous cordiaux. Grands débats huit

juleps et aux apozèmes. *Ego quoque sum Medicus:*
et moi aussi je suis Médecin ; j'ai fait mes cours
à l'Université d'Anières ; mes aphorismes valent
mieux que ceux d'Hippocrate. Je suis un chevalier
de vendange. Avancez donc, intrépides chevaliers d'eau claire : avancez, je vous soutiens le ...
verre à la main, que le vin, fût-il de Nanterre ou
de Brie, chasse la fièvre tierce, quarte, double-
quarte, continue, et les vapeurs, quoi qu'en dise
le bas - Normand Cazobiel (1), mieux que le
quinquina et la serpentaire de Virginie, mieux
que le doigt de mon frère et bon ami Mesmer,
mieux que tout l'art d'Héraclée (2).

> *Uva feras febres, edacem pectoris ignem,*
> *Heracleâ curas mitigat arte magis.*

---

jours de suite, dont quelques-unes de ces perruques se ressen-
tirent. Pendant ce tems-là, mon gras chanoine but du vin, et
guérit sans recevoir d'autres secours que de sa bonne et fidèle
gouvernante Paquette et de son neveu le capitaine, garçon bien
appris, qui avoit lu dans Barême que son Oncle n'étoit pas encore
assez riche pour mourir. — Que de bons pères de familles vi-
vroient encore, si l'on osoit prendre sur soi de ne pas appeler
ces maudits *Sangrados* à face blême et à recettes d'eau bouillie !
Ma foi, toute réflexion faite, *vive la poudre digitale;* elle ne
fait de mal qu'à la bourse.

(1) Cazodiel, Médecin ambulant du 16ᵉ siècle, fort sot,
fort entêté, fort ignorant, et sur-tout fort bavard. Voy. *Medico-
Lexicon*, §. 6, *art.* Cazodiel.

(2) Héraclée, ville de Magnésie dans la Lybie, berceau du
Magnétisme. Voy. *la description de cette Ville dans Claudien.*

BUVEZ donc, ô vous tous messieurs les Tortus, Bossus, Podagres, Bancroches, Goutteux: jetez vos bâtons, vos béquilles; n'allez plus chez ces Charlatans. Buvez, vous dis-je ; c'est de la première cuvée, mes amis, c'est de la mère-goutte ; et la mère-goutte redresse la moëlle épinière mieux que la poudre digitale de M. Parafaragaramus; mieux que LA VOLÉE DE BOIS VERD du frère Figaro ; mieux que la salive et les coups de pieds au cul de Vespasien (1) ; c'est Pétrone

---

(1) Dion et plusieurs Auteurs anciens ont attribué des miracles à Vespasien. Tacite rapporte que ce Prince étant à Alexandrie, rendit la vue à un aveugle en lui humectant les paupières de sa salive, et guérit un boiteux par le simple attouchement de son pied. Ces miracles se firent sous les auspices du Dieu Sérapis. Suétone fait le même récit. — Peut-être cet Empereur, qui aimoit à railler, s'étoit-il plu à accréditer cette opinion dans l'esprit du peuple. L'homme qui, jusqu'à l'article de la mort, tournoit en ridicule la superstition des Romains, et dont les dernières paroles étoient une satyre sur la sotte habitude qu'ils avoient de déifier leurs Césars, ne devoit pas croire aux miracles, encore moins supposer dans sa salive une vertu miraculeuse. Combien de faits, n'ayant d'autre base que la crédulité des Peuples, sont recueillis par des Historiens infidèles, ou qui aiment le merveilleux, et le transmettent à la postérité, sans y croire eux-mêmes ! Les Horaces, Coclès, etc. seroient-ils des héros, sans Tite-Live ? Que penseront les siècles à venir, lorsqu'ils liront dans l'histoire de Malte de l'abbé de Vertot, le combat de l'Ile-Adam contre le Dragon, etc., etc. ? Disons avec le sage Valère Maxime : *Multa ... acciderunt tenebrarum nube involuta, quæ, quia unde manaverint aut quâ ratione constiterint dignoscere arduum est, meritò miracula vocantur.* (*Val. Max. lib. 1, cap. 8, de Miraculis.*)

et Jocrisse qui vous en assurent... Eh bien! comment vous trouvez-vous? — A merveille, M. le Prédicateur. — Je m'en étois bien douté... *Vinum* Petron.
Satyricon. *verum opimarium est : præstò! præstò!* qu'on en verse à ces bons enfans. *Ego, ego quoque,* et moi aussi, je fais marcher les boiteux. — Bravo! bravo! bravo! Jocrisse fait des miracles, et vîte une belle châsse pour enchâsser Jocrisse. — Quel tintamarre, à votre ordinaire, pour une sottise, Messieurs les Badauts! attendez donc que j'aie bu; je ne veux être saint et enchâssé qu'après boire.... *Je suis Grégorien.*

ET BOIS donc, mon pauvre *Martial* Jocrisse! tu es comme ton *patron*; tu ne peux rien faire, si tu n'es ivre : *potes nil sobrius.* Les forces s'augmentent, le sang se purifie, une douce chaleur vous pénètre, l'esprit se dilate, la raison se forme *cum nobilioribus partibus,* a dit Pline; et c'est un grand Naturaliste que Pline.... Bois, mon bon, mon meilleur ami : le vin empêche de rester court dans un Sermon, Plutarque l'assure. BUVONS tous, mes très-chers Auditeurs, *et tango-menas faciamus.* Trinquons sur-tout; c'étoit le bon temps quand on trinquoit : *et benè vos,* Mesdames; *benè vos,* Messieurs; *benè te,* mon Cousin Chrysostôme, qui es là-haut : *benè me,* Plaut. in stic. Jocrisse; c'est trop juste : *benè nostros quoque nassovios.* A votre santé, tout le monde.

[Ces trois fois trois rasades bues avec toute l'ivresse du plaisir , ayant fait beaucoup plus qu'étourdir Jocrisse et tous ses Auditeurs , jusqu'à M. le Premier Président, qui n'avoit jamais bu de sa vie avec autant de sensualité (qu'il en convienne) il a fallu aller faire un somme.

Les Reviseurs, Editeurs, Censeurs de cet Ouvrage n'ont pu passer outre ; ils ont chanté , juré le grand juron, bu trois fois trois rasades , et sont allés faire un somme.

La vapeur de cette feuille porta à la tête de l'Imprimeur, de l'Imprimeur gagna le Prote , du Prote se communiqua aux Compositeurs, des Compositeurs monta aux Presses ; et voilà Imprimeur , Prote, Compositeurs, tous, tous, jusqu'à Mme. Mlles. Démocrite, qui se mettent à chanter, danser, cabrioler, à bouleverser Casses, Formes, Magasin, à se barbouiller avec les Balles ; puis de jurer le grand juron , de boire trois fois trois rasades, et d'aller faire un somme.

Pluton , Proserpine, tous les Diables, grands, petits, moyens Diables, jusqu'aux Diables Anglois, ont chanté , juré le grand juron , bu trois fois trois rasades, et sont allés faire un somme : ce qui a donné le temps à Ixion , Tantale, et au Lecteur, de respirer au moins une fois avec délices, et d'entonner de tout leur cœur le refrain chéri du bon Roi, de jurer le grand juron du bon Roi, de danser le branle qu'aimoit le bon Roi, de boire trois fois trois rasades à la santé du bon Roi, et de dormir un somme, pour se réveiller frais et gaillards comme le bon Roi.

Pendant ce temps-là, un Abonné du Mercure, buveur d'eau de profession, qui n'a ni chanté, ni dansé, ni juré le grand juron, ni bu trois fois trois rasades, et qui n'a jamais eu le bonheur de s'enivrer de sa vie en mémoire du bon Roi, va bavarder très-scientifiquement et amuser le tapis, qui ne brûle jamais, comme on sait, avec Messieurs les buveurs d'eau.....]

TRÈS-SCIENTIQUE

BAVARDAGE

D'UN ABONNÉ DU MERCURE,

Qui délayera de grandes Questions, et apprendra aux
siècles à venir ce qu'on fait quand on dort.

A MESSIEURS LES BUVEÙRS D'EAU DOUCE
DU CAFÉ DU BON M. JOSSERAN;

SALUT.

BIEN des gens s'imaginent qu'il est très-facile
de répondre aux questions les plus simples :
cependant, on doit remarquer qu'il n'y a jamais
eu que les grands hommes et les buveurs d'eau
ou de limonade, qui aient pu les résoudre d'une
manière précise.

Qu'on dise après cela comme Itobad (1), que ce

---

(1) Itobad (maître d'Ecole et Organiste à S. Piat , petit
village à une lieue de Chartres) ne connoissoit pas de plus grande
sottise au monde que de faire une énigme , si ce n'est celle de
la deviner ; ce qu'il trouvoit très-facile et fort bête. Son Curé,
grand énigmatiseur, comme tous ces Messieurs , l'interdit de

n'est rien que de deviner une Enigme, de décomposer un Logogryphe, de trouver les deux termes d'une Charade, et d'atteindre à l'apogée de son tout. Il suffit d'être doué du sens *commun* le plus ordinaire, pour hausser les épaules à une pareille absurdité.

En effet, qu'on lise le Discours sur les Enigmes du grand *Cotin* ; la sublime Dissertation de *Guyot de Pitaval* sur le même sujet ; les Lettres savantes, très-savantes, insérées dans les Mercures de 1678 et 1763 et autres ; l'on pourra se former une opinion juste et précise sur cette partie essentielle de notre littérature, et qui occupe, avec raison, tant de saines et doctes (1) cervelles en France.

Pour moi, mes frères en eau, qui, pour plaire à mon siècle, travaille depuis dix ans trois mois quatre jours à l'Histoire du Goût et des Mœurs du siècle, et que je compose toute en Enigmes et Logogryphes ; histoire que je tremble bien de

---

ses fonctions. Il fut réhabilité pour un quart de Logogriphe en cent cinquante vers, qu'il fit insérer dans les feuilles Chartraines, avec promesse de la suite aux trois prochains numéros. Voyez *les feuilles de Chartres, du 5 novembre 1783 et suivantes.* (Le mot étoit Calembourg).

(1) » On aime beaucoup mieux passer en France pour frippon que pour bête, pour un homme sans mœurs que pour ne savoir pas deviner une énigme. « *Lettres Juiv.* 10e *Lettre, prem. vol.*

ne

ne voir jamais finie, tant le champ en est vaste ;
je soutiens à outrance envers et contre tous
(ose relever le gant qui voudra), qu'il y a
cent fois plus de mérite à deviner une Énigme,
qu'à mesurer la profondeur des Cieux, qu'à dé-
terminer le cours des Astres, qu'à calculer le
retour et le choc des Planètes, qu'à avoir inventé
le systême de la gravitation : ici, il a fallu sa-
voirs ulement *cinq et quatre sont neuf, ôtez deux,
reste sept;* c'est-à-dire, il a fallu avoir le mécanis-
me du calcul sans génie ; au lieu que pour deviner
un énigme, il faut tout génie, et point de mé-
canisme.

Si quelque Pyrrhonien résistoit à LA FORCE DU
LEVIER de cet argument, je puis l'étourdir d'un
coup si vigoureux, que s'il persiste, il n'y a plus
qu'à le faire mettre aux Incurables. — Voici ma
preuve.

Qu'en revient-il à tous nos Newtons de leurs
veilles, de leurs travaux, de leurs calculs sans
nombre ? Pour un seul dont on verra la statue
placée au Louvre, mille autres meurent misé-
rablement à l'hôpital, sans attirer une seule fois
l'attention des gens sensés, qui les méprisent à
juste titre.

Mais quelle différence pour un homme qui
compose une énigne, ou qui la devine ! Dans le
premier cas, occuper tous les gens raisonnables

M

d'une nation, et d'une nation Françoise encore;
recevoir mille complimens de sa pénétration,
dans le second : voilà le tribut que les gens d'esprit vous paient.

Cette Enigme si difficile, dit-on, ce Logogryphe si compliqué, que nous cherchions depuis huit jours; eh bien! M. Oëdipe l'a deviné,
M. Oëdipe l'a décomposé. *Bravo!* M. Oëdipe :
vous êtes un homme divin, M. Oëdipe : on vous
promènera dans les rues de Louvain (1) comme
le bœuf gras, M. Oëdipe : il soupera avec
nous, M. Oëdipe : oh! on le *Mercurisifiera*, M.
Oëdipe.

Une preuve plus complète encore du mérite
qu'il y a de deviner une Enigme, et une preuve
avec laquelle on peut clore la bouche à tous
les grimauds de notre âge, qui ont toujours leurs
siècles anciens à nous opposer, la voici :

---

(1) L'Université de Louvain, fondée par Jean de Bourgogne, duc de Brabant, et confirmée par une bulle de Martin V
en 1435, propose, dit-on, annuellement des questions enig-
matiques à résoudre à ses Etudians. Le Benêt qui a le prix,
est promené par la ville avec des trompettes, des cavalcades,
des timballes, des Professeurs, des Chronographes, des Ana-
graphes, des romarins, des tambours; la Ville est illuminée;
on tire le canon, et le Vainqueur est couronné devant l'Hôtel-
de-Ville. Louvain, dit un Géographe, est une grande ville mal
peuplée d'Habitans, mais très-fertile en chardons, en Ecoliers
et en Anes fourrés. Les François les ont fait braire de la bonne
façon en 1746.

Voyons! parlez à nous, Messieurs les Anti-énigmatiseurs : dites-nous quel étoit le prix proposé à celui qui devineroit (1) l'énigme du Sphynx, à celui qui dénoueroit le nœud Gordien. Eh bien? répondez donc? mais répondront-ils? Je les vois tous bouche béante, comme des Capucins auxquels on voudroit faire expliquer leur bréviaire. — Les voilà pourtant, ces beaux fruits de nature! ils vous rient au nez et vous tournent le dos pour toute réponse.... Un mot encore, et j'ai prouvé.

Qu'on ôte du Mercure les Enigmes, les Logogryphes, les Charades, les Questions résolutives et les Bouts enrimés;... je parie contre qui voudra, que cette planète perd les trois-quarts de son influence (2). — Oh! pour moi, c'est bien décidé; je me désabonnerois le lendemain.

---

(1) La couronne de Thèbes et la main d'une Reine, devoient être le prix de celui qui devineroit l'énigme du Sphynx. — Le nœud qui attachoit le joug au timon du char de Gordius, roi de Phrygie, étoit tissu si adroitement, qu'on n'en pouvoit découvrir les deux bouts : l'empire de l'Asie étoit promis à celui qui pourroit le dénouer. — On sait comment Alexandre s'y prit. Nos devineurs d'énigmes ne portent pas si loin leurs prétentions ; ce n'est que pour la gloire qu'ils travaillent.

(2) Tout bien considéré, qui a plus de torts, ou d'un auteur qui donne un détestable ouvrage au Public, ou du Public qui applaudit à l'ouvrage détestable que lui présente un Auteur? — Le Public aime les Charades, les Enigmes, les Bouts-

Passons actuellement à la difficulté de répondre aux questions les plus simples, et de résoudre les propositions qui paroissent le plus faciles.

Une vingtaine de Philosophes de l'antiquité, et des Philosophes,... Philosophes Grecs qui plus est, se présentent à la porte de Xantus. Il avoit fait préparer pour ces Messieurs un festin de fermier-général. —— *Qu'est-ce que le chien remue?* leur crie Esope à travers la *serrure*, sinon pas plus de dîner qu'à un Poète. Ils s'en allèrent tous l'oreille basse, comme des Anes auxquels on auroit ôté l'avoine de dessous le bec, et sans avoir pu résoudre cette question vraiment académique. Un seul qui savoit son La Fontaine comme son *pater*, qui vous avoit de l'esprit comme un Bernadin, et de l'appétit comme un

---

rimés, etc. Le Mercure, qui a le plus grand intérêt de plaire au Public, lui donne des Bouts-rimés, des Charades et des Enigmes. Si le Public avoit fait mourir au bruit des sifflets, l'*émouché* Jeannot; l'*inverse* Figaro, son digne camarade, n'auroit pas osé se montrer à Paris : si l'*inverse* Figaro n'avoit pas encoqueluché toute la France, l'Ane Gu-tien-gu n'auroit jamais osé braire au nez des Badauts. *Colubra restem non parit*, dit Pétrone. Ainsi, il ne seroit pas étonnant de voir quelque jour les gens de goût, qui ont eu tant de plaisir à respirer la vapeur embaumée de la veste de Jeannot (pour me servir de l'expression du même auteur), il ne seroit pas étonnant, dis-je, de les voir *de stercore tollere mordicùs*, ce qu'ils ont eu tant de plaisir à *sentir*. Le goût et l'odorat sont deux sens si d'accord!

Carme, s'écria : Ouvre, Esope, *c'est la queue et les oreilles.* —— Vive Jesus ! il mérite à dîner, celui-ci, reprit Esope en lui ouvrant les deux battans.

Les plus grands hommes de tous les siècles réunis chez Verville, purent-ils jamais deviner qui sortiroit le premier d'un sac où l'on auroit mis un Procureur, un Meûnier et un Tisserand ? Rien de plus naturel pourtant que de répondre, *un voleur :* je crois, moi, que je l'aurois dit. Eh bien ! tous, jusqu'à Aristote, y perdirent leur rhétorique. Auroient-ils mieux deviné qui sortiroit le premier d'un sac où l'on mettroit ensemble Figaro, Jeannot, Critès et son Ane ?

Il n'appartenoit qu'à un Crysostophe Colomb d'apprendre à la postérité, comment on pouvoit faire tenir un œuf sur la pointe, sans le faire pirouetter. Une Société d'habiles gens, après l'avoir essayé, à plusieurs reprises jugèrent la chose impraticable.

Colomb prouva qu'il n'étoit besoin *ni de la pierre à casser les œufs,* ni de soumettre cette question à une Académie. Tac, tac : voilà un œuf qui a une base, et une Société d'habiles gens en défaut, et qui vous restent stupéfaits devant un œuf de poule, sans comparaison comme un Philosophe sceptique devant un miracle.

On connoît cette fameuse pierre antique, sur

l'inscription de laquelle les savans de l'Europe ont fait des commentaires à perte de vue , et qui auroit fait perdre à *l'historien du verbe ÊTRE*, son grec, son latin , son hébreu , son celtique , et presque la tête. Un Bedeau y lut sans lunette : C'EST ICI LE CHEMIN AUX ANES; effectivement, il étoit bedeau, et bedeau d'Anières; mais pour être bedeau d'Anières, devoit-il passer le pont de ces Messieurs avant toute une Académie ?

La! qu'on me le dise! mille ans ne se seroient-ils pas écoulés avant qu'on pût trouver ce qu'il falloit dire à un homme qui éternue , et à un homme qui bâille? Un docteur, sur le nom duquel les Historiens du temps sont divisés , proposa cette difficulté à la crême des génies de toutes les Espagnes. Les voilà qui se travaillent, qui suent, qui se cassent la tête; point de solution. L'oracle même consulté s'y reprend à deux fois pour répondre, qu'il faut dire : LE CIEL T'ASSISTE, à celui qui éternue; et VA TE COUCHER , à celui qui baille! O génie! génie!

Enfin maître Chrysostôme, qui depuis nombre d'années faisoit une étude très-sérieuse de l'anglois, et qui n'avoit rien négligé pour en connoître l'esprit , n'auroit pourtant jamais pu deviner que GOD-DAM fût le fond de la langue : découverte qui lui eût évité infiniment de soins, de peines et de fatigues. Son Ane (c'est de lui-

même que je tiens cette anecdote) après lui
avoir fait concevoir tout le mérite de la scène V
du troisième acte (1) , à laquelle les sots ne
comprennent rien, mais où les gens d'esprit trouvent une critique fine et délicate, et admirent
avec quelle subtilité Figaro TRAVAILLE donc et
ENFILE SON MAITRE UN PEU DANS SON GENRE;
son Ane , dis-je, après lui avoir fait avouer qu'aucun comique présent et à venir ne pouvoit
faire une scène plus plaisante, mieux dialoguée
et d'un meilleur ton , lui fit cette demande : Çà,
Chrysostôme, ESPIÈGLE MON CADET , si tu avois
à féliciter dignement Figaro d'avoir fait la charmante scène GOD-DAM, comment lui dirois-tu?
Eh bien! grand niais? parle donc! tends donc le
cou comme une oie!... Eh! GOD-DAM! mal appris,

---

(1) On disoit à Critès, au sujet de cette scène : Eh bien !
maître Critès , ton Molière a-t-il jamais fait une scène plus
piquante et plus critique que celle-ci? une scène où il vous ait. . .
là ? —Jamais , M. l'Homme de goût , au grand jamais ; ce
n'étoit qu'UNE CRUCHE , ce Molière, en comparaison de ce POT
DE FER ; il ne savoit pas le fond de la langue : témoin sa
farce du Bourgeois-Gentilhomme , où il emploie je ne sais
combien de pages à démontrer que U se prononce en faisant
la moue, et que *Nicole apporte-moi mes pantoufles et donne-moi
mon bonnet de nuit* , est de la prose ; il n'auroit fallu au Gram-
mairien Espagnol qu'un GOD-DAM sans périphrase. Ah ! Monsieur, Monsieur, c'étoit un sot bien grand, en vérité, que ce
Molière ; et c'est un homme bien grand , d'honneur ! que ce
Monsieur de Verte-Allure.

lui dit enfin Gu-tien-gu impatienté , en lui rele-
vant le nez avec son sabot.

Or vous , mes frères en eau , qui veillez et
qui ne savez pas où je veux en venir ; présen-
tement que le Cousin Jocrisse et tout son auditoire font un somme , dites-moi ce qu'on fait
quand on dort?... Nous y voilà.... Vous avez
infiniment d'esprit pourtant , et vous ne devinez
pas!... Encore une fois, que fait-on?... Comment! des buveurs *d'eau rester court !*... On Rêve,
Messieurs ; on Rêve.

RÊVE DE JOCRISSE

ET

DE SON AUDITOIRE.

CE N'EST QU'UN RÊVE!

Pichrocole , Pyrrhus, la Laitière, enfin tous ,
Autant les sages que les fous.

TOUTE la vie de l'Homme est un long Rêve.
Rêver est le souverain bien : un Rêve adoucit et
calme les maux attachés à notre existence. Rêver
est le souverain mal : un Rêve nous empêche bien
souvent de jouir des biens que la Divinité indulgente s'empresse de nous dispenser. C'est un Rêve
qui crée les Etats ; c'est un Rêve qui les boule-
verse. Un Rêve donne le sceptre et la houlette,
rend les Rois malheureux sur le trône, et le Berger
heureux dans sa cabane. Un Rêve invente des noms
et des dignités ridicules, qu'un Rêve peut détruire.
La gloire est un beau Rêve ; on y parvient en
rêvant. Des Rêves balancent les intérêts des Nations , arment le Citoyen contre le Citoyen , le
père contre ses enfans , déchirent le sein des familles les mieux unies , et font égorger des millions d'hommes ; ce qui cesse d'être un Rêve.

Alexandre, en rêvant, a conquis l'Asie : George a perdu l'Amérique pour un Rêve. Les hommes qu'on appelle *Grands*, chargés du Rêve de leur grandeur, si fiers de leurs cordons, de leurs dignités, de la bigarrure de leur livrée, marchent la tête haute ; ils rêvent que les hommes qu'on appelle Petits (*canaille*, *sotte espèce*), sont dupes de leur vanité : quelquefois ces derniers, poussés par le Rêve de l'ambition, caressent la chimère des Grands, leur donnent une origine céleste, préconisent des vertus qu'ils n'ont pas, élèvent des autels, érigent des statues aux vices qu'ils ont ; et ils rêvent que les Grands leur en savent gré. L'esprit, les facultés de l'Homme, son entendement même, n'est qu'un Rêve. Montesquieu a pu rêver qu'il n'étoit qu'un esprit ordinaire, Chrysostome qu'il étoit un génie sublime. L'un a dit de fort bonnes choses sur un Rêve ; l'autre a cru ne pas rêver en parlant des Rêves. Le Public rêve souvent que l'Ouvrage qu'il apprécie est un Rêve ; et l'Auteur, trop prévenu, s'imagine que le Jugement du Public est moins qu'un Rêve. L'Homme rêve quand il est éveillé ; il rêve aussi quand il dort. Enfin, la Folie, agitant ses grelots, peut faire un Sermon grotesque à des Auditeurs qui rêvent en veillant ; et la Raison, couvrir de son manteau des Fous endormis. Voyons le Rêve de Jocrisse et de son Auditoire.

» JOCRISSE et son Auditoire ne furent pas plutôt endormis, qu'ils se crurent abymés dans la Nuit du Chaos ; un engourdissement total avoit saisi leurs membres ; leurs yeux couverts d'une corne épaisse ne distinguoient aucun objet ; un bruit sourd et discordant bourdonnoit à l'entour de leurs oreilles , sans leur faire éprouver aucun sentiment de peine ou de plaisir ; leur imagination absorbée ne concevoit rien ; ils étoient plongés dans la stupeur.

Tout-à-coup il se fait un éclat semblable à celui de mille tonnerres réunis , mais qui ne leur fit encore éprouver qu'une sensation vague ; tout-à-coup leurs organes se délient , leurs membres s'étendent , leurs yeux s'ouvrent ; des millions de globes de toute nature , couverts de millions d'espèces d'individus de toutes formes , se séparent , et vont , en roulant , se précipiter dans l'étendue. Un JEHOVAH immense de lumière , toujours un en se divisant , leur donne à tous la chaleur et la vie , et les enveloppe chacun d'un tourbillon de vapeurs , pour interrompre l'éclat et l'ardeur de ses feux. Une voix majestueuse se fait entendre dans l'Univers.

» MONDES que j'ai formés de ma volonté su-
» prême , roulez sans cesse autour de cette por-
» tion de lumière que je vous ai répartie ; ne

» vous écartez jamais de la route que le doigt
» de votre Souverain vous a fixée, si vous ne
» voulez pas rentrer dans la Nuit du Chaos.

» Etres qui habitez ces Mondes divers ,
» Etres que j'ai doués d'une portion de mon es-
» prit , pour vous pénétrer de votre foiblesse
» et de ma force , ne cherchez jamais à m'ap-
» profondir. Je suis la source du bien comme
» de la lumière , le principe et la fin de toutes
» choses. Vous renaîtrez sans cesse en moi ; à
» chaque instant vous recevrez de nouveaux
» bienfaits ; mais si vous transgressez mes ordres,
» si vous désobéissez à votre Souverain , je vous
» priverai de cette Raison dont vous aurez abu-
» sé ; un foible instinct vous restera..... Vous
» MOURREZ «.

Tous les Mondes arrêtés sur leur axe enten-
dirent , dans un respectueux silence , les ordres
de Dieu. Les Etres raisonnables qui couvroient
ces mondes, se tenoient majestueusement debout;
et , la tête élevée , ils fixoient la face auguste de
leur Maître, qui se présenta à chacun d'eux sous la
forme qu'il leur avoit donnée , afin qu'ils pussent
soutenir sa vue. Leur langue se délia , et l'on entendit dans l'Univers l'accord harmonieux d'un
nombre infini de voix qui se réunissoient pour
rendre hommage à l'Etre des Etres.

Les Globes divers commencèrent aussitôt à décrire leurs Cercles autour de la portion lumineuse qui les éclairoit. Long-temps observateurs exacts de la Volonté Suprême, ils ne s'écartèrent pas de la route qui leur avoit été tracée.

Tous les Etres qui habitoient ces Globes, dirigés par le même principe, suivirent rigoureusement les Lois du Créateur. Enfin, un de ces Globules imperceptibles, sur lequel existoit un petit Atôme à deuxpieds, et qui étoit éclairé de la plus petite portion de l'immense Jehovah, se hazarda le premier à s'écarter de la route qu'il parcouroit dans l'étendue. Le petit Atôme à deux pieds, dirigé par la même influence, s'enorgueillit de sa foible raison ; il chercha à pénétrer les secrets de son Auteur, il se dit Roi des autres Globes et de tout l'Univers. Mais le Globule se heurta bientôt contre les bornes qu'avoit fixées l'Architecte du Monde, et le coup fut si violent,qu'il applatit ses Pôles(1).L'Atôme-Roi fut privé de la parcelle de raison qui lui avoit été donnée ; ses yeux s'obscurcirent, son ouie fut altérée : au lieu de cette voix harmonieuse qu'il avoit, il ne prononça plus que des sons rauques

---

(1) Les Physiciens qui ont tant *Rêvé* sur l'applatissement de la terre du côté de ses pôles, ne s'attendoient pas qu'un Rêve éclairciroit leurs doutes.

et mal articulés ; il chancela sur ses genoux, et apprit à les ployer bassement. La faim, la soif, les maladies vinrent l'assaillir. L'Astre lumineux lui ôta la moitié de sa lumière : IL MOURUT.....

L'Atôme alors sentit et ne raisonna plus ; aucun devoir qui le liât aux autres Atômes, plus de ces desirs au milieu de la jouissance ; il n'avoit que ceux qui lui étoient indiqués par le besoin. S'il communiquoit avec ses semblables, c'étoit par ce penchant naturel qui indique à un Atôme de rechercher un Atôme. Etoit-il pressé par la faim ? il dévoroit les fruits grossiers qui portoient un germe de corruption et de mort ; la nécessité seule étoit son guide. Etoit-il satisfait ? il ne prévoyoit rien, ne pensoit à rien, ne desiroit rien ; il s'endormoit sans être jamais réveillé par le besoin de son semblable, moins fort ou moins actif que lui ; la foiblesse alors étoit un crime.

L'Amour, ce don précieux ; l'Amour, le seul bienfait dont la Divinité indulgente ait daigné dans la suite favoriser l'Atôme repentant ; l'Amour qui se présente, sous mille formes enchanteresses, à ceux qui sont assez délicats pour le sentir, qui adoucit le malheur de notre existence, qui vivifie nos ames, exalte notre imagination, rend les hommes capables de sentimens élevés et d'actions généreuses ; l'Amour n'avoit pour lui que l'attrait du besoin. Les Femmes, ces créatures célestes, la plus belle portion de la Divinité, lui paroissoient des Etres passifs et subordonnés, et non pas des Compagnes aimables, faites pour adoucir les peines dont le passage de la vie est hérissé. La première qu'il rencontroit, excitoit en lui la faim de la jouissance ; elle avoit assez de charmes, puisqu'elle avoit l'organe de la sensation brutale qu'il recherchoit, et la seule qu'il fût capable d'éprouver.

La Complice ou la Victime de cette jouissance passagère, insensible aux douceurs de porter dans ses entrailles le fruit d'un amour légitime, arrivée au terme de l'enfantement, ne tressailloit pas de joie en se voyant reproduire dans l'Etre qui respiroit par elle ; elle n'obéissoit que par besoin au cri de la Nature ; et si elle donnoit à son enfant l'aliment précieux que renfermoit son sein, c'étoit pour se soulager d'un poids qu'il lui seroit devenu dangereux de supporter.

L'Enfant qui devoit le jour à cette union passagère, ne pouvoit pas, lorsque son foible instinct se développoit, reconnoître ceux qui lui avoient donné le jour ; il ne sentoit pas pour ses parens cet amour tendre et filial, qui rend les Hommes si heureux d'être pères, qui leur fait verser des larmes de joie à la vue de ces Etres délicats, dont les jeux enfantins et les caresses innocentes consolent dans les chagrins, dissipent les nuages qui s'élèvent parfois entre les Epoux les mieux unis, et font oublier, au sein de nos familles, les amertumes de l'indigence, l'injustice de quelques-uns de nos semblables, les fourberies d'un Concurrent, la basse flatterie de notre égal, et la *stupide insolence* d'un Supérieur parvenu, qui se venge sur l'Homme de mérite, de la dure nécessité où il se trouve de reconnoître en lui des vertus et des talens qu'il n'aura jamais.

Les hommes d'alors, déchus de leur première origine, durs, méchans, n'étant liés par aucune obligation les uns à l'égard des autres, n'ayant aucunes idées relatives, rapportant tout à eux-mêmes, privés du jugement et de la mémoire, aussi incapables de sentir le prix des services qu'ils pouvoient rendre, que de garder le souvenir des bienfaits qu'ils pourroient recevoir vivoient pour eux seuls, et mouroient sans être regrettés.

RÉSIPISCENCE.

RÉSIPISCENCE.

ON VA JOUER AU PIED DE BŒUF.

Heureusement, ici Jocrisse se mit à éternuer assez fort pour qu'il se fît dans la Salle un mouvement universel ; les uns, en alongeant un bras, renvoyoient une tête de l'autre côté ; d'autres, en étendant une jambe, accrochoient leurs voisins et leur faisoient faire le soubresaut le plus comique : celui-ci ouvroit l'œil à moitié : un autre fermoit celui qu'il avoit eu ouvert durant son sommeil.

Un des Dormeurs qui avoit la tête en arrière, après un balancement indécis de quelques secondes, perd l'équilibre, et se laissant cheoir sur son voisin, du même coup il abat une enfilade de têtes qui tombent sur le pectoral de chacun de ceux à qui elles appartenoient, à peu près comme des Capucins de cartes. Enfin, ce mouvement fut si général, que sans qu'aucun se réveillât précisément, le Rêve de Jocrisse et de son Auditoire fut interrompu, j'imagine tout exprès pour faire reprendre haleine aux Lecteurs, qui commençoient à laisser tomber le livre d'ennui à la lecture d'un rêve aussi saugrenu, dont un Editeur qui auroit eu plus d'esprit se seroit dispensé de rendre compte.

N

En attendant qu'il plaise à cet Editeur de mauvais goût de réveiller tout-à-fait son Auditoire, que ferons-nous?... Moi, Messieurs, qui me trouve là aussi à propos qu'une petite Maitresse à une thèse de philosophie, ou qu'un Financier, dans le cours de sa fortune, à un Sermon du Curé d'Ivetot (1) sur le mépris des richesses; si j'avois l'anneau magique du gaillard Momus, je vous le passerois au doigt, et puis nous ferions des folies à jeter les portes par les fenêtres, nous irions nous battre contre les moulins à vent, prendre la mesure du Diable avec l'Avocat Bodin (2), et courir le loup-garou pour amuser ces oiseaux de haute futaie, qu'on appelle, en Bourgogne, Moineaux à gros bec; et tout cela seroit fort drôle. Mais je ne l'ai pas, malheureusement,

---

(1) M. l'Abbé Coignasse Desjardins, jeune prédicateur d'un zèle et d'une éloquence vraiment évangéliques, ci-devant Prêtre habitué de S. Benoît, aujourd'hui curé d'Ivetot. La morale pure et onctueuse qui caractérise ses Sermons, a plus d'une fois produit des effets précieux à la classe souffrante des hommes. Le dernier prône qu'il fit à S. Benoît avant son départ, fut interrompu par une scène attendrissante, où l'on vit l'Orateur mêler ses larmes à celles de son auditoire. De la noblesse dans les idées, de la vigueur et du nombre dans le style, de l'onction dans l'organe, sont les qualités essentielles qu'on a remarquées dans M. l'Abbé Desjardins et dans ses Sermons.

(1) Voyez la Démonomanie ou Traité des Sorciers de Jean Bodin, et ses *Heptaplomeres de abditis rerum sublimium arcanis.*

ce joli bijou de *joyeuseté* ; il est perdu depuis ce fou de maître François.

Que faire donc ? Jouons à de petits jeux où l'on ne se ruine pas comme à ces maudits tripots de Paris, à ces petits jeux innocens où l'ame se dilate sans penser à mal, où le cœur *s'éjouit* et bat de plaisir, où l'on s'agace sans se fâcher, où l'on tutoie son Curé sans qu'il ôte sa calotte de dépit. Aimables jeux, vous fûtes inventés pour les Dieux ; ils y jouoient du temps d'Homère, et ils y jouent encore quelquefois : témoin l'année de la grande éclipse, où Phébus attrapa le doigt mouillé, et fit tant peur au pauvre Monde.

D'abord, combien sommes-nous ? comptons. Moi, un ;.. Monsieur Criquet, deux ;.. Monsieur Josse, trois ;.. l'ami Xang-xung, quatre ;.. et la Momie de son grand-père que nous animerons en lui soufflant où l'on sait (1), cinq... Allons,

---

(1) Voyez la Momie de mon Grand-Père, ouvrage fort original, mais où la licence, et de grossières injures à la Voltaire, remplacent souvent la gaieté : il arrive de très-plaisantes aventures à *Modeste-Tranquille Xang-xung*, avec cette Momie. On ne l'animoit qu'en lui soufflant au ... ; alors, les poirgs sur les rognons, elle gourmandoit son petit-fils Xang-xung de la bonne manière. Quelquefois elle disoit de fort bonnes vérités en passant, (*voy.* pag. 280, lorsque Xang-xung la met sur une vieille futaille à la porte du grand Café des Boulevards). Elle eut une fameuse querelle sur la Galiote avec des Poissardes qui la jetèrent à l'eau ; elle fut repêchée aux filets de

Monsieur Xang-xung, la petite cérémonie ....
Bon ! assez. Allez vous essuyer, et venez ici près
de moi ; j'aime l'eau claire.

Bien ! nous voici cinq, autant que de doigts
dans la main : A quel jeu? — *Au Pot de chambre.*—
Fi-donc ! les Variétés nous saisiroient. — *A Ber-*
luron berlurette, *ça rend la vifière nette.* — Bon! on
ne joue qu'à cela du matin au soir à Paris, et
on n'y voit pas plus clair. — *Aux Proverbes re-*
tournés. — Chut! n'empiétons pas sur les Théâtres
de la Nation. — *A Petengueule.* — L'Opéra, Messieurs, l'Opéra ! et puis je suis femme, Messieurs.
— A quel jeu donc ? — Mais ... *Au Pied de bœuf.*
On attrape toujours quelqu'un ; on donne des
pénitences sans confession ; c'est gai. Ça ...
Madame la Momie, approchez votre chaise.
Est-ce qu'on ne jouoit pas au Pied de bœuf en
Egypte?... Les mains ici, Messieurs : sauve qui
peut, c'est moi qui attrape.—*Une,* J'ai vu la Lune.
— *Deux,* Feu notre Ane en a vu deux.— *Trois,*
Et Blanchard donc qui la gobera.— *Quatre ,* Il
vaut mieux bâtir qu'abattre. — *Cinq ,* Ce n'est
pas du pont Notre-Dame dont vous parlez.—

S. Cloud, et conduite à * * * où elle ne fit pas fortune, parce
qu'elle ne savoit pas le code moral du pays , où il y a d'autres
Momies sans elle , qui déparlent le mieux du monde sans qu'on
leur souffle au derrière.

Six, A quand celui des Invalides ? C'est un superbe projet ! —— *Sept*, La queue de notre moineau est bien venue. —— *Huit*, Je voudrois bien que le Carré Saint-Landry fût au diable. —— Cela viendra si les poules pondent ceeee *Neuf*, Je retiens mon Pied de bœuf. Aah ! Madame la Momie, je vous tiens.... Commandi ! commanda ! comme un Sergent fait à ses Soldats, de trois choses en ferez-vous une ?—— Oui-dà , Madame Jobelin , si cela n'est pas difficile par trop. —— Primò d'abord et d'un , la première , c'est de vous en aller à Montmartre nous chercher de cette eau de l'Hippocrène où s'enivrent tous nos beaux esprits.... La seconde, c'est d'aller sur la tour de Sainte - Ecoute s'il pleut, voir s'il fera beau temps dimanche.... La troisième... la troisième... ah ! la troisième , c'est de nous faire un joli hiéroglyphe en manière de charade, Madame la Momie. —— Oh ! oui , Madame la Momie , une charade. —— Allons , une charade, Madame la Momie. —— Je la ferai mettre dans le Mercure , votre charade , Mad. la Momie. — De votre façon une jolie petite mignonne de charade, mon petit papa la Momie. ——Une charade ! une charade ! une charade ! Tu crois que ce n'est rien , toi , gros butor , qu'une charade , et qu'on vous fait ça comme une tragédie à sentences.—— Ah! ça vous plaît à dire, Madame la Momie. ——

Vous me promettez de la faire mettre *dans tout le plus prochain Mercure*, Madame Jobelin ?—Ça se demande-t-il, Madame la Momie ? — Allons, je ne veux pas me faire tirer l'oreille pour qu'on dise que je fais l'Ane pour avoir du s...—Du mérite, Madame la Momie. Il n'y a que ces Messieurs qui en aient aujourd'hui. — Allons, vaille que vaille, en voici une... CHARADE... c'est une Charade. CHARADE... elle est en vers.

CHARADE (1).

» MON premier, du mépris est le signe ordinaire :

» Le nez de mon second eût souffert beaucoup plus,

 » Si certains fruits qui rampent sur la terre

  » Au chêne eussent été pendus.

» Mon tout est un Frippon, d'espece fort bizarre,

» Que... que...« Ma foi, Messieurs, l. r... f... c...t:

A v... l. g... d'e..... ; m., , j. s... t... n....d

  P... t...... c.... r... e. z..e.

Devinez cependant, car le sens est complet.

A vous, Monsieur Criquet ? — Elle est trop difficile...

Vous, Dame Jobelin ? — J'y jette mon bonnet...

Compére Josse, à vous ? — Je ne suis qu'un benêt :

  Vous me la donneriez en mille....

 Et toi, Xang-xung, NIGAUDIN MON CADET.—

Papa, c'est... —Papa, c'est ! c'est quoi, grand niguedouille ?

Papa, c'est fi... fi... fi... Papa, c'est FI-CITROUILLE.

_____

(1) Voy. Troisième Promenade de Critès au Sallon, pag. 19.

Ha ha ha ha ! hé hé ! hi hi ! — Oui, riez de la bêtise de ce mal-appris ; un petit vaurien dont le père s'est épuisé pour lui donner une certaine éducation afin qu'il pût deviner des charades, qui a fait tous les métiers sans en savoir aucun. Papa ! je veux apprendre à raccommoder des souliers ; on l'a mis en apprentissage chez Maître Critès. De l'eau claire... Papa ! je veux apprendre le métier de poète ; on l'a mis chez M. Cicadus, le meilleur faiseur qu'il y ait à Paris, puisqu'il raccommode ceux d'autrui. De l'eau claire.... Papa ! je veux apprendre le métier de peintre en paysage ; on l'a mis chez défunt Lantara : on crut avoir trouvé la pie au nid. Savez-vous ce qu'il a fait ? Un jour il vient tout en sautant dire à son papa, qu'il avoit trouvé un secret pour faire un tableau superbe d'après nature, mais qu'il lui faut une belle toile toute frappante neuve, et des pinceaux tout frappants neufs. Le papa, bon homme, lui donne un beau louis tout frappant neuf aussi. Voilà mon drôle qui court chez Bellot, qui vous achète deux pinceaux, tout neufs ; une toile de mesure, toute neuve ; qui retourne chez son père, demande une jatte d'eau, toute neuve ; la remue long-temps avec une molette, toute neuve ; pour la broyer mieux, à ce qu'il dit. Ensuite il épluche bien son pinceau, le plonge dans la jatte, le retire avec

N iv

mystère. La bonne maman Xang-xung, le papa, la sœur Catau, le cousin, le sonneur ouvroient de grands yeux. Enfin, il peint... (1) de l'eau claire, mes amis, de l'eau claire.

Il faut l'envoyer en Italie, Madame la Momie; l'eau de ce pays-là forme singuliérement ; vous verrez qu'il en reviendra le premier peintre...—D'eau claire, mon bon Monsieur Criquet. Ne l'ai-je pas fait voyager de Paris à Saint-Cloud par la galiote ? Il étoit là sur son élément. Eh bien, à son retour, il m'a fait un tableau où le chat de mon voisin le Notaire s'est venu mirer, croyant que c'étoit la soupe des Clercs.

Ah ça, M^{de} Momie, avec vos *gronderies*, vos Notaires, vos chats de Notaire qui se mirent dans l'eau claire de M. Xang-xung ; on le sait bien : mais jouons-nous à gronder, au mariage, ou à passer contrats ? Que voulez-vous qu'on dise de nous, et de ce Chapitre, si Maître Critès l'imprime ? Il y a dans son Ouvrage assez à mordre sur ceci, sur cela, sur son ton souvent fou, sur son acharnement à louer certaines gens, sans donner prise sur lui par une querelle, Envérité...! Ça voyons ! Le premier qui interrompra le jeu

---

(1) Voy. L'Education de Xang-xung dans le pays des Ours blancs, pag. 11.

donnera des gages. . . . Quel est le mot de la charade ? C'est (1).

A présent, Messieurs, qui sait le jeu *Je te vends mon Figaro, où le mettras-tu, Jeanot ?* Il est aussi nouveau que les bonnètes et les cabriolets à la Poulailler : on rime comme au corbillon, pas plus de malice que cela. — C'est bien joli, c'est bien joli ! Je rimerai bien en Jeanot, vous verrez plutôt, Madame Jobelin : de ce coup-là papa Momie sera content de moi. J'ai précisément la moitié d'un Figaro où j'apprends à lire : si papa le veut, avec la permission de la compagnie, je commencerai. — Soit, on vous le permet, Xang-xung. . . Allons donc ! Eh bien ! Mais commencera-t-il ? Aaah ! — Je te vends mon Figaro—où le mettras-tu, Jeanot ?... Au... à... au *Croc !* J'ai rimé ! j'ai rimé ! Je te vends mon Figaro —où le mettras-tu, Jeanot ?... En *Muchetampot.* Je te vends mon Figaro — où le mettras-tu, Jeanot ?... *Au Coquelico.* — Fi-donc ! c'est vieux comme les coiffures à l'exil du Parlement, et les rubans couleur de feu de l'Hôtel-Dieu..... Je te vends mon Figaro — où le mettras-tu, Jeanot ?... *A vau-l'eau.* — Je te vends mon Figaro — où le

---

(1) Les deux tiers du mot sont dans la Fable du Gland et de la *Citrouille*, de La Fontaine. C'est ce qui fait dire à Xang-xung que le mot est *Fi-citrouille.*

mettras-tu, Jeanot ? — *Au feu....* — Un gage, Madame la Momie, les plus fins y sont attrapés. — Ça rime, Madame Jobelin. — Ça ne rime pas, Madame la Momie. PARDONNEZ-MOI, SI FAIT, Madame Jobelin. — PARDONNEZ-MOI, SI NON, Madame la Momie ; pas plus que mon bonnet rime à pantoufle. — Comme un sot rime à un sot, Madame Jobelin. Laissez-moi achever le vers seulement. — Ah ! ah ! c'est une autre affaire, Madame la Momie ; Je croyois que vous ne faisiez des vers qu'en prose, comme M. Marc-Antoine, qui donne tant, tant d'éditions que Gournai nous enlève toutes. Où...

Où le mettras-tu donc, Jeanot ?
Au FEU, dit la raison, et la rime BRAVO. —

Bravo ! bravo ! bien trouvé, Madame la Mo-mie ; vous rimez là comme un Président sur.... A propos, avez-vous lu...? Maudit soit le Rê-veur avec son maudit Rêve, qui vient nous in-terrompre quand on est si bien en train de jouer. Allons, haaaa ! Rêvons donc.

(*On bâille ici.*)

REPRISE

DU RÊVE DE JOCRISSE,

ET DE SON AUDITOIRE.

Enfin le Maître du Monde jeta un coup-d'œil de compassion sur son ouvrage ; il voulut donner à l'homme une nouvelle preuve de sa bonté ; il le plaça entre deux colonnes, sur l'une desquelles étoit écrit BIEN, sur l'autre MAL. La première étoit placée sur une éminence qui paroissoit aride ; le chemin pour y arriver étoit étroit et difficile ; mais les difficultés disparoissoient devant vous à mesure que vous avanciez : quand on étoit au pied, on respiroit un air pur et céleste, on se sentoit animé d'un souffle divin, on embrassoit de la pensée tous les Mondes qui rouloient dans l'étendue ; le bandeau qui couvroit vos yeux, tomboit de lui-même ; le miracle de l'Univers s'opéroit à votre vue, et l'on étoit élancé dans le sein de l'Être Suprême. L'autre colonne s'élevoit d'une prairie riante, émaillée de mille fleurs ; le sentier qui y conduisoit avoit une pente douce et facile, on glissoit plutôt qu'on ne marchoit ; à chaque pas les roses naissoient sous vos pieds, mais elles s'évanouissoient aussitôt derrière vous ; alors le chemin, pour arriver à la colonne, sembloit de plus en plus escarpé ; on ne regagnoit plus qu'en gravissant avec efforts l'endroit d'où on étoit parti ; si l'on étoit descendu aux deux tiers de la colline, on ne croyoit plus avoir aucuns moyens de remonter : le spectacle changeoit ; des serpens monstrueux siffloient de toutes parts ; une odeur infecte corrompoit l'air; l'haleine impure d'un vent du midi séchoit les plantes marécageuses qui avoient pris la place des fleurs, et qui ne sembloient s'élever sur leurs tiges que pour y périr aussitôt. Toute la Nature avoit une couleur livide qui dégoûtoit : on se retournoit du côté de la colonne BIEN, qui étoit supportée dans un nuage d'azur ; les yeux n'en pouvoient supporter l'éclat ; le désespoir alors déchiroit le cœur, on détournoit ses regards avec effroi; on faisoit encore un pas, et on rouloit dans un marais fangeux, dans lequel le plus grand supplice étoit de voir sans cesse le bien qu'on avoit perdu, sans espérance d'en jouir jamais.

Dieu expliqua aux hommes l'emblème de ces deux colonnes : Vous serez libres de parvenir à l'une ou à l'autre, leur dit le Tout-Puissant ; je vous laisse les arbitres de votre sort. Ma volonté est, que vous marchiez vers celle du Bien : je vous soutiendrai dans les difficultés que vous éprouverez pour y arriver ; je vous tendrai même jusqu'au dernier moment une main secourable, si vous suiviez la route opposée ; mais tremblez de passer le point que ma Sagesse a prescrit, au-delà duquel je vous retirerai mes secours. L'Eternel dit, et disparut.

Les hommes nouveaux se réveillent comme d'un songe ; pénétrés d'abord de leur néant, ils se prosternent et remercient l'Etre Suprême, du bienfait inattendu qu'ils viennent de recevoir. Ils regardent ensuite autour d'eux : la vue de leurs semblables leur cause un attendrissement qu'ils n'avoient pas encore éprouvé. Bientôt ils cherchent dans des liaisons particulières, des moyens de donner un libre essor aux vertus dont la pratique leur devient précieuse. Ils apportoient dans un centre commun les biens et les maux ; les biens, pour les étendre par la communication ; les maux, pour les adoucir et en rendre le poids plus léger en les divisant. Quand ils se réunissoient entre eux, c'étoit pour travailler au grand œuvre de la sagesse et secourir l'humanité souffrante. Des habits simples et modestes les couvroient : richesses, rang, fortune, vaines dignités, tout cela étoit inconnu parmi eux. Si le champ qu'ils cultivoient de leurs mains produisoit des fruits meilleurs ou en plus grande abondance que celui de leurs voisins, ils s'empressoient de les partager avec leurs amis, et leurs amis étoient tous les hommes. Comme ils trouvoient dans le bienfait une récompense pure, ils évitoient de donner de l'éclat à leurs services; ils ne les cachoient pas pourtant; la dissimulation étoit un crime, et ce que nous appelons *modestie* étoit pour eux de l'orgueil. Ils s'appeloient tous frères; et ce n'étoit pas un vain titre, comme ceux que se donnent quelques-unes de nos associations particulières, dans lesquelles celui qui n'apporte que des mœurs douces, un esprit égal et les qualités d'un bon cœur, après avoir reçu un accueil bien tendre en apparence dans le secret, est à peine reconnu dans les sociétés du Monde par celui-là même qui vient de l'appeler du doux nom de *frère*.

Celui qui étoit fort ou plus heureux, cherchoit les besoins dans le cœur du foible; et il assaisonnoit sa bienfaisance par des égards si délicats, que l'obligé paroissoit rendre plutôt un service que le recevoir, et qu'il s'y seroit peut-être mépris, si la reconnoissance ne s'étoit fait entendre avec énergie dans son ame.

Si quelques-uns d'entre eux se laissoient entraîner par la pente qui conduisoit à la colonne du Mal, ils les retenoient avec bonté; souvent ils faisoient quelques pas avec eux pour les ramener plus surement dans la bonne voie. Des paroles douces et affectueuses, les pleurs de la commisération étoient les seules armes dont ils combattoient les vices. Sans cesse ils pesoient dans la balance leurs propres défauts, pour s'ha-bituer à pardonner ceux des autres hommes, sujets comme eux aux mêmes infirmités. Les difficultés qu'ils trouvoient à soumettre leurs passions et à combattre leurs vices, les rendoient indulgens pour ceux de leurs frères. Tous leurs chants respiroient cette douce indulgence ; mais un Cantique sur-tout, que chacun d'eux répétoit au commencement et au déclin du jour, fut re-marqué par Jocrisse et son Auditoire. On ne sera pas fâché peut-être de le trouver ici, quelque ridicule qu'il soit, et quoiqu'il heurte de front la Philosophie de nos jours. (Il ne faut pas que le Lecteur oublie que ce n'est qu'un rêve.)

CANTIQUE D'INDULGENCE.

Il le faut : des mortels supportons les caprices ;
C'est la loi générale : Aux erreurs comme aux vices,
De tout temps l'Homme enclin dans ce bas univers ,
S'il eut quelques vertus, eut aussi des travers.
Le vrai Sage est celui qui pardonne sans cesse ;
Il ne fait pas un crime à l'humaine foiblesse,
Des fautes qu'un instant peut faire et réparer,
Des fautes... où lui-même il pourroit s'égarer.

On ne le voit jamais misanthrope sévère,
Exhaler pour des riens son injuste colère.
Philosophe sensible et l'ami des Humains,
A celui qui chancèle il présente les mains ;
Il conduit à l'honneur par un sentier de rose ;
Sans gourmander le vice, au vice il en impose
Bien mieux que s'il alloit, plein de fiel et d'aigreur,
De sa vertu sauvage et toujours en fureur,
Harceler nos défauts, censurer tout le monde.
On veut guérir la plaie, on la rend plus profonde.
Ah ! que j'aime bien mieux l'ami simple et discret,
Qui, sur tous mes penchans, m'avertit en secret !
Du vice qu'il poursuit distinguant la personne,
S'il blâme mes erreurs, au moins il me pardonne.

Tout-à-coup un nouveau spectacle frappa les
regards. La terre parut ébranlée , et peu s'en
fallut que cette secousse ne fît cesser le sommeil de Jocrisse et de son Auditoire. L'espèce
humaine leur parut se multiplier à l'infini ;
des besoins inconnus se firent sentir ; les idées
de propriété naquirent avec ces besoins. En
éprouvant de nouvelles sensations, on s'apperçut
qu'on manquoit de moyens pour les satisfaire :
les Arts qu'on appelle utiles furent inventés; on
vit même naître quelques Arts d'agrément : le
Commerce social prit une nouvelle forme ; des
Hordes se rassemblèrent; l'Industrie et le Culti-

vateur

vateur se prêtèrent des secours mutuels; bientôt on crut sentir la nécessité d'établir des lois de convenance. La bonne-foi présida sans doute à la rédaction de ce premier Contrat social : les hommes n'auroient pas cessé d'être heureux s'ils ne s'en fussent jamais écartés ; mais l'ambition, la soif des richesses, l'envie de dominer de quelques-uns des Membres de ces premières associations, intervertit peu à peu le système de cette législation précieuse : des hommes plus adroits que les autres, sous prétexte de mieux, proposèrent des réformes, et ils en présentèrent la nécessité sous une apparence insidieuse. L'esprit, trop flatté d'abord, parce qu'il ne s'étoit occupé qu'à applanir le chemin qui conduisoit à la colonne du Bien, à égayer les travaux par des productions agréables, et à couvrir de fleurs les préceptes utiles de la sagesse ; l'esprit, revêtu d'habits plus brillans que solides, abusa de la prépondérance qu'il avoit acquise, donna des entraves à la raison, fit taire la prudence modeste qui élevoit la voix, et fut le premier à accueillir les innovations dangereuses de ces ambitieux.

Le Corps souffrit en changeant de régime, et les Auteurs de la réforme profitèrent seuls du mal commun : ils firent croire à d'autres hommes ambitieux, qu'on pouvoit enfreindre les lois, en

O

fabriquer de nouvelles, détruire encore celles-ci pour en créer d'autres. La chaîne de la Société fut rompue; la méfiance, les soupçons odieux naquirent; les principes d'égalité furent détruits; des dissensions s'élevèrent; l'Hypocrisie ceignit l'auguste bandeau de la Vertu, pour étouffer la Vertu elle-même. Le systême social et d'équité ne fut plus qu'une vaine idole, qu'on encensoit le matin par convenance, et qu'on brisoit le soir pour satisfaire son ambition et ses plaisirs. L'homme riche enfin s'endormit dans le sein de l'opulence, les cris de l'infortune ne parvinrent plus jusqu'à lui, et il ne se réveilla que pour opprimer le foible qui lui tendoit les bras. Les hommes égorgèrent les hommes.

La Vertu cependant faisoit encore entendre sa voix dans le cœur de quelques individus; les Mœurs, la Religion étoient un frein qui reprimoit le vice et en arrêtoit les progrès.

Tout-d'un-coup, du milieu du Marais, s'éleva une fumée qui infecta l'air : au même instant on apperçut un monstre effroyable; trois têtes énormes s'élançoient de son corps couvert d'écailles fangeuses; ses narines respiroient un feu noir et épais. Il s'approcha jusqu'à la partie de la colline où étoit le chemin qui conduisoit à la colonne BIEN, et vomit avec effort de ce côté trois hydres, sur la tête desquelles étoit écrit

en lettres de feu : IRRÉLIGION , IMPUDENCE ,
MAUVAIS GOUT. Un bruit semblable à celui qui
s'étoit fait entendre au commencement du rêve
de Jocrisse et de son Auditoire , éclata de nouveau des quatre parties du Ciel ; une confusion
horrible bouleversa l'Univers.

[Jocrisse et son Auditoire se crurent précipités
dans l'immensité : en se réveillant, ils firent pendant quelques minutes des soubresauts convulsifs
qui les étonnèrent d'abord ; mais après s'être remis
et s'être considérés les uns les autres , ces bonds
leur parurent si plaisans , qu'ils partirent tous
d'un gros et long éclat de rire , en s'écriant avec
le Lecteur:…Bon Dieu , que ce rêve-là est bête !
Bon Dieu , que ce rêve-là est bête !… Et déplacé ,
donc , M. le Critique !]

S U I T E

DU PREMIER POINT DU SERMON

DU COUSIN JOCRISSE.

JOCRISSE, un peu remis du Rêve saugrenu qu'on vient de lire, étend les bras, bâille trois fois, se frotte les yeux ; et après s'être écrié et récrié, » Mon Dieu, que ce rêve est bête ! » Mon Dieu, que ce rêve est bête ! « il continue ainsi :

AVANT dormir, nous en étions, mes très-chers Frères, à mon Trisaïeul qui aimoit. ... Je ne veux pas répéter ce qu'il aimoit, mon Trisaïeul, car il nous faudroit recommencer de plus belle; et puis on diroit de nous que nous sommes membres ébluans, superlatiques, mirelifiques, lopinans, archi-fous, lunatiques, timbrés, hurelubrelus, enfans du père (1) Bontems *Abbas Cornadorum* et de la Mère Folle, et que nous voulons ressusciter la joyeuse Congrégation de l'infanterie Dijonnoise, dont les statuts étoient qu'il ne falloit

_____

(1) Il y avoit autrefois, sur-tout en Normandie, une Société appelée la société des *Cornards*, sous l'invocation de S. Barnabé : cette Confrairie étoit présidée par un chef qu'on nommoit *Pater Abbas Cornardorum*. A Rouen, pendant le Carnaval, on le promenoit en grande pompe sur un char. Il étoit crossé,

penser qu'à mener joyeuse vie, bien boire, bien
manger et bien rire, tant qu'appétit, soif et ar-

---

mitré, et on lui rendoit les plus grands honneurs. (Voy. Antiq.
et Singul. de la ville de Rouen, de Taillepied.) A Evreux, on
le promenoit sur un Ane. Ses Acolytes faisoient mille extravagances, et chantoient des Chansons satyriques sur les événemens scandaleux qui étoient arrivés pendant l'année : ils avoient
des Litanies et des Antiennes particuliéres. Il faut distinguer
cette fête de celle de l'*Ane et des Soudiacres*. (Voy. Triomphe
de l'Abbaye des *Cornards*, imprimé à Rouen en 1587, les
Mercures de France d'avril 1725 et de juin suivant, et le Traité
des Superstit. de Thiers, tome IV, pag. 546). — Il y a encore
quelques traces de ces Bacchanales à Ligny-le-Châtel et lieux
circonvoisins. Depuis la chandeleur jusqu'au mercredi des cendres, les jeunes gens font folies sur folies : malheur à un mari
que sa femme auroit battu, ou à qui elle auroit fait une in-
fidélité connue et avouée, à la fille qui auroit eu quelque foiblesse, etc., etc. Le jour du Mardi gras arrivé, toutes les femmes sont maitresses, et les hommes obligés de s'acquitter des
fonctions du ménage qui les regardent le moins. A midi sonnant, ils rentrent dans leurs droits ; alors ils s'habillent le plus
grotesquement qu'ils peuvent ; ils vont chercher l'Homme *battu*
ou *etc.* Ils instruisent sa cause burlesquement : la Sentence
rendue, ils le guident, bongré malgré, sur un Ane, la tête
tournée du côté de la queue ; ils lui rendent des honneurs ridicules : deux Acolytes le soutiennent avec des fourches ; d'autres l'encensent avec un sabot rempli de crottes de l'Ane : un
torchon noirci au four leur sert d'étendart. Quand ce Roi de
la fête a bu, ils l'essuient avec ce même torchon. Il y a cinq
ans qu'un nommé *Landouillé*, riche laboureur de Varennes,
s'étoit retiré à Ligny pour éviter la cérémonie qu'on lui préparoit dans son village : les gens de Ligny, instruits du lieu
de sa retraite, s'en saisirent. Il eut beau faire, il fallut monter
sur l'Ane, être promené, corné, encensé, enivré, barbouillé.
Il intenta un procès aux nommés *Pierre* et *Edme Mathée*,

gent subsistoient et assistoient, le tout sans faire de mal à personne ; et vous entendez et comprenez à merveille, très-sapiens Auditeurs, que cela nous feroit des querelles avec ces renfrognés personnages vermoulus de science, et autres animaux philosophans, qu'on appelle *Caméléons phosphoriens*, qui ne paroissent dans leur forme naturelle que la nuit, et vous mettent la

---

auteurs principaux de la farce, et le perdit au Bailliage de Ligny. On cite ce fait avec preuves. — La fête dite des Fous, est très-connue et remonte aux temps les plus reculés, puisqu'elle existoit avant le Concile de Tolède tenu en 633. Elle avoit surtout lieu à Noël. Les orgies et réveillons de la Messe de minuit, n'ont pas sans doute d'autre origine, (Voy. Nouv. Mém. d'Hist. etc. par l'Abbé d'Artigni, tome IV, art. 67, pag. 278. Hist. d'Aux. par l'Abbé le Bœuf, tome II, in-4. *Belethus de divinis Officiis*, chap. 72. *Durant. lib. 7, chap.* 42, *etc. etc.*) — L'infanterie de la Mère folle de Dijon, a eu pour chevaliers des personnages de la première distinction ; elle reçut en 1626, Henri de Bourbon, prince de Condé. Tristan l'Hermite y fut agrégé en 1612. Les seules armes de ces chevaliers étoient des marottes ou des attributs d'orgie, comme il est prouvé par ces vers qui terminent la commission donnée par la Mère Folle pour assigner un sieur Thurel à *comparoir* devant son tribunal.

> Suivant les *us* qu'il n'ait pas d'armes,
>
> Car les Fous craignent les alarmes,
>
> Si ce n'est avec bons Jambons,
>
> Pâtés, Poulardes et Flacons.

Cette compagnie avoit tout l'attirail de la Folie ; capot, chapeon, grelots. Ses guidons et étendarts étoient analogues ; son bâton mérite d'être remarqué. Sur le sommet d'un buisson

sagesse au croc quand personne ne les regarde ;
et si, pendant tout le jour, font les Chiens cou-
chans et les Anes pour avoir du son. Grand bien
leur fasse ! et parlons bas, de crainte qu'il n'y en
ait quelqu'un qui écoute aux portes, suivant leur
louable habitude, et qu'on ne nous envoie tous
faire une quarantaine à S. Mathurin (1) : après
quoi, si nous ne revenions pas plus sages, nous
reviendrions tout au moins aussi hypocrites que
des gens qui pensent à faire fortune ; et morbleu !
je ne la ferai pas, moi, parce que je ne serai jamais ni caffard, ni plat, ni proxénète, ni espion,
ni laquais, ni rien de ce qui vous fait monter à l'é-
chelle de la Dame Quinteuse. Mais, à propos ! j'y
pense, cela ne fait rien à personne ; c'est pourquoi prêchons : il vaut autant perdre des paroles
d'une manière que de l'autre. Vous autres, écoutez. Etes-vous prêts ? Bon ! et moi aussi.

étoit une espèce de nid en forme de cuve, dans lequel étoit
une Folie tenant un verre et une bouteille ; elle avoit sur son
giron une petite Folie, qui sembloit lui demander à tetter. En
bonne mère, elle lu présentoit la bouteille. (Voyez Suppl. au
Dict. de Moréri, art. Mère Folle. *Histor. Burgund. conspectus*, par
Philibert Delamarre, pag. 14. Mémoires de Dutillot, pag. 97.
Représ. Musiq. anc. et mod. du père Menestrier, pag. 52.
Seizième Registre des Arrêts du Parlement du Duché de Bourgogne, fol. 57 et suiv.

(1) On invoque S. Mathurin pour la folie.

Mon Trisaïeul donc avoit un grand Oncle de
très-joyeuse mémoire, lequel étoit Chanoine de
S. Gutien de la ville de Tours en Touraine ; et
lequel aussi, comme il le dit lui-même, si je
ne me trompe, commença un très-bel Ouvrage
trois jours avant que la Mort ne s'en.... Vous
savez bien, mes très-chers Auditeurs, ce que la
Mort fait du plus grand nombre d'Ouvrages dès
leur naissance, et ce qu'elle fera sans doute de
mon Sermon et de l'Œuvre de mon cousin Critès, qui est pourtant un bien grand homme,
puisqu'il le dit lui-même dans sa Préface ; enfin,
n'importe : voici toujours les propres termes du
grand Oncle le Chanoine, au sujet des Ballons,
ainsi que vous pouvez les voir au commencement
de son Livre.

« Car est-il que ce fut au temps, au siècle,
» en l'indiction, en l'ère, en l'hégire, en l'heb-
» domade, au lustre, en l'olympiade, en l'an, au
» terme, au mois, en la semaine, au jour, à
» l'heure, à la minute, et justement à l'instant
» que par l'avis et progrès du DÉMON DES
» SPHÈRES, Eteufs ailés déchurent de leur
» crédit, et au lieu d'eux furent élevés MOLLES
» BALLES ET BALLONS, au préjudice de la noble
» antiquité, qui S'EN JOUOIT SI JOLIMENT. «

DE QUOI il résulte aussi clair que le jour,

que l'invention de la Ballonnerie remonte aux
temps les plus reculés, puisque les Interlocuteurs
de l'Ouvrage du grand Oncle de mon Trisaïeul,
sont Agésilas, Nostradamus, Artémidore, Li-
curgue, Lalescot, Archimède, Thucydide, l'A-
vocat Bodin, Bias, la sœur Jeanne, Empedocle,
Socrate, et maître Pierre du Four - l'Evêque
que j'allois oublier ; tous fort aimables gens et
contemporains, puisqu'ils devisoient à table
ronde, afin de trouver le vrai moyen d'apprendre tout ce qu'il y a de bon dans le monde et
d'y parvenir : sur quoi cependant je m'en rapporte, parce que je suis comme (1) Nicolas Pradon ; je ne sais pas ma géographie, par la faute
de ma bonne femme de mère, qui ne vouloit
pas que son Jocrisse voyageât aux Antipodes,
de crainte qu'en ayant la tête contre bas, il ne

---

(1) Ce grand homme de Normandie a fait aussi une Phèdre,
que les gens de goût préféroient à celle de Racine : de ce nombre fut Mde Deshoulières ! Il avoit placé une ville d'Europe en
Asie ou en Afrique : il excusa cette bévue, en disant qu'il ne
savoit pas la chronologie. Ce trait d'esprit n'est pas étonnant
dans Pradon ; il étoit Petit-Maître, mais de ceux-là dont on
pourroit dire, s'ils se noyoient :

> Et le Magot considéré,
> On s'apperçoit qu'on n'a tiré
> Du fond des eaux rien qu'une bête.

mourût d'apoplexie ; et c'eût été bien dommage, en vérité.

DE QUOI il résulte encore que les Casse-cous aériens déchurent de crédit à la minute, et précisément au moment où Icare se laissa cheoir dans la mer Crétique. Minos qui en vouloit déja à Dédale, parce qu'il avoit été le *Boneau* (1) de Madame Minos, ne se contenta pas que Cocalus l'eût fait suffoquer dans un bain chaud ; ce Prince, qu'on appeloit le Sage homme de son temps, vit tant d'inconvéniens dans ces *Eteufs ailés*, et des succès si équivoques, qu'il les défendit dans ses Etats ; il rendit même un Edit dont voici le dispositif : » Ce considéré, avons

---

(1) *Pasiphaé*, fille du Soleil, femme de M'nos, conçut une violente passion pour un taureau. Dédale favorisoit ses débauches. Minos, pour le punir, le fit renfermer dans le labyrinthe : fut-ce, *on le répète*, avec des ailes attachées avec de la cire, ou à l'aide d'un phlogistique ou gaz extrait des parties aromatiques et volatiles ? On en appelle à Court de Gebelin, qui rêve quelquefois comme le bonhomme Homère, mais qui a prouvé, bien éveillé, que les fables des anciens avoient un principe vrai. Diodore de Sicile, historien si estimé, et qui avoit recueilli dans ses longs et pénibles voyages, des connoissances certaines des faits qu'il articuloit, assure que ce fut par la voie des airs qu'il se sauva en Crète. — A la bonne heure ; mais ce fut avec des ailes à ressort, comme celles de M. de Bagueville. — Que le Soleil fit fondre ! n'est-il pas vrai, M. de Montgolfier ? Allons ! allons ! un peu de bonne foi. — Mais que dira-t-on si je me dédis, après que mes partisans ?...

» enjoint et enjoignons à tous pères, mères, on-
» cles, *parrains* et *marraines*, de quelque qualité
» et condition qu'ils soient, d'empêcher leurs
» enfans, neveux, *filleuls* et *filleules*, *de se jouer*
» *avec molles boules de savon*, et d'y souffler *de l'air*
» *inflammable*, attendu que lesdites *molles boules*
» *de savon* pourroient rappeler. *Eteufs ailés*, et
» faire passer à la postérité cette découverte *auffi*
» *pernicieufe qu'inutile* «.

Ce qui avoit engagé Minos à rendre un Arrêt
aussi positif, c'est qu'il avoit lu dans son Petit-
Albert, ou dans une Centurie de Nostradamus,

— Bon! ce sera une confidence de vous à moi ; personne n'en
saura rien. — Eh bien!... mais sur-tout,

> Au nom de Dieu! gardez-vous bien
>
> D'aller publier ce mystère. —
>
> Vous moquez-vous?... Ah! vous ne savez guère
>
> Combien je suis!... Allez, ne craignez rien :
>
> On me connoît à dix pas à la ronde,
>
> Pour le bavard le plus discret du monde. —

Eh bien! j'ai profité de la bêtise de mon siècle. Je sais lire,
et j'ai lu de vieux bouquins de gens qui en savoient plus que
moi. J'ai fait des essais, le hasard m'a servi : on a crié miracle : Des fous se sont exposés : Desroziers et son Compagnon
sont dégringolés : le tour de Blanchard viendra. J'ai dormi, moi,
et le bien m'est venu en dormant. Y a-t-il du mal donc, M.
Jocrisse, de profiter de la bêtise de son siècle ? — Pas plus
que d'en rire, M. de Montgolfier : profitez-en ; moi, j'en rirai :
partant quitte. Adieu ; mon imprimeur attend cette note.

je ne sais pas bien dans lequel, que ce brave et
honnête garçon de Pilâtre des Roziers, et d'autres fous, aimables gens au surplus, seroient un
jour la victime de cette invention, qui ne vau-
dra jamais une bonne lunette d'approche, quoi
qu'en dise le Casse-cou de Javelle, avec lequel
Jean de Nivelle, pour rimer, doit aller prendre
la Lune à belles dents, comme il s'y est engagé
l'autre jour en jouant au Pied de bœuf avec
Monsieur Gu-tien-gu, mon Cousin l'immortel
et moi; de quoi, *Æde Pol* et Sainte Geneviéve!
les Parisiens seront tout de même ébaubis comme
ils l'ont été des guérisons miraculeuses de Jean
de Pâris (1) et de Michel Mesmer son confrère

---

(1) Mathusalem-Ismaël-Jacob Mesmer n'est pas le seul qui ait
fait des miracles. Des Couvulsionnaires alloient faire des sauts
de carpe sur le tombeau du Diacre Pâris. L'abbé de Becherand en-
tra en danse le premier ; il avoit une jambe plus courte que l'autre.
Il prétendoit qu'au bout de trois mois de sauts faits à *jeun*, sa
jambe alongeroit d'une ligne. Un très-célèbre Mathématicien ne
trouva pas indigne de lui de calculer au bout de combien de
temps le miracle seroit complet : il trouva qu'il falloit (à quelques minutes près) cinquante ans trois mois six jours. L'Abbé
de Becherand, déja vieux, mourut avant la perfection du miracle ;
et défense fut faite, de par le Roi, de faire des sauts de carpe
sur ce tombeau. Le Moine Gérard, dont la populace se par-
tagea la robe, fit aussi des miracles ; témoin une femme qui
se crut guérie de la berlue par son intercession : elle alla donner de la tête contre un pilier ; on la trépana... elle mourut
de ce miracle.

in convulſionibus, mais non; *in Ludovicis Num-mariis.*

Les Eteufs ailés , Ballons, Casse-cous aéros-tatiques n'étant donc pas d'institution moderne, ils ne peuvent être comparés au *Mesmero-digitiſme*, qui met *à quia* cette pauvre Faculté, ruine la Pharmacie, envoie les Apozèmes à tous les Diables, (eh! que n'y sont-ils allés plus tôt!) (1) convertit les Pharmacopées en Salles à baquets, fait danser des sarabandes aux Procureurs, rend les femmes fécondes, fertilise le front des maris, désagnétise les Agnès, et tout cela, comme on dit, au doigt, à l'œil et à la baguette, par le moyen d'une pincée de poudre de j'attrape-Nigaud qui se *donne* pour cent louis, ainsi qu'on le verra dans cet Ouvrage : et ce n'est, mon dieu, pas trop cher ; j'en jure par la barbe d'Aaron. Et vous, benins Auditeurs, jurez aussi, puisque vous avez donné vos cent louis, sans compter le pour-boire de Pierrot.

Cependant, mes Frères, si les Casse-cous aé-rostatiques sont de la graine de niais en compa-raison du Mesmero-digitisme, que sera le Mes-mero-digitisme en comparaison du Jeanotisme,

---

(1) *Hoc, quo pertineat, dicet qui me noverit.* (Phed.)

du Figarotisme et du Gutiengutisme? Ce que
ce sera? Ah! mes chers Auditeurs, ce que ce
sera!... Ce sera... ce que vous allez voir dans
mon second Point.

SECOND POINT

DU COUSIN JOCRISSE.

———

CHAQUE chose a son principe, son milieu & sa fin. Jeanot a commencé, parce qu'il faut que quelque chose commence : *Chaque chose a son principe.* Figaro est venu après ; cela est dans l'ordre des événemens : *Chaque chose a son milieu.* Gu-tien-gu, l'oreille haute, fermera la marche : *Chaque chose a sa fin. La volonté de Dieu soit faite.* En attendant, pratiquons les trois vertus cardinales de l'île des sages : buvons frais, mangeons gaiement et dormons bien ; c'est le moyen de se bien porter, et de faire la nique à toutes ces têtes à perruques qui s'appellent Médecins.

A présent, bénévoles Auditeurs, n'est-il pas vrai que bien sentir, bien parler, bien entendre, sont, sans contredit, les trois buts principaux auxquels l'homme raisonnable doit desirer le plus d'atteindre? Car enfin, bien sentir, c'est voir ; parler d'une chose, c'est la sentir ; et qui entend bien, sent, parle et ne fait pas répéter deux fois. Bien entendre est donc la chose essentielle, la chose par excellence, puisqu'il seroit inutile de parler à quelqu'un qui n'entendroit pas, et que si vous n'entendiez ni vous ni moi, je ne vous prêcherois pas plus que ce Curé du Busançois ne prêchoit à son Auditoire, parce que le *premier Point* de son Sermon avoit pour but de rebâtir le Presbytère ; il l'entendoit, lui, mais la Fabrique ni les Paroissiens ne l'entendoient pas. Le *second Point* étoit de chasser sa chambrière Claudine ; ses paroissiens l'entendoient, et il ne l'entendoit pas à son tour. Et le *troifième Point*, ni ses Paroissiens, ni lui, ni vous, ni moi ne l'entendions... c'étoit l'Apocalypse.

Or, mes Frères, quelles obligations n'auront pas les siècles futurs aux trois champions de ce siècle ; à Jeanot, par lequel on sent en France ; à Figaro, par lequel on apprend à bien parler en France ; à Gu-tien-gu belle oreille, par qui l'on va entendre en France ? c'est tout simple.

Jeanot, l'émouché Jeanot paroît ; tout son mérite n'est pas connu : il n'a pas trouvé les moyens d'exercer encore le don heureux qu'il avoit reçu de la Nature. On jette, sans crier *gare*, sur sa veste un flacon d'eau-rose non distillée. *C'en eft*, s'écrie-t-il. *O merveille !* (l'eût-il cru, le Compère ?) la tache de cette eau-rose, semblable à celle que l'huile laisse sur le drap, s'étend de la veste de Jeanot aux fracs de nos Petits-Maîtres, des fracs de nos Petits-Maîtres aux

lévites

lévites des Courtisanes, des lévites des Courtisanes aux habits dorés des Grands.; et bientôt la Cour, la Ville, la Province, dont l'odorat s'est formé par la vertu de l'eau-rose de Suzette la Ravaudeuse, répète avec délire, *C'en-est, C'en-est!*

La tache gagne apparemment nos modes, nos manufactures, nos bâtimens, les plaidoyers de nos Avocats, nos pièces de théâtre, nos décisions académiques ; que sais-je ? *C'en-est*, dit-on, *C'en-est!*

C'EN-EST ne borne pas sa gloire à régner dans la France seule ; il vole par toute la Terre. Le Grand-Seigneur fait des préparatifs immenses contre la Russie : *C'en-est*, dit la Czarine. La Hollande arme-t-elle pour soutenir ses droits sur tel fleuve ? crie-t-elle bien haut qu'elle va les soutenir à la pointe de l'épée ? l'Empereur dit, *C'en fera.* Ses coffres s'emplissent cependant ; l'or des sept Provinces-Unies y arrive ; il les voit, il les palpe, il s'écrie, *C'en-est, C'en-est!* je l'avois bien dit.

PITT propose une nouvelle taxe ; il offre un nouveau moyen de diminuer la dette nationale en la surchargeant ; il fait une mauvaise opération de finance ; il veut mettre un nouvel impôt sur les boutiques de Londres et sur les servantes ; *C'en-est*, disent les bons patriotes Anglois, *C'en-est!*... Et *C'en-est* aussi, comme bien d'autres choses.

P

Enfin, mes chers Auditeurs, en vous voyant tous le nez en l'air me regarder, comme mes compères les Dindons et mes commères les Outardes regardoient le vieux Renard (1) qui leur prêchoit l'abstinence, je vous vois prêts à vous écrier avec moi, en flairant le baume substantiel de mon Sermon : Jocrisse, ce que tu nous contes-là, *C'en-eft* ! — Eh! oui, oui, *C'en-eft*, mes chers Auditeurs; je suis bien aise que vous ayez des nez pour le sentir. Voyons actuellement si vous et moi aurons des langues pour en parler.

BIEN parler, c'est sentir; n'est-ce pas comme j'ai dit ? Mes bons Amis, reprenez-moi, si je disois mal; car on peut se tromper sans vin boire, à plus forte raison quand on a bu. Au surplus....

Veuille Gu-tien-gu, conducteur de ma langue,
Que je ne dise rien qui doive être repris.

Ainsi soit-il, *amen*. Je vais vous parler... *ex inverso*, comme S. AUGUSTIN. On disoit autrefois par la bouche, comme S. Paul ; mais c'est la vieille méthode. Et voyez-vous, mes Frères, tout est retourné, jusqu'aux têtes : voilà pourquoi la chanson dit, *Changez-moi cette tête*. En effet, si l'on gardoit ses anciennes têtes, on auroit la même

---

(1). Voyez les Fables de la Motte.

bouche pour parler ; en ayant la même bouche
pour parler, on parleroit comme autrefois ; en parlant comme autrefois, on parleroit à la Boileau,
à la Racine, à la Fenelon ; et en parlant à la
Fenelon, on n'auroit pas cette *jolie eſcopèterie de
langage courtisanique* que vous admirez tant ; on
ne pourroit aimer Jeanot ; on ne sentiroit pas
le mérite des *C'en - eſt*, cause première qui fait
dans ce siècle retourné, qu'on raisonne à l'*envers* comme un *proverbe*, et que si Dieu nous
prête vie, nous verrons, grâces au grand Figaro, tous les Parisiens marcher la tête en bas.
Alors, évidemment, on ne parleroit plus par la
bouche comme S. Paul ; et ce changement dans
la *manière de bien parler*, doit dériver nécessairement de la *manière de bien ſentir*, découverte
par l'émouché Jeanot.

J'espère, mes très-chers et très-benoits Auditeurs, que mon raisonnement *ex inverſo* est
dans les formes, et que personne ne me blâmera
d'avoir ajusté mon langage aux circonstances,
ce qui seroit contre le droit des gens. Car rejetez les *C'en-eſt*, ou permettez qu'on partage
vos sensations sur les *C'en-eſt* ; rejetez les *Qui-
proquo*, les Calembours, les *Je t'enfile*, les manières de parler qui sentent les *C'en - eſt* ; ne
souffrez pas qu'en plein théâtre on vous taille
des *croupières*, sous prétexte de vous faire la

Barbe ; n'applaudissez pas aux *équivoques* qui viennent du pays que l'Empereur voudroit bien avoir , et dont la mère Barbe raccommodoit l'étui au Lutrin vivant, *équivoques* qui ne valent pas mieux que celles dont je me sers ici; proscrivez ces expressions qu'*Alain Chartier* (1) appelle *cul-ragerie* d'éloquence, ce qui faisoit croire à Jodelle qu'on lui coiffoit les oreilles de ce que vous savez; sinon laissez Jocrisse CIMENTER LES DROITS DE SON PARLEMENT A SA FAÇON , ET S'IL LUI PLAIT QU'IL LUI PLAISE OU QU'IL NE LUI PLAISE PAS, PER-METTEZ QU'IL S'APPROXIME au joli ton d'à-présent ; et si son discours N'EST PAS AUSSI BRILLANT QUE VOUS VOUS L'ÉTIEZ GALONNÉ, S'IL NE VOUS TRAVAILLE NI NE VOUS ENFILE PAS AUSSI BIEN QUE FIGARO , pardonnez-lui en faveur de la bonne volonté qu'il a de le faire : il VOUS LE JURE SA VÉRITÉ LA PLUS VRAIE ; et cette bonne volonté sera permanente TANT QU'IL POURRA REMUER PIEDS ET PATTES DE CE DOIGT-LA.

J'ai prouvé, tout en me méfiant de mes forces, que bien parler étoit une raison conséquente de bien sentir ; que pour bien sentir comme l'*é-mouché* Jeanot , il falloit parler à rebours du sens commun et des organes ordinaires, comme l'*inverse* Figaro.

---

(1) Voyez Plaisantes manières de parler dans l'emblême du grand Oncle de mon trisaïeul , vol. II.

Reste à prouver, mes frères, que *De bien sentir* 1°, *De bien parler* 2°, doit résulter 3° *La faculté de bien entendre :* donc, que chaque chose *a son principe, son milieu & sa fin.* Je vous prie, Benin auditoire, de TOURNILLER ce qui me reste à vous dire DANS L'INCIDENT DE VOS BONNES GRACES : pardonnez si j'ai l'air un peu EMPÉTRÉ dans L'ENTOURAGE de la *queue* de mon sermon. Rien, comme vous le savez, n'est aussi difficile à arracher que la *queue.* Mouchez-vous pour mieux entendre ; et si vous êtes un peu fatigués, allons prendre l'air sous ces marronniers.

Et non, Mesdames ; l'AIR ! je faux ; c'est le SEREIN (1) que vous prendrez : allons donc prendre le SEREIN, cela ne sera pas de mal. Nous avons chanté, dansé, juré, bu, dormi, rêvé, senti, parlé ; et, par la saint Martial ! il sera fort drôle de s'être aussi promené dans un Sermon : et allez vous promener tout le monde... Je vous suis.

---

(1) Si Madame n'avoit pas besoin de moi, dit Suzanne dans le *Mariage, Acte et Scène V,* je prendrois l'AIR sous ces marronniers. C'est le SEREIN que tu prendrois, dit la Comtesse, *qui connoît la valeur des termes.* Oh ! oui, le SEREIN, dit Figaro, *qui a le ton du beau monde.* Jocrisse, qui est *galant* avec les Dames, leur fait aussi prendre le SEREIN.... Chaulieu auroit-il saisi *un à-propos* avec plus de *délicatesse et de décence ?*

PROMENADE

Interrompue par l'arrivée de M. et Mme Coquefredouille et de M^essire Ahan Belle-Oreille, au Palais royal. —— Conversation ridicule à propos de botte. —— Grande dispute pour un mot, suivant l'usage. —— Terrible accident qu'elle produit.

> Or, le grand art, AUJOURD'HUI, est de choisir un sujet
> qui mette les Acteurs dans des attitudes grotesques,
> pour former un tableau réjouissant et chargé, à peu
> près dans le goût du Calot (ou du siècle).
>
> *Ecole de Litt.* IIe. vol. pag. 185.

IL faisoit donc le plus beau SEREIN du monde : Jocrisse portant son auditoire en trousse, bavardoit avec Lustucru pour tuer le temps ; il *métaparabolisoit* à tort et à travers avec Pentagruel (1) sur la perplexité des jugemens humains, le danger des liaisons, sur les *Phases* de la girouette ; il commentoit avec Balzamon et Zonare, le Monocanon de Photius, le faux Séneque ; battoit les chiens devant les loups ; enfin, il dissertoit sur mille autres Autant-en-emporte-le-vent, sur lesquels aussi, pour mettre en défaut messieurs les Ecoute-s'il-pleut, *je tors le*

(1) *Voyez* Rabelais, vol. III, chap. 42.

douzil & bouche clofe, et va-t-en voir s'ils viennent Jean, va-t-en voir s'ils... vien... nent....

Mais QUOI! QUI EST-CE? PLAIT-IL!... CE N'EST PERSONNE... C'est pourtant quelqu'un... MAIS QUI DONC?... Ah! C'EST VOUS,... C'EST LUI,... C'EST MOI,... C'EST TOI,... C'EST NOUS,... C'EST VOUS....

Qui... qui enfin, M. Jocrisse? allez-vous aussi nous endormir avec un monologue?... On n'y voit goutte; la nuit est noire en diable; ces réverbères n'éclairent pas plus que la lanterne de Diogène (1) en plein midi.

EÉÉH! mes bons amis! C'est Mme la Présidente Coquefredouille, à qui messer Ahan Belle-oreille donne le sabot : eh oui! là ,... ce grand garçon bien tourné, que vous voyez ici tous les jours, à toute heure, oreille haute, chapeau rabattu, col outre-passant le menton de demi-pouce, quoiqu'il l'ait de bonne taille, cervelle au talon comme Achille,

---

(1) Diogène le cynique, fils d'un banquier de Synope, disciple d'Antisthènes, et maître d'un des aïeux de *Critès*, appelé par corruption *Cratès*. Tout son mobilier consistoit dans un tonneau, une besace, un bâton, et une écuelle de bois, qu'il brisa comme un meuble inutile, parce qu'il vit un jeune garçon boire dans le creux de sa main. Il cherchoit en plein midi des Hommes dans *la grande place d'Athènes*; il portoit sa lanterne au nez de tout ce qui s'offroit à son passage, sans trouver ce qu'il cherchoit. Quoi d'étonnant, quand Jocrisse n'auroit pas été plus chanceux au Palais royal?... Et à l'heure qu'il étoit encore!

guêtres de veau fauve, tournure d'Anglais et demi, esprit à la chinoise, PARLAGE à la Figaro; vous ne connoissez que cela.

Ce petit vieillard qui les suit? c'est ce GROS, COURT, GRIS, POMELÉ, RAZÉ, RUZÉ, BLAZÉ de Président de Coquefredouille, QUI GUETTE, FURETTE ET GEINT TOUT A-LA-FOIS.

Eh! vîte, vîte, du thé, M. Josseran; c'est M. Ahan Belle-oreille et Madame Coquefredouille, vous dis-je. Garçons, des flambeaux! Huissiers! qu'on fasse silence! Nous, mon benoit auditoire, un cercle; écoutons de toutes nos oreilles. Toi, lecteur, lis! lis, de par Dieu! et je veux que tu lises, moi. —— Allons, *quelques sornettes fades bonnes pour des laquais.* —— Bonnes pour, ... mais voyez un peu ce qu'on gagne à donner du bon au public! *Ah, ingrat! ingrat! on fait ce qu'on peut pour te plaire; on le fait!* On te rappelle ton Bien-aimé à chaque page; on met le même acharnement à le louer, que tu en mets à le voir; on s'expose à la critique des gens sensés (1); enfin, on accommode ton Figaro à

_____

(1) Nous en convenons, Messieurs les gens sensés; notre enthousiasme pour le *Bien-aimé* va jusqu'au délire : nous revenons trop à la charge sur son compte; (en cela, s'il vous plaît, le Public est notre excuse). Si nous n'avions qu'à vous plaire, Messieurs, nous nous serions efforcé de faire quelque ouvrage de goût; mais qui auroit voulu nous acheter, ou nous lire

toute sauce comme la langue d'Esope ; on te prépare une douzaine de comédies où, d'un bout à
l'autre, il ne sera question que du Bien-aimé : le
Bien-aimé à la cour, le Bien-aimé à la ville,
le Bien-aimé à la foire, le Bien-aimé en paradis,
le Bien aimé au.... *ah, ingrats !* et pour prix de
nos soins, de nos complaisances, vous vous plai-
sez à nous insulter en parodiant... qui encore ?..
Allez, j'aurois bien mieux aimé lire sans me faire
alonger les oreilles, que de penser un seul instant

à ce correct auteur de quelques *plats* écrits,

qui valent mieux que les *Siens* pourtant ; mais,
que faire quand on ne peut atteindre aux raisins ?...
Hom ! la mauvaise langue que ce Jocrisse ! Donne

---

gratis seulement ? Permettez - moi de vous représenter, Messieurs, avec l'auteur d'une Lettre insérée dans un de vos Journaux, au sujet du *Bien-aimé* : » Depuis que Figaro a fait à
» Paris une si prodigieuse fortune, son nom est, pour ainsi dire,
» au *pillage* ; c'est le *passeport* de toutes les *sottises*, de toutes
» les *impertinences* ; il n'est chétif *grimaud* qui ne s'empresse
» d'en décorer son *bavardage* ; il n'est si *vil* usage auquel on
» ne le *prostitue* : tel est le malheur attaché à la *célébrité* : tel fut
» aussi le sort de Ramponeau, qui eut, en son temps et en son
» genre, autant de vogue que Figaro.« *Année Littéraire* 1785,
N°. 33.
Daignez seulement, Messieurs, remuer le Vase grotesque
qu'on vous présente, et examiner s'il ne contient que des folies, et si l'Auteur n'a pas cherché, en adoptant un genre (*fans
doute* vicieux au fond), à s'ouvrir une voie à des choses de
meilleur goût, où il oubliera et l'impertinent Figaro, et son style
plus impertinent encore.

la queue de l'Ane à tenir à ton voisin, et dis-lui de prendre garde aux ruades, tu feras mieux...

Chut! chut! Paix-là! madame de Coquefredouille a remué les lèvres, ce me semble.

CONVERSATION.

[Messire Ahan Belle-Oreille et Madame la présidente Coquefredouille, les coudes sur la table, tiennent la conversation qu'on va lire. Au commencement de cette conversation, le mari fait des gestes d'humeur, et finit par éclater, comme on le verra.]

Mme COQUEFREDOUILLE.

C'EST une bien bonne chose que le thé, monsieur Ahan?

M. AHAN.

GOD-DAM! bien bonne coze tout-à-fait, Mme Coquefredouille; ç'a vient de Cine aussi.

Mme COQUEFREDOUILLE.

A propos de la Chine, (et c'est un bien charmant pays, M. Ahan, puisque vous en êtes) comment trouvez-vous notre France? vous devez commencer à la connoître.

M. AHAN.

HÉÉÉÉ! belle Dame, ze ne sais pas ce qu'elle étoit il y a cent ans, mais ze trouve qu'elle com-

mence à se former : z'en ai zuzé d'abord par vos
bâtimens et vos zardins. Ze vois de toute part
de zolis pavillons Cinois sur lesquels les yeux se
repozent, ah ! avec délices. En zénéral vos nouvelles mésons, vos palais, sont comme vos modes,
votre langaze et votre tournure d'esprit ; tout se
ressent du goût de Cine : ze crès quèquefois être
dans mon pays ; et si vous parvenez à faire à
vos bâtimens des fenêtres en zigzag, et à lozer
dans des gayotes en guize de mézons... Ze commence à crère que la France sortira de l'assoupis-
sement létharzique où elle a paru plonzée depuis
des siécles ; un nouvel ordre de temps va nètre ;
M. Délicieux sera la vièrze dont parle Titelive
dans son *zoli* poème des Bucholiques, si *zoliment*
rendu par l'Abbé Delile.... » Et déza

» Ze vois un Peuple nouveau orner cette contrée, *etc.*

» Ze vois Pandore sortir une seconde fois de la
» cuisse de Zupiter ; ze la vois qui ramène les zeux,
» les grazes et les ris à Paris ; « ELLE FERA QUE
TOUT LE MONDE SERA EZAZÉRÉ : les sots la blâ-
meront ; ils porteront sur sa personne une main
trop hardie : mais ! au temps qui court, ces au-
dacieux téméraires n'auront pas beau zeu, qu'iz-
y prennent garde ! ils n'en seront pas quittes
pour une paire de *mancettes ;* il leur brûlera
les doigts, ce *soleil tournant,* qui zusqu'alors s'est

contenté de *leziver* leurs sottizes de quelques
gouttes de son essence divine ; car, voyez-vous,
ma cère présidente ? ze le connois COMME MA
MÈRE, c'est... mon ami ;... et SI LE DÉGOUT
DONT ON L'ABREUVE LE FAÇE, LA ! TOUT ROUZE
comme un coq ... Co-co-co-coquodet (1) ! SA
POITRINE A DÉZA GRONDÉ, le feu est à la mèçe,
sauve la bombe ! Pif paf po-po-pon patapon!.. aie
le bras ! aie les zambes ! aie la tête ! aie le nez !
aie, aie les oreilles !

Mme COQUEFREDOUILLE dans un état... ah!

O ! o ! o ! AIE DE MOI ! Grace, grace, M. Ahan!
que je respire !... Ai-je bien tous mes membres,
M. de Coquefredouille ?

M. COQUEFREDOUILLE.

Hélas ! oui, ma très-honorée femme. (à part en
voyant tout le Public émerveillé de ces SOTTISES.) Aie ! aie !
aie ! le goût.

Mme COQUEFREDOUILLE à M. Ahan.

Mais, comme c'est bien dit, M. Ahan ! Ah !

---

(1) Cette interjection n'est pas dans Restaut ; mais du temps
de Restaut, on ne disoit pas, comme aujourd'hui, ÊTRE FACHÉ
TOUT ROUGE ; il n'y avoit pas de *soleils tournans* qui brulas-
sent les *manchettes* à tout le monde : on ne *versoit* pas de la
critique sur des *sottises* ; et l'on ne donnoit pas des CHARGES,
comme Figaro et moi, pour du COMIQUE. *Risum teneatis.*

bel Ane, bel Ane! je ne sais pas si quelque génie chinois a inspiré tous nos beaux-esprits François, mais! c'est qu'ils parlent! mais! c'est qu'ils raisonnent! mais! c'est qu'ils!.. (pardonnez la comparaison, Ane divin) c'est qu'ils raisonnent tout comme vous! Pour moi, (*elle affecte les minauderies de l'Ane*) ze raffole du délicieux Figaro, SÉMILLANT!.. ZÉNÉREUX !.. ZÉNÉREUX... COMME UN SEIGNEUR! CARMANT ENFIN; MAIS, AH! C'EST BEN LE PUS ZOLI PETIT VAURIEN QUE ZE....

LE PRÉSIDENT en perdant patience.

Oui ! et comme dit le docteur Bartolo, QUI MOURRA DANS LA PEAU DU PLUS FIER INSOLENT ! ...

[A ce propos du Président, Madame Coquefredouille et l'Ane Ahan Belle-oreille, frappés comme de la foudre, font un saut convulfif sur leurs chaises ; la Présidente tombe à *la renverse*, et M. Ahan, par un mouvement *inverse*, perd contenance de ses deux coudes, tombe le bec sur la table, et casse une tasse de porcelaine : heureusement elle n'étoit que de Sèvres.]

Mme COQUEFREDOUILLE un peu remise, en jetant un regard d'indignation sur son mari.

Il est donc écrit, M. Coquefredouille, qu'une

galante femme comme moi mourra de dépit,
et que je n'aurai épousé un benêt comme vous
que pour me contrarier?

M. COQUEFREDOUILLE.

Mais qu'ai-je dit, ma chère Présidente, pour
vous mettre si fort en colère?

Mme COQUEFREDOUILLE.

Sa chère présidente! ce qu'il m'a dit? maître
sot! ce que vous m'avez dit?... Mais! mais voyez-
vous donc, M. Belle-oreille, il demande pourtant
ce qu'il a dit!

M. AHAN le bec en l'air, frappant ses sabots de surprise,
et regardant M. Coquefredouille d'un air de pitié.

OH! DEMONIO ! Ce que vous avez dit, Coquefredouille MON CADET ?... l'atrocité LA PLUS
ATROCE! une atrocité qui DONNE LA PLUS FIERE
GOURDE A LA RÉZON. Mais, mon cer Président,
il n y a donc pus que vous qui n'ayez pas de
goût en France. Un homme que tout le monde
admire!... un homme, qu'on ne se lasse pas de
voir!... un homme, la coqueluce des femmes!...
un homme, qu'on s'arrace!... un homme qui
n'a des ennemis que parce qu'il a des envieux,
un homme ! un homme!... Ah , mon cer

Coquefredouille, mon cer M. Coquefredouille,
après ma morale de ce matin !

Mme C O Q U E F R E D O U I L L E.

Oh bien oui, de la morale ! vous viendrez
bien à bout de cette tête biscornue là ! Et mes
vapeurs, M. Ahan, qui me les a données, si ce
n'est lui ? » La Folle Journée est une pièce dé-
» testable; le goût de la nation est perdu, puis-
» qu'on est obligé d'aller chercher le comique
» dans l'*indécence* ou *dans les charges* « ; (il a
lu cette phrase dans Lebatteux ; autre sot).
» On n'auroit jamais dû souffrir une pareille
» sottise, plus nuisible aux bonnes mœurs
» qu'au goût. .... « A chaque nouvelle représentation, c'est qu'il vous entre dans des fureurs ! mais des fureurs ! C'est de lui dont M. de
Verte-allure parle dans sa préface, quand il dit que
beaucoup sont maigris depuis le succès de son
Mariage. Tenez ! regardez, regardez comme sa
figure s'alonge !

M. C O Q U E F R E D O U I L L E anéanti.

Mais, madame, vous avez donc résolu de
m'humilier devant tout le monde ?... pour un
mot qui m'est échappé !

M. A H A N. d'un ton persuasif imposant.

Qu'ez-a-quo, Présidente ? la paix dans le ménaze! ça lui est éçappé. Voyez son air contrit; il se repent. Allons! pardonnez-lui en ma conzidération; ça ne lui arrivera pus, madame Coquefredouille , ça ne lui arrivera pus.

Mme COQUEFREDOUILLE.

Ça lui est échappé! ça ne lui arrivera plus! que je lui pardonne! Sans doute, ô CHER ANE DE MON CŒUR (1)! je n'ai rien à vous refuser, mais le merite-t-il? le mérite-t-il? J'ai été tentée vingt fois d'écrire à M. Délicieux toutes les indignités qu'il se permet contre lui. Tenez, il n'y a personne de trop ici, il faut que je vous dise....

M. COQUEFREDOUILLE d'un ton PLEURARD.

Ah! madame, vous voulez donc absolument...

Mme COQUEFREDOUILLE.

GNIAN! GNIAN! GNIAN! GNIAN! GNIAN! Oui, je veux vous confondre , M. mon très - cher époux : oh! j'ai sur les cœur le propos que vous tenez sur les gens du premier mérite; je n'ai pas encore digéré ces certaines * * * * que vous

---

(1) OUICHE! du Figaro cela? — Eh oui! CHER LECTEUR DE MON CŒUR, du Figaro. — Et le *Gnian! gnian! gnian!* plus bas? — Encore du Figaro. — Et l'on appelle cela? — Du bon ton, de la gaîté de bonne compagnie, et.... *C'en-est! C'en-est!*

avez

avez eu l'indignité de mettre sur le compte de ce bon et honnête M. * *, qui n'est que votre Prête-nom, je le parierois : allez ! c'est affreux ! aussi tout le monde vous montre à deux doigts dans Paris. Oh ! vous avez beau faire, vous avez beau donner carrière à votre médisance ; LA SAGESSE DES NATIONS dit que c'est cracher en l'air, et que ça vous retombe. ...

M. AHAN.

Par terre, belle Présidente, *par terre.*

Mme COQUEFREDOUILLE.

Très-joli ! très-joli ! Mais, M. de Belle-oreille, TANT VA LA CRUCHE A L'EAU, QU'A LA FIN. ... ELLE S'EMPLIT ; et j'en ai jusques-là, voyez-vous. (à son mari, qui cherche à la fléchir.) Non, monsieur, non ; vous êtes un mari trop MARATRE POUR QU'ON VOUS FLAGORNE. Je veux vous retourner comme un proverbe. (à M. Ahan.) Nous en étions donc, Ane aimable, aux horreurs qu'il s'est permises contre M. Figaro. ... Vous avez bien entendu parler de cette É*** détestable que * * * etc. c'est lui qui l'a faite ! c'est lui qui*** etc.

M. AHAN.

Ah ! ah ! madame Coquefredouille ! -

Mme COQUEFREDOUILLE.

Et cette lettre , vous savez ? *Choupille de Figaro.*

M. AHAN.

Cette lettre , madame Coquefredouille ?

Mme COQUEFREDOUILLE.

C'est lui qui l'a écrite , M. Ahan , c'est lui-même.

M. AHAN.

Ah ! ah ! encore lui , madame Coquefredouille !

Mme COQUEFREDOUILLE.

Encore lui ; oui , M. Ahan.... Et cette sortie au café de M. Josseran, par ce petit vieillard du temps de la Reine Margot....

M. AHAN.

Comment , seroit - ce encore lui , madame Coquefredouille ?

Mme COQUEFREDOUILLE.

Oui , M. de Belle-oreille ; et vous voudriez que je lui pardonnasse !... je n'en ferai rien , je n'en ferai rien : de telles abominations ne peuvent se COUVRIR par aucun ENTOURAGE , et je vais me retirer aux Ursulines. —— Ah , madame Coquefredouille ! ——Aux Augustines.——Ah , madame Coquefredouille !——Aux Clairettes.——Ah, madame Coquefredouille ! ——Aux Visitandines. ——Ah , madame Coquefredouille ! —— Aux Célestines. —— Ah , madame Coquefredouille , vous n'en ferez rien ! —— Ne me... ne me... ne me retenez pas, M. Ahan , vos efforts sont vains : j'irai ,... je me retirerai , ... je me confinerai , je m'enfermerai aux Récolettes .... aux Filles de l'*Ave - Maria*, aux petites Cordelières ,... à tous ces Couvens à-la-fois. Ah ! M. Ahan , M. Ahan!——Ah ! madame Coquefredouille , madame Coquefredouille! (Bas.) quelle scène indécente et ridicule nous rappelons-là ! trouvons-nous mal pour ne pas en rougir...... Il est tems , madame Coquefredouille, le Compère est arrivé (1).

Au secours ! Lecteur , au secours ! ils perdent connoissance.

---

(1) Le Compère est arrivé!... Mais que veut dire tout cela? — Pour Dieu ! lecteur , lis : tout te paroît extraordinaire dans cet Ouvrage ; mais sache qu'il n'y a pas ici une *Sottise* qui n'ait son but ; pas une *Impertinence* qui ne soit motivée. Après cela , si tu as du goût , *Siffle* ces gens-là ; *Siffle* moi ensuite ; mon but sera rempli , et j'aurai gagné ma *Gageure*.

ÉVÉNEMENT

TRÈS-GRAVE,

Que les gens renfrognés traiteront de farce , comme ce qui pré-
cède, et qui pourtant n'en est pas plus une que certaines
Sottises sérieuses, qui font grand bruit dans le monde.

... Ita risores, ita commendare dicaces
Conveniet satyros , ita vertere sᴇʀɪᴀ ludo.
Jubet HORAT.

Lecteur, daigne un instant animer mon projet,
Et garde-toi de rire en ce grave sujet.....

Cᴀʀ voici l'illustre Ahan Belle-Oreille et sa
chère Présidente renversés de dessus leurs chaises, sans connoissance , et dans l'état le plus dé-
sespérant.

Ames compatissantes , venez m'aider à donner du secours à cette aimable Dame et à son
Chevalier : laissez , laissez ce nigaud de Mari,
cause de tout le mal ; laissez-le s'évader : fasse le
ciel qu'il se casse le cou, ou qu'il trébuche dans
quelque fossé!... je n'irai pas le retirer...

Eh vîte, vîte! du sel d'Angleterre! de l'eau de
Luce! du vinaigre des quatre voleurs! un flacon
d'Ether!

» Oh bien oui! avec votre sel d'Angleterre,
» vos eaux de Luce, votre vinaigre des quatre
» voleurs! c'est bien cela qu'il faut! Place! place!

» de l'air ! ouvrez les fenêtres ! c'est Perlimpin-
» pin ! *Ego sum Perlimpinpinus.*

De par ce doigt vainqueur qu'on s'écarte à l'instant.

Oui, Messieurs et Dames, c'est votre servi-
teur qui est le célèbre Perlimpinpin, disciple
indigne de Mathusalem - Ismaël - Jacob Parafaragaramus JE T'ATTRAPE, de glorieuse mémoire : j'arrive tout frais en cette ville, par le
coche du Mans, exprès pour vous parler.

Perlimpinpin, Messieurs et Dames, n'est pas fait
d'hier, voyez-vous ! Non Messieurs, il a travaillé
dans les quatre parties du monde, et toujours à
la satisfaction des connoisseurs. Par-tout il a fait
des cures miraculeuses, attestées par de bons certificats. Les voici, ces certificats... Mais à quoi
penses-tu, Perlimpinpin, et pourquoi des certificats ? Oh ! oh ! que ces Messieurs François ont
trop d'esprit, pour donner dans des certificats !
la peste ! qu'on ne les leurre pas comme cela, ces
Messieurs François, avec des certificats... certificats qui pourroient être sollicités, mendiés, apocryphes ! Ils veulent toucher les choses du doigt,
ces Messieurs François. Ces Messieurs François
veulent voir par leurs propres yeux, *si ce n'est
par les yeux des autres !* Eh bien ! *FIAT LUX,*
Messieurs les François ; ouvrez de grands yeux,
et vous allez voir.

Et vous voyez aussi deux personnes tombées en syncope. Vous ne direz pas que cette syncope est une syncope à Compère : il n'y a pas de Compère ici. Effectivement il y a des charlatans qui ont des Compères; mais ce n'est pas Perlimpinpin; Perlimpinpin n'a pas de Compères.

Voici donc deux personnes tombées en syncope : syncope d'Ane par-ci, syncope de femme par-là, c'est-à-dire, les plus terribles syncopes de toutes les syncopes connues. Que faire à cela? Il faut les secourir pourtant. Une médecine! Oh ! bien oui, une médecine! c'est bien là le cas, une médecine ! Et quand ce le seroit, n'est-il pas possible que la récolte de la casse et du séné manque une année? l'Arabie ne peut-elle pas être grêlée? Et par la volonté d'en haut, si quelque beau jour ils mourroient tous du *Farcin*, vos Médecins et vos Apothicaires? vous auriez donc la cruauté de laisser périr de pauvres Malades! vous verriez mourir vos femmes, vos enfans, vos enfans! vos chers enfans! dans lesquels vous devez renaître, *spes altera gentis;* et pourquoi? Ah ! Messieurs, pourquoi? pour n'avoir pas voulu se procurer de la poudre digitale universelle, l'Encyclopédie Médicinale, *Encyclopediam omni...omnipo.... omnipoten.... omnipotentem ;* ouf ! (c'est tout aussi difficile à prononcer qu'à faire).

Une poudre qui guérit toutes les maladies (1) connues, inconnues, présentes, passées et à venir; une poudre qui est également bonne pour les maladies du corps comme pour celles de l'esprit. Oui, Messieurs! DÉHANCHEZ-vous l'esprit! *contournez*-vous l'esprit! ENTÊTEZ-vous l'esprit! GARROTTEZ-vous l'esprit!... Une prise de ma poudre, et deux paroles; et le voilà, votre esprit, désentêté, dégarrotté et sur ses hanches enfin... Est-ce que ce n'est pas superbe cela, Messieurs?

Et combien ta poudre, Perlimpinpin mon ami?——Combien ta poudre, Perlimpinpin mon ami!... Pour qui me prend-on?... Est-ce bien à Perlimpinpin que......? (*maëstoso*).

En vérité, MESSIEURS, votre propos me blesse.
Pour vendre mes bienfaits, jai... là... trop de noblesse.
Je ne veux que la gloire... Un sordide intérêt,
Du grand Perlimpinpin peut-il être l'objet?
Je sais... il est des gens (espèce aventurière)
Qui font d'un art divin un métier mercenaire.
Mais moi! moi! MESSIEURS, ah!...—De grace, excusez-nous,

---

(1) De tout bois, comme on dit, Mercure on ne façonne;
Et toute Médecine à tout mal n'est pas bonne.

Quand Régnier a dit cette sottise, il ne connoissoit ni le Mesmérisme, ni le Perlimpinpinisme. Que n'est-il né deux siècles plus tard aussi!

Q iv

Un trait si généreux a droit de nous suprendre.

Mais, votre poudre enfin, ne voulant pas la vendre,

A quel prix, s'il vous plait, SEIGNEUR, la donnez-vous?

En conscience, à quel prix je la donne? Voilà ce qui s'appelle parler. A mille louis les paquets d'once? Non, Messieurs... Huit cents louis? Non, Messieurs... Six cents louis? Non, Messieurs... Cinq cents louis? Non, Messieurs... Quatre cents louis? Non, Messieurs. Mais à combien donc? Trois cents louis? Deux cents louis? Cent cinquante louis? —— Eh! non, non, Messieurs, rien, vous dis-je... rien... rien... que cent louis les paquets d'once; cinquante louis ceux de demi-once; vingt cinq louis ceux de quart d'once; et ces paquets d'une prise, rien que les quarante huit livres....... pour la commodité du pauvre comme du riche. C'est ici l'Hôtel de la bienfaisance, *JUPITER OMNIBUS IDEM.* Dieu ne fait acception de personne. Ce n'est pas la boîte, Messieurs et Dames! je vous fais présent en outre de ce petit livre, qui vous expliquera la manière de vous servir de ma poudre. Mais, par Harpocrate! Messieurs, vous m'entendez!...... Encore ici un paquet pour Monsieur le Duc!... Vingt-quatre cents livres; c'est bien le compte : grand bien vous fasse, M. le Duc!...... Encore ici pour un autre!.....

De l'argent !… Bon ! quatre-vingt-dix-neuf et un font cent louis : n'oubliez pas Pierrot, Madame la Marquise, il n'a d'autres gages que ses profits.

Un, trois, dix paquets pour la Compagnie des Ahuris de Chaillot. Ma poudre fait venir l'eau au moulin comme une inondation !…. C'est égal, je prendrai du papier : je suis heureux à la Baisse…. Il n'y en a pas pour les demandeurs !…

Une prise pour M. le poëte…. Cela vous fera faire des vers sucrés comme un petit Dorat. Encore dix-huit deniers, M. de l'Empirée, ou j'appelle les Suisses : je ne fais pas crédit aux Poëtes ; leur caution est comme leur tête…..

Aux derniers les bons ! Cette prise pour M. le Peintre : c'est de la quintessence d'Outre-mer (1), M. Raphaël ; ma poudre et un peu d'huile de graine de Niais, ça vous fait une Transfiguration ni plus ni moins, comme (2) celle de Saint-Pierre de Montorio de Rome. Je vous

---

(1) L'Outremer est la plus chère et la plus précieuse des couleurs : l'once vaut 300 liv. ; ainsi l'esprit d'Outremer peut bien valoir cent louis.

(2) La Transfiguration de S. Pierre de Montorio à Rome, est le chef-d'œuvre de Raphaël d'Urbin. Ce peintre, le plus sublime des Artistes depuis Apelle, étoit d'une modestie rare. Ce mal ne tient pas les peintres de nos jours : on excepte cependant MM. Ren…, Taillass…, Vinc…, et quelques autres. Ce dernier disoit, au mois de septembre 1785, sous les arcades

maintiens déjà de l'Académie. Oh bien oui, vos Vincent! vos David! vos Monsieur Vien! Tarare! vous éclipserez Monsieur Bardin, vous dis-je, vous... vous l'éclipserez.

Ah! ah! Messieurs et Dames, honneur à la poudre de Perlimpinpin! vive Jesus! elle est sorcière!...... Travaillons actuellement.

Ça, M. de Ahan, et vous, Mme. Coquefredouille, je compte que vous aurez été assez honnêtes

---

du Louvre, à un peintre de**, fort instruit et d'un mérite distingué, quoiqu'il ne soit (*Rien*) : » Hélas! Mon cher **, le » grand malheur des Peintres est de ne savoir que peindre. « Critès qui passoit, entendit distinctement ce mot, qui fait honneur à M. Vinc... Raphaël d'Urbin étoit instruit; Rubens a écrit sur la peinture; l'un des Carraches étoit très-savant dans les Belles-Lettres; plusieurs autres ont tenu un rang distingué dans la littérature. Leur art en a-t-il souffert, parce qu'ils ont dérobé quelques lauriers aux muses? Non; il y a infiniment gagné. Mais ALORS, il n'y avoit pas d'Académie qui eût (on sait bien pourquoi) ce principe faux et nuisible, que le goût des Lettres détruisoit le goût de la peinture. ALORS, on ne jouoit pas le mérite d'un Artiste aux *féres blanches ou noires*. ALORS, la réputation d'un Artiste ne dépendoit pas d'un titre équivoque. ALORS, M. Taillass... auroit pu faire un poème sur l'abus de ces règles de convention, qui tuent l'énergie et ne font rien à l'art, et il eût été compris. ALORS, un habile homme ne ravaloit pas la dignité des Arts, en s'abaissant à mendier, dans ce qu'on appelle les VISITES, des suffrages que son talent seul devoit solliciter. ALORS, le grand Vern... et le Maître des David, des Vincent, des Taillasson, auroient été des hommes célèbres, sans être de l'Académie; et ALORS enfin M. Bard... et le petit Vern... qui sont de l'Académie.... (Voy. *L'Apothéose de Critès*.)

pour ne pas vous impatienter plus après moi,
que vous ne le feriez après un Médecin en guo-
guette, ou qui dîneroit chez le Banquier d'un
grand Seigneur un jour de paiement. *Virtus post
nummos ;* le remède opère mieux et fait plus d'honneur. On meurt quelquefois en attendant : c'est
la faute des malades.

Un dîner réchauffé ne valut jamais rien.

(Le bon sens du maraud quelquefois m'épouvante.)

Pourquoi sont-ils si pressés aussi, ces Malades?
ne faut-il pas que les Médecins dînent pour tous
ceux qu'ils réduisent à la diète ? c'est tout simple.... (Bas aux syncopés.) Gardez-vous de faire
un mouvement que je ne vous le dise ! cela gâ-
teroit tout mon savoir. Au treizième *zeste :* pas
avant au moins.

[Ici M. Perlimpinpin fait la cérémonie que
tout Paris connoît. On l'avoit mise d'abord en
action ; mais comme les plus grands prodiges
paroissent quelquefois ridicules par la manière
dont ils s'opèrent, Jocrisse, qui a quelquefois de
bons momens , a cru devoir la retrancher, pour
ne lui rien faire perdre de son merveilleux.
Il suffit au lecteur de savoir que Perlimpinpin,
par des *ziste* et des *zeste ,* ayant successivement
fait lever les bras et les jambes, ouvrir les yeux,

ayant débouché les oreilles aux deux syncopés ;
au treizième *zeste*, ils se lèvent sur leur séant,
rient, pleurent, crachent, se mouchent, éter-
nuent ; ils alloient parler enfin, lorsque tout-à-
coup on entendit du côté de l'allée des Tartares
un charivari (1) de Tchoung-ho-Chao-yo
Chinois.

Et vous eussiez vu M. Ahan et Mme Coquefredouille, d'un bond sur leurs patins, puis ren-
versant tables, tasses, soucoupes, théières, bras-
dessus bras-dessous, les voilà qui s'en vont sautant d'un pied *par-ci*, d'un pied *par-là*, du côté
où l'on entendoit cette symphonie Chinoise.
Allons-y aussi, mon cher Lecteur ; ce sera sûrement du bon : car ça vient de *Chine*].

---

(1) Le Tchoung-ho-Chao-yo est une symphonie à grand
chœur des Chinois : elle ne s'exécute que deux fois l'an, lorsque
l'Empereur tient son lit de justice , et lorsque les Régulos ,
les Mandarins et les Gros-toupets de sa cour viennent rendre
hommage au Souverain. Elle est toujours suivie d'un Cantique ,
qu'on appelle *Ho-Ping*. Voyez les Variét. Littér., tome II,
pag. 309. De l'Ancienne Musique chinoise.

EFFETS SURPRENANS,

PRODUITS par un Hoang-Tchoung *ou* Cloche jaune des Chinois, *ainsi qu'ils ont été remarqués par M.* CALEPIN, *Récenseur des folies du jour.*

STUPETE, GENTES!

GRAND JUPITER, donne-moi un instant la voix de Midas, ou bien celle dont tu organisas le larynx de ce Grec fameux! Puissant fils de Gargamelle, ô toi qui plus d'une fois te fis entendre à Eudemon, de la porte S. Victor par delà Montmartre, prête-moi ton thorax et tes poumons! Tais-toi, violon de Jarnovik, hautbois de Salentin, flûte de Rohaut, harpe de Cleri (1)! cessez de chatouiller les oreilles par vos sons jadis gracieux. Rossignols de haute-futaie, unissons nos accords : *stupete, gentes!* je vais raconter des merveilles.

A PEINE le Tchoung-ho-Chao-yo Chinois eut-il cessé, qu'un Hoang-tchoung donna le ton à trois voix brillantes, qui entonnèrent l'hymne de l'Ane en l'honneur de Gu-tien-gu. Jamais la lyre

---

(1) Madame Duverger-Cleri, éleve du célèbre Hinner. Cette jeune virtuose, dont les talens sont plus connus à Londres et dans les Pays-Bas qu'en France, vient enfin de débuter à Paris, dans le chant. On assure qu'on va l'entendre dans peu, sur l'instrument que les aimables enfans de M. Descarsin ont rendu difficile, même aux artistes consommés.

d'Amphion ou d'Orphée, le cistre d'Isis, les chants de Linus ou de Saint-Huberti, qu'Apollon lui-même se plut à former, ne produisirent d'effets plus prompts et plus merveilleux.

Les arcades du Palais royal émues, commencèrent d'abord à s'agiter en cadence; et bientôt jetant, pour être plus légères, tous leurs vains ornemens, elles se mirent à danser en rond, et entraînèrent avec elles bâtimens, salles, boutiques et cafés : les arbres, à leur exemple, après avoir agité leur feuillage de plaisir, formèrent différens cadrilles. Les Suisses! les Suisses eux-mêmes! perdirent leur à-plomb : l'eusses-tu-cru, Lecteur? et se mirent à cabrioler comme des ballets de Gardel.

Tout-à-coup, du milieu du creux tapis vert, où croissent la bourse à Judas et l'indécent Pissen-lit, on apperçut la Nymphe Syrinx poursuivie par le Dieu des Bergers : ses cheveux ne sont plus qu'une mousse légère; ses bras étendus en roseaux, lancent dans les airs des rubis, des perles et des diamans. A l'extrémité d'un bassin, on voyoit (1) le fleuve Ladon penché sur

_____

(1) On voyoit,... on voyoit,... et comment voyoit-on ? La nuit étoit noire en diable, disois-tu.... ! ! ! ! ——

A me faire reproche,
Zoïle *toujours* prêt,

son urne, et environné d'une troupe de Naya-
des; il s'empressoit à répandre ses ondes, pour
forcer Pan à se retirer. Le Dieu eut à peine le
temps de couper quelques roseaux pour se faire
une flûte : des groupes de Satyres épars çà et là
l'attendoient en folâtrant; ils sembloient vouloir
s'opposer à son retour, et s'apprêtoient déja à lui
jeter, avec leurs mains, l'eau qui venoit d'elle-
même s'offrir à leur badinage.

De chaque côté de ce superbe bassin, des
Amours et de jeunes Sylvains soutenoient des

Sur *tout* ce que je broche
Toujours me lance trait.

Rien ne le satisfait ;
Toujours quelque anicroche :
Là, mon vers lui déplaît ;
Ici, la prose cloche. ――

Or, Lecteur, sur ce fait,
Sais-tu bien ce qui hoche?
» Louche, Bossu, Bamboche,
» Zoïle contrefait,
» Croit que *tout* est Bancroche,

Comme ces vers où je le peins. « A toi, Lecteur, qui es in-
dulgent, oh! c'est une autre affaire. Je te dirai qu'on voyoit
tout cela à la lueur des perles et des rubis que lançoient les
roseaux de Syrinx.... Je ne peux pas mieux faire, en vérité;
mon Cousin Jacques auroit mis une chandelle à la *main* de
chaque arcade. Oui! et il auroit mis le feu au Palais royal....
La belle avance !

vases et des corbeilles, où le pampre, l'acanthe
et le lierre sembloient se marier. Les vases paroissoient comblés de vendanges à demi-foulées ;
le nectar de Bacchus bouillonnoit sur les bords :
de petits Faunes s'empressoient à recueillir dans
des coquilles transparentes, la liqueur précieuse
qui en couloit. Les corbeilles se couronnoient
de fleurs ; le lis, l'anémone, la brillante hyacin-
the, l'orgueilleuse amaranthe, la tendre rose,
y brilloient à l'envi : les Colombes de Vénus
venoient voltiger à l'entour, et l'Amour y cueil-
loit un bouquet pour Psyché.

Mais, ô merveille ! siècles à venir pourrez-
vous le croire ? Quel fut votre étonnement,
ô bonne Mme Hardouin, et vous Mme Gatey sa
bru ! lorsque vous vîtes tous vos livres prendre,
chacun en petit, la figure de leur auteur, sortir
de leurs cases les uns après les autres, et baller
au beau milieu de votre boutique ? La crainte
que vous eûtes qu'ils ne s'échappassent, vous fit
jeter un cri. Si vous partez, dites-vous à la plupart, bon voyage ! mais, pour Dieu, laissez-nous
au moins la reliûre.

Où voudriez-vous qu'ils allassent, vous dis-je,
pour être plus en paix que dans vos rayons, où
personne n'y touche ? Rassurées par ce mot, vous
pûtes partager avec moi le délire universel, et
deci

deci delà, tout en gesticulant vous-mêmes, pas-
.ser en revue les scènes piquantes et variées qui
se succédoient sous vos yeux.

Remarquez ces danseurs sur la droite. C'est
l'éloquent Fénelon, le décent Rolin, le cynique
Jean-Jacques, et le sage Montesquieu. Voyez
comme ils paroissent étonnés de se trouver réunis ! les voici qui forment une contredanse avec
la gracieuse Sévigné, la tendre Deshoulieres,
l'aimable Bourdic, et la spirituelle Duboccage.

Tous, jusqu'à Jean-Jacques, baisent ces
mains habituées à caresser l'Amour!.... Ah !
femmes! femmes! quel seroit votre empire si,
moins volages et plus sincères, vous saviez
joindre aux graces de Ninon, la constance de
Sapho et la naïveté d'Eglé !

Mais quel est ce Dom Quichotte chamarré
de Blazons, qui regarde dédaigneusement ce
qui se passe autour de lui, et qui, crainte de
se compromettre, danse un *solo* empesé ? Rabelais, cesse tes ris immodérés et tes épigram-
mes indécentes ; c'est un généalogiste, c'est
d'A..... Voudrois-tu pas qu'il compromît les
écussons qui le couvrent, avec un vilain roturier
comme toi? Cesse tes sarcasmes, te dis-je; flé-
chis le genou, toi qui n'as ni parchemins, ni or,
ni impudence, et continue avec Molière, Jean-
Baptiste, et Jean Jean tout court, mon ami

R

Jean, la Diablerie à quatre personnages. Prends bien garde qu'il ne s'échappe, ce hideux satyre ; force sa bouche qui bave du fiel, force-la à chanter des hymnes aux Dieux, à la beauté, et les louanges de son Roi.

Est-ce REY qui bat la mesure avec tant de précision ? Non ; c'est Boileau appuyé sur Horace. Finissez vos ridicules pas de basques, *petits* Pantins guindés, qui n'avez que de l'esprit ; et vous tous jolis *petits* Rimeurs de ruelle, dont les vers sucrés et pointilleux respirent l'ambre et le musc, reprenez votre *petite* haleine : voyez, voyez danser vos maîtres ; voyez Corneille vêtu en Romain, qui danse un menuet avec la Muse de Racine : quelle noble fierté ! quelles graces touchantes ! Dieux, ne puis-je pas me prosterner ? ne puis-je point baiser leurs pas ? Quai-je dit ? Pardon ! M. Gatey, ne me trahissez pas : je suis perdu si le Public sait mon goût. Vive Figaro ! vive Jeannot ! vive, vive Gu-tien-gu ! Racine et Corneille sont des benêts ! ce sont des benêts ! ce sont des benêts !... Croyez-vous que le Public m'ait entendu, M. Gatey ? J'ai crié le plus fort que j'ai pu. — Non, M. Calepin ; *il est sourd.*

Oh ! oh ! qu'est-ce donc que ce squelette qui agite ses ressorts, et lorgne, en grimaçant, l'attitude du *vieux* père de Cinna et l'air *efféminé* de l'auteur d'Athalie ? Pour Dieu ! Critès, descends de ta niche immortelle, et donne quelques coups de tire-pied à tous ces Singes et à tous ces Perroquets ennuyeux *persiffleurs;* qu'on puisse entendre ce Polichinelle grimpé sur ce Pégase aux longues oreilles. Il a l'air d'avoir la bile gaie.

« Tais-toi, Arouet, lui dit-il en lui donnant « des croquignoles sur le nez; je n'aime pas les « sentences.

» Pour me tirer des pleurs, il faut que vous pleuriez,

« disois-je autrefois, et je ne me démens pas. Va! « va! bel abatteur de prunes, *vainqueur de deux* « *rivaux,* tu as beau agiter tes cliquettes; les vers « dont tu te targues en ont menti, et ton Auteur « d'Imircé (1) n'est qu'un sot : apprends que tu ne « serois pas un des *premiers* de ma Cour, sans ta « *Pucelle* et tes *œuvres érotiques :* je te le dis ici, en- « tends-tu, mine de chouette? oui, ici, boutique « de MM. Hardouin et Gatey, en présence du « Compère *qui ne fut RIEN,* et à la barbe de tes « Parisiens qui t'ont couronné ; et si je m'en « *gausses,* vois-tu, Jean Logne mon doux ami. « Tes Welches des rues Trousse-vache et Pet-

---

(1) L'Auteur d'Imircé place la statue de Voltaire sur le Pont-Neuf, en face d'Henri IV, pag. 15. Corneille ni Boileau ne sont pas ses poètes, pag. 152. Rabelais lui fait pitié, pag. 154. Mais il n'a pas tout-à-fait tort, pag. 156.

R ij

« au-Diable que tu as tant *persiflés* puisque *persi-*
« *flés* il y a, vont trouver que je parle ici un
« langage qui n'est pas trop Pindarique. Eh!
« jour de Dieu ! ne croient-ils pas que je vais
« leur parler le langage d'Homère ou de Féne-
« lon , eux qui m'ont travesti en *JEANOT*
« *C'EN-EST?* Je parle encore trop bien pour
« le siècle ; et mes farces, sous mon masque de
« Polichinelle, valent cent fois mieux, *JE LE*
« *DIS HAUT ET CLAIR*, que l'impertinent
« jargon du siècle. Qu'ils apprécient mes mo-
« tifs, qu'ils sachent ce qu'*IL M'EN COUTE POUR*
« *SOUTENIR UN TON CHARGÉ*, mais que j'ai
« cru le seul capable de les ramener dans la bonne
« route dont ils s'écartent chaque jour. Par la
« Saint-Médard! dansons en attendant vendan-
« ges, c'est un parti sage. *Un fou du moins fait*
« *rire ;* et folies pour sottises,

> J'aime le Cousin Jacques, moi ;
> J'aime le Cousin Jacques.

[En disant cela , Polichinelle Apollon sauta à
bas de son Ane, et se mit à gigoter de la belle
manière avec le Cousin Jacques et son Pégase, ce qui faisoit le trio le plus burlesque ;
mais s'étant apperçu qu'Arouet et un de ses
partisans M. D****, ouvroient la bouche large
d'une aune pour lui répondre ; il intercepta au

passage quelques *grosses injures*, en leur jetant inopinément à l'un et à l'autre une poignée de son ou de farine, que ces Messieurs allèrent souffler par mégarde dans les yeux de l'Opticien Newton, qui, les deux pieds plantés sur la terre et constant dans son systême, se retenoit de toute sa force d'un côté à un T***, de l'autre à un G** ; et en voyant dégringoler un Casse-cou qui s'étoit détaché d'une Montgolfière, il crioit à toute voix : Vive l'attraction, *my Friends*, vive l'attraction et le plancher des vaches!]

Mais, Dieu me pardonne, je crois que voilà une trentaine d'Avocats et de Procureurs en robe qui dansent ensemble! seroit-il fête en enfer aujourd'hui?... Mon petit, petit Monsieur, vous qui pirouettez si joliment, comment s'appelle cette espèce de Sarabande que dansent ces Opérateurs et cette Chercheuse de Mésaventure? — C'est l'Adamantine, M. Calepin; elle vient du Pérou; on l'a cabalico-francisée à Paris: elle ressemble à la tentation de Saint-Antoine, où les Diables prennent à tort et à travers le Saint-Patron, vous savez, *il chantera*, *il dansera*, *il... sautera*.

GOD-DAM! qu'ont ces deux Etrangers à rire si fort? Est-ce qu'ils rient en Hébreu? je n'y entends rien. Riez donc en François, Messieurs les Juifs, qu'on vous comprenne.

Ha! ha! ha! I am quite spent, pray, spare me Gentlemen Dansers. Ha! ha! ha! Loock another thing I can't help Laughing; there is no gravity to hold out; pray M. Addisson, behold that French people in spanish dress, even the Women have hand in it. Do you know what's the matter, My dear Baronnet?—It is the whole bande of the French Figarotins Monkeys, produced by the *vis comica* of the grand Figaro. They all dance as they speake. They call it *Antipoder* at Paris. —Well! my dear, Let us be *Antipodes* too in England and call it *vis inversa vis inversa*, or the silly production of the most silly father. I wish to God, our dear Country may be preserved from such idle trash's; methinks, a litterary impertinence crowned with success, is the most fatal thing in political world. What a pity, to see an Englishman dansing upon his head, upon his head, my dear, the only good thing that is left to him. But.... Hush.... a word to the wise. (1)

---

(1) Ce morceau d'*hébreu* est peut-être rapporté ici en termes un tant soit peu *exotiques*; aussi ne sommes nous pas Juifs. Pour la commodité de nos Lecteurs qui ne sont pas plus Juifs que nous, nous avons prié M.**** le plus grand *Hébreu* de Paris, de nous traduire ce passage.

Ha ha ha ha, je n'en puis plus! Ha ha ha, gra.. graces, Messieurs les Danseurs! Ha ha ha, en voilà bien d'une autre! Ha ha ha ha ha, je mourrai de rire! Ha ha ha, il n'y a pas de gravité qui tienne! Ha ha, regar... regarde donc, Addisson, ces Fran... ces François en habit Espagnol, qui dansent, ha ha ha, le cul en l'air, jusqu'à des femmes qui s'en mêlent, ha ha ha! Sais-tu ce que c'est, mon cher Baronnet? — Ce sont tous les Figarotins de France, produits par la *vis comica*, *vis comica* du premier, qui dansent comme ils parlent ce qu'on appelle à Paris *Antipoder*. — Oh! bien, mon cher Addisson, pour *Antipoder*, aussi nous autres Anglois disons que c'est l'*inversa vis*, l'*inversa vis* du premier qui a fait naître tous ces sots enfans d'un plus sot père : et prions Dieu que notre île ne soit pas infectée de pareilles *billevesées*; car, vois-tu, il n'y a rien de plus dangereux qu'une sottise littéraire qu'on prône; et puis nous n'aurions qu'à danser sur nos têtes aussi, nous autres Anglois qui n'avons que cela de bon.... Mais chut! trop parlé.

[Ici un Exempt du goût, attiré par tant d'éclats de rire, et qui entendoit l'*hébreu* apparemment, vint mettre un bâillon à ces messieurs, et les mit dans sa poche. Comme il s'apperçut que j'avois l'air de m'y opposer et d'invoquer

le droit des gens, il me jeta à la porte rude-
ment, en m'apostrophant d'un coup de son
bâton à travers la face, que je n'osai pas lui
rendre, quelque bonne envie que j'en eusse,
crainte de pire.

Cette boutade fit que je ne vis plus rien. C'est
bien dommage, en vérité ; car la *Philofophie
Moderne* commençoit à entrer en danse, et
il a dû se passer des scènes piquantes, qu'on
auroit été fort curieux de connoître : mais sur
cela, on peut consulter MM. Hardouin et Gatey,
qui doivent en avoir vu et oui de belles ; ils
m'ont assuré qu'ils se feroient un vrai plaisir de
satisfaire la curiosité du Public. Pour moi Calepin, je me borne à raconter ce que j'ai vu. On
doit m'en croire sur ma parole : je ne suis pas
comme le Calepin ambré, un Petit-Maître. Je
n'ai menti de ma vie].

CALEPINUS RECENSUI,

LA QUEUE DU SERMON

DE JOCRISSE.

[*JOCRISSE sonne trois fois du cornet de Thespis pour rassembler son Auditoire. — On a toutes les peines du monde à rattraper la Salle du Sermon, qui, semblable à ces intrépides Danseurs qui sautent encore lorsque les violons sont partis, achevoit une courante sens devant derrière, sens dessus dessous. On vient enfin à bout de la contenir. — Tout l'Auditoire en place, Jocrisse s'élance dans son tonneau, prend sa marotte, et continue ainsi.*]

> Ne méprisons pas la queue, mes Frères;
> le Sage dit qu'il vient un temps où les
> Renards et les Vaches ont besoin de
> leur queue.
>
> *Ex Sapientiæ libro.*

Ah! que c'étoit beau! Ah! que c'étoit beau! mes très-chers Auditeurs, ce Tchoung-ho-Chao-yo Chinois. Ah! Frères de Dieu, que c'étoit beau! *Beati qui aures habent.* Comme les oreilles sont un bon meuble! Je n'en reviens pas, comme c'étoit beau! Il faut en revenir pourtant, dit Guoguelu. Revenons-y donc, mes chers Auditeurs, revenons à *Martin* nos flûtes, puisque (1) Guoguelu l'a dit. *Dixit quoniam Guoguelu.* M'y voici.

Dites-moi, mes chers Auditeurs, et Vertu-Dieu ne mentez pas, car le Père Cicéron dit qu'on ne croit plus à un menteur, même lorsqu'il dit la vérité : *Qui semel mentitur, etiam si verum dicit ei credi postea non convenit;* et je verrois bien si vous mentez. Franchement : connoissez vous Nehusius Edon (2)? A propos, l'écriture dit qu'il ne faut pas tenter le juste ; Nehusius Edon n'est pas dans le Dictionnaire Historique ; et comme dans ce siècle on ne connoît que ce qui est dans les Dictionnaires... vous ne connoissez pas Nehusius Edon.

Nehusius Edon étoit un Physionomiste de Balle .... de Bâle en Suisse. On ne peut vous rien dire que la rage des équivoques ne vous prenne ,

Et que des jeux de mots partisans surannés....

Enfin, si vous appelez cela de l'esprit, je ne suis qu'une cruche, et je m'en vante. Mais n'en

---

(1) Guoguelu étoit le nom d'un sot qui se méloit toujours de vouloir argumenter, d'où est venu le mot des écoles : *Ergo Guoguelu :* Que conclure de ton impertinent syllogisme ?

(2) Nenusius Edon, auteur de plusieurs ouvrages estimables. Il a écrit en latin.

parlons plus. Parce qu'un mot hasardé par un Auteur, ou prononcé de travers par un Acteur, aura quelquefois fait tomber une pièce estimable, ce n'est pas une raison pour qu'il en arrive autant à un Prédicateur; et l'histoire ne dit nulle part qu'on ait jamais vu tomber un Sermon pour un A, prononcé long ou bref.

Edon dans son chapitre... son chapitre des Oreilles, a dit (1) que des Oreilles trop courtes étoient le signe d'un esprit *lent*, et la marque ordinaire de la *méchanceté*. Il a raison, mes Frères. L'Oreille est l'embouchure de l'intelligence, le grand chemin du cœur, le péristile des passions; et qui n'a pas de passions est un sot (2); *et rien n'est plus dangereux qu'un sot qui est méchant.* Or, tant plus les Oreilles sont grandes, tant plus on entend; et tant plus on entend, tant plus on profite. Moi, par exemple, mes Frères, j'ai de grandes Oreilles; aussi ne suis-je pas si nigaud que ma mère le dit, puisque je prêche, et que, grace à ce que la Sorbonne a couché ouverte, je parle latin et grec qui pis est, le tout pour faire le Capable, et afin qu'on dise de moi comme de M. Anonyme (QU'ON

---

(1) *De cognoscenda hominum indole*, lib. I, cap. 4.

(2) Parce qu'on s'en méfie moins. Un proverbe latin dit : *Etiam capillus habet umbram et STULTUS VENENUM.*

LUI PARLE LATIN, IL Y EST GREC). Revenons, mes Frères.

Ce sont les Dieux aux grandes Oreilles qui ont inventé la Musique :

> *Pan primus calamos cerâ conjungere plures*
> *Instituit.* . . . .

Pan est l'inventeur de la Musique ; la Musique est la mère de la Poésie, car les enfans chantent avant de parler. La Poésie a donné naissance à la Peinture. Un Dieu aux grandes Oreilles est donc l'inventeur de la Peinture, de la Musique et de la Poésie, c. à d., de tout ce qu'il y a de bon et d'utile dans le monde, n'en déplaise (1) à ce vieux hibou de Platon. Voilà pourquoi il y a tant de Peintres, tant de Musiciens, et tant de Poètes sans me compter, qui ont de si longues Oreilles, et tant de gens qui jugent, qui en ont encore de plus longues. J'espère, mes Frères, comme vous avez de belles, bonnes et longues oreilles aussi, que la solidité de mon raisonnement ne vous aura pas échappé.

---

(1) Platon exclut les arts agréables de sa République : c'est tout simple. Il s'étoit d'abord adonné à la peinture et à la poésie, et n'y avoit pas réussi. — Belle drogue, ma foi, que des Satyres, des Comédies et des Fables! a dit aussi un Philosophe de nos jours (qui n'étoit pas un Platon); j'en ferois bien, mais. . . . — Mais il n'en fit pas, ou il en fit de fort plates.

A présent, d'où étoit-il ce Dieu aux grandes Oreilles, benoits Auditeurs? D'Arcadie. Quel est le héros d'Arcadie qui a de plus longues Oreilles, les Oreilles les plus étoffées? C'est un Ane, c'est un Ane, mes Frères; DONC, puisqu'un Ane a les Oreilles plus amples qu'aucun d'entre nous, il doit avoir les parois de l'intelligence plus fines qu'aucun d'entre nous. DONC un Ane doit mieux entendre (1) qu'aucun d'entre nous; DONC un Ane doit mieux concevoir qu'aucun d'entre nous; et DONC enfin, un Ane doit être la queue de mon discours. *Emunctæ naris alter*, bien émouché l'un pour sentir; c'EST JEANOT. *Alter inverso perspicuus*, bien embouché l'autre pour parler à l'envers; c'EST FIGARO. *Tertius verò bene auritus*, bien monté en oreilles le troisième pour entendre; c'est un Ane, c'est un Ane Chinois, c'est Gu-tien-gu, mes Frères. *Sursùm aures et corda* à sa gloire; et pour revenir à mon texte:

> Figaro, Jeannot et Martin,
> Ce Grec, cet Hébreu, ce Latin,
> Ont découvert le pot aux roses.

Cependant, mes très-chers Auditeurs: Assez et

---

(1) *Clamore opus est ut sentiat auris*, a dit Juv. Un Ane a le double avantage de chanter haut et d'entendre clair, sans parler d'un troisième qui n'est pas mince. Que de moyens pour réussir dans le monde !

trop long-temps nous avons eu des nez pour sentir, et nous n'avons pas senti. Assez et trop long-temps nous avons eu des bouches pour parler, et nous n'avons pas connu

Du François à l'*envers* les brillantes finesses.

Assez et trop long-temps, enfin, nous avons dressé nos oreilles pour entendre, et nous n'avons pas entendu.... Puissiez vous donc m'entendre et me comprendre, mon très-cher Auditoire! C'est le vœu de Jocrisse.

O Gu-tien-gu! toi qui reposes là-haut dans le sein de la bienheureuse Immortalité, cesse un moment de m'inspirer le joli ton de notre siècle; que je fasse entendre à mes bons compatriotes, que j'aime comme mes deux yeux, combien ils étoient sots jadis! et que je le leur fasse entendre, en frappant leurs oreilles de ces sons grossiers dont leurs pères se servoient. C'est pour ta gloire que je travaille, ô Gu-tien-gu! Et toi, vieille Minerve, faisons la paix; daigne jeter sur moi quelques étincelles de cette raison, dont tu éclairas autrefois tes plus chers favoris. Momus, je te rends ton Masque, ton Capot, ta Marote. Divine Folie, cesse d'agiter tes grelots; mais rends-les moi lorsque je te les redemanderai; à toi seule, je dois peut-être le privilège de me faire écouter.

SUITE

DE LA QUEUE DU SERMON

DE JOCRISSE.

JOCRISSE, revêtu d'un habit simple et modeste, quitte le ton en fausset qu'il avoit affecté jusqu'alors, et continue son Discours dans son ton naturel.

MORTUO *munus qui mittit, nihil* DAT *illi;* ADIMIT *sibi.*
Ex Trochaici sententiis.

MINERVE m'a exaucé, Messieurs : Jocrisse a disparu. Un homme sans prétentions, écrivain sans s'en douter, qui n'ambitionne ni les biens de Plutus, ni les faveurs des grands, ni les lauriers des Muses : qui a été dupe de ses amis, sans cesser de sacrifier à l'amitié; victime de sa bonne-foi, sans cesser d'être un homme d'honneur; battu par les évènemens, sans se laisser écraser; gai au milieu des revers, parce qu'il ne les a pas mérités; connoissant un peu de tout par curiosité; ennemi des faux brillans qui annoncent de l'esprit sans goût; ayant pour titres sa qualité de bon citoyen, et pour bien quelques vertus : voilà celui qui a pris les masques de

Jocrisse, de Critès, de Lustucru, et si vous voulez de Gu-tien-gu, pour combattre les extravagances de son siècle, sans avoir la moindre humeur contre les Auteurs de ces extravagances, qui méritent plus de pitié que de colère. C'est aussi lui qui s'habille du manteau de la raison, pour parler A DES HOMMES.

Si la religion et les lois saintes de la décence, sont le fondement le plus solide sur lequel reposent le bonheur des peuples et la tranquilité des états; si dans une nation policée, la dépravation des mœurs suit la dépravation du goût (1); si la littérature a une influence directe sur l'opinion de la classe la plus précieuse des citoyens, sur leur conduite; si les arts d'imitation suivent les écarts de leur sœur aînée : quelle honte n'est-ce pas pour notre siècle, de voir un Théâtre où les Corneille, les Racine, les Molière, les Regnard ont régné avec tant d'éclat, où ils ont prêché la vertu et ridiculisé le vice,

---

(1) » Le goût cherche ce qu'on appelle la force comique » dans les ridicules des hommes, pour les combattre ; et toutes » les fois que le goût est dépravé, on ne cherche dans les charges » et l'indécence. « —— Sur quoi roule l'intrigue des Deux Amis, du Barbier de Séville, d'Eugénie ? Un dépôt violé, un enlèvement, une fille engrossée, l'abus du plus saint des mystères... Et le mariage ? quelle en est l'intrigue, quel en est le but ? Hommes vraiment honnêtes, n'en ayez vous pas été révoltés ? Répondez.

abandonné

déserté pour des farces dégoûtantes ; de voir Cinna abandonné pour Jeanot ; les Horaces pour les Pointus ; Phèdre, Rodogune, Athalie, le Misanthrope, pour le Prince Ramoneur, le général Jacot, et cette tourbe de parades ordurières qui infectent la nation.

Se peut-il que le Peuple le plus poli de l'Europe voie sans rougir, sur les portiques de ses édifices, une affiche qui lui annonce en même temps Britannicus et la Folle Journée ? Se peut-il que des Hommes d'un jugement sain, après avoir entendu avec un frémissement respectueux, le QU'IL MOURUT du vieil Horace, entendent, sans un frémissement d'indignation, le JE T'ENFILE d'un malotru ? Qu'après avoir goûté la morale pure du Grand-Prêtre Joad, et admiré les réponses sages que Dieu met dans la bouche d'Eliacin, ils aillent infecter leurs oreilles des équivoques indécentes, des pointes grossières, et des proverbes retournés d'un impudent Bazile, ou recevoir les éclaboussures fétides du pot-de-chambre de Suzon ?

» O FRANCE ! FRANCE ma patrie ! que sont-
» ils devenus ces temps heureux où tes aimables
» nourrissons, dans un banquet présidé par les
» Grâces, au lieu des Jeanot, des Pointus,
» des Barrogo, appeloient les Lafarre, les

S

» Chaulieu, les Bachaumont? La gelinotte,
» l'Oiseau du Phaze et le coq de Bruyère,
» flattoient à l'envi leurs palais délicats : le
» Pomar, le Clos-Vougeot, l'Arbois, le Cham-
» pagne couronné d'une mousse légère, cha-
» touilloient tour-à-tour les fibres de leurs cer-
» veaux : mille saillies agréables et décentes en
» jaillissoient, et alloient tour-à-tour caresser
» Vénus ou égayer Minerve. Le délicat Vaude-
» ville, enfant du délire et de la gaieté, cou-
» loit des lèvres d'Iris ; et Mars couronné des
» roses de l'Amour, répétoit avec attendrisse-
» ment l'heureux refrain d'un couplet que la
» beauté venoit de chanter à sa louange. «

« O FRANCE ! FRANCE ma patrie ! fais-les
» revivre ces temps de ta gloire ! Qu'ils aillent
» habiter les marais fangeux de Caprée, ces
» lâches déserteurs de la naïve décence de nos
» pères, avec ces impudiques Laïs dont le re-
» gard empoisonne la vertu dès le berceau !
» Rappelle dans ton sein les plaisirs et les graces
» ingénues ! Que les amours et les ris couverts de
» la gaze de la pudeur, viennent encore des bos-
» quets de Gnide et d'Amathonte, sur les bords
» heureux que la Seine arrose ! Laisse, si tu le
» veux, aux Insulaires tes voisins, le soin de
» perfectionner leurs lunettes et leurs télesco-

» pes ; qu'ils lisent dans les Cieux le destin des
» Empires ; qu'ils épient le retour de la comète
» césarienne ; qu'ils découvrent un sixième sa-
» tellite dans l'anneau de Saturne : le Ciel
» est dans les yeux d'une femme que Minerve
» et Vénus se sont plues à former. Ah ! prends
» garde , ô mon cher compatriote ! lorsque tu
» en auras trouvé une digne de ton cœur ; prends
» garde que les pleurs du dépit ne décolorent
» ses joues où se peint la rose dans sa fraîcheur, et
» n'éteignent le feu de ses yeux. Qu'ils ne soient
» jamais humectés que de la rosée de l'Amour.
» A l'expression du plus tendre sentiment , fais
» succéder l'activité du plaisir : le plaisir fait
» briller deux beaux yeux d'un éclat plus vif que
» celui du Ciel le plus pur.

» O FRANCE ! FRANCE ma patrie ! « . . . . .

Ohé ! ohé ! ohé ! Un instant donc, mon auditoire : carimari ! carimara ! ma batte ! ma marotte ! mes grelots ! Folie, à moi ! Tayoyo ! arrêtez donc, de par tous les Diables , Compères,
arrêtez ! *Evohé !* Bacchanal ! Charivari ! *Goguelu
quoniam !* Thespis, ton cornet ! que je..... Ils
sont partis.....Hélas !

Allons, Mesdames les Murailles, puisque le
proverbe dit que vous avez des oreilles, vous

m'entendrez ! vous m'entendrez ! autant vous
parler qu'à des sourds. C'est dommage que vous
ne buviez pas; avant de commencer nous por-
terions une santé,... la santé du Roi. Silence!
Silence donc! On ne s'entend pas plus ici qu'aux
Sermons de la vieille Cassandre.

» LA RAISON, Mesdames les Murailles «......

Ha! ha! ha! ha! ha!—Et quoi! et vous aussi,
Murailles, vous refusez de m'entendre! mon premier mot vous fait rire aux éclats! Hélas! qu'il est
malheureux de ne pas pouvoir faire entendre raison ici, même aux Murailles!

Pauvre Jocrisse ! tu as perdu ton temps et ton
huile. (*QUAND LE MAL EST AU COMBLE,
LE REMÈDE VIENT TOUJOURS TROP TARD.*)
Adieu donc, tout le monde, et les Murailles.

Et c'est ainsi

QUE LE COMBAT FINIT FAUTE DE COMBATTANS.

La farce étoit jouée : on alloit tirer le rideau.
Point du tout : il prend une lubie à l'auditoire
de Jocrisse, il rentre tout-à-coup :

Et pour voir réunis tous les Anes ensemble,
Le Public et les *Murs* ont demandé... l'*AUTEUR!*

L'Auteur! l'Auteur! l'Auteur!

LES VOICI, MESSIEURS! LES VOICI.

Le plus âne des trois n'est pas celui qu'on pense.

T A P A G E.

LE Public avoit demandé l'Auteur à grands cris (suivant l'usage) : Pierrot eut beau annoncer qu'il étoit *dans la Lune*, ou plutôt dans le pays de l'Immortalité; le Public s'est obstiné. Pierrot, talonnières aux pieds et bonnet à la Mercure en tête, a été obligé d'aller chercher Critès et son Ane. Les Médisans ont prétendu qu'il n'avoit pas eu loin à courir. Critès et son Ane ont paru... Ce n'est pas tout.

Gu-tien-gu a chanté un petit couplet fort joli, qui a eu l'air d'être *in-promptu ;* les *Bravo*, les claquemens de mains, les trépignemens d'aise, les cannes ont recommencé leur tapage : on a demandé *Bis*, et *Bis* a été donné ; et *bis* les *Bravo*, *bis* tout le bacchanal.... Ce n'est pas tout.

Le Public est curieux : si on ne lui fait pas des histoires, il en forge. Il a voulu savoir d'où venoit Critès, qui avoit pondu Critès, qui avoit couvé Critès... Ce n'est pas tout.

Critès avoit bien une grande démangeaison d'apprendre au Public qu'il chassoit de bonne race, et qu'il n'étoit pas de ces gens-là qui ne pouvoient dater au plus que d'une génération ; mais il savoit aussi qu'une origine illustre, des titres, des ancêtres, c'est quelquefois tout pour.....; mais pour des Roturiers..... Ce n'est pas tout.

Que vous demandiez à grands cris l'Auteur pour une SOTTISE, dit Critès à ces Messieurs, à la bonne heure, c'est votre habitude (1); mais que vous lui fassiez raconter sa vie à propos de botte, en vérité, Messieurs ! . . . .

Ensuite, il se mit à ENFILER de vieux Proverbes, de vieilles Sentences : Qui trop embrasse mal étreint..... tant va la cruche à l'eau..... les longs ouvrages font peur.... Il cita Phèdre, Syrius, Horace : *Esto brevis ut citò dicta*, etc...*Temperatæ, suaves, sunt argutiæ ; immodicæ offendunt... Rarum esse opportet quod diù carum velis....*Tarare!

LA VIE DE L'AUTEUR! LA VIE DE L'AUTEUR! LA VIE DE L'AUTEUR!

C'est fort bien dit, Messieurs; mais vous vous moquerez demain de ce que vous demandez aujourd'hui avec acharnement : j'ai l'honneur de vous connoître.

LA VIE DE L'AUTEUR! LA VIE DE L'AUTEUR! LA VIE DE L'AUTEUR!

Mais, Messieurs, en bonne conscience, qu'y a-t-il de piquant pour le Public dans la vie d'un Auteur? Que lui importe que je sois Jean des Vignes, fils, neveu ou germain de Jean Logne, ou le premier Jean de ma famille... L'ouvrage seul...

---

(1) Un certain Public d'autrefois avoit aussi la sotte habitude de demander *L'AUTEUR ! L'AUTEUR!* Un jour un Auteur impatienté de cette cérémonie, fit paroître son Laquais à sa place.

LA VIE DE L'AUTEUR! LA VIE DE L'AU-
TEUR! LA VIE DE L'AUTEUR!

Mais, mais! entendez donc raison, Messieurs!
Et l'Immortalité qui donne ce soir à souper au
Cousin Jacques!.... Et le couvert qui étoit mis
quand on est venu me chercher!... Et le souper
qui sera froid quand j'arriverai;... et un souper...

LA VIE DE L'AUTEUR! LA VIE DE L'AU-
TEUR! LA VIE DE L'AUTEUR!

Allons, Critès, il faut qu'un Auteur, quelque
bon apétit qu'il ait, soit soumis aveuglément à
ce *certain Quidam,*

» Prisant toute chose à la montre,
» Hardi donneur de camouflet,
» Grand ami du pour et du contre,
» Bien atteint du coup de giblet;
» En tout n'ayant le sens d'une oie,
» Juge à la façon de Bridoie,
» Frappé d'aveuglement complet,
» Et jouant, pour l'Auteur qu'il morgue,
» Du plat des mains ou du sifflet,
» *Sans plus comprendre ce qu'il fait,*
» Qu'un Savoyard jouant de l'orgue. «

LA VIE DE L'AUTEUR! LA VIE DE L'AU-
TEUR! LA VIE DE L'AUTEUR! ET... LA VIE
DE L'AUTEUR!...

Chut! chut! paix! tournez le feuillet.

EVASION DE CRITÈS.

Papillon vole-vole-vole. — Oh les Girouettes! — Beaucoup de bruit, peu de besogne. — Recette pour appaiser les Poupées. — Les Têtes changées.

LE feuillet est tourné. Eh bien? — Eh bien, lecteur, Critès, tout demi-Dieu qu'il étoit, craignant avec raison d'être hué pour avoir eu la foiblesse de donner au public ce qu'il lui demandoit avec acharnement, et encore pour bien d'autres choses, s'avisa d'user d'un stratagême tout neuf pour se tirer d'affaire.

Il aveignit de sa poche une petite boîte qui renfermoit un très-joli papillon, que sa Hautesse l'Immortalité l'avoit chargé de remettre à ses chers François, comme une marque de sa bienveillance et de sa protection, et un emblême de l'idée avantageuse qu'elle avoit conçue de leur jugement et de leur goût.

PAPILLON mis en liberté, vole de droite et de gauche dans la salle. Ce *grand*, ce *mémorable Evènement* étoit trop digne de fixer l'attention générale, pour qu'on n'oubliât pas même des affaires d'état les plus CONSÉQUENTES ; à plus forte raison un Auteur qui, tout CONSÉQUENT qu'il soit, est toujours pour le public sans conséquence.

Critès voyant toutes les têtes aller, venir, tourner, retourner sur leurs pivots, profita de ce moment de délire universel ; et pendant que Papillon frisoit le nez de ces Dames qu'il prenoit pour des *Roses*, ce qui faisoit beaucoup rire ces Messieurs qui savoient bien que *Ce n'en étoit pas*, et ZEST, et CRAC, trois ou quatre pétarades de son Ane, le voilà guindé de nouveau dans le pays immortel où il étoit attendu, comme on sait, avec une impatience que l'appétit des convives augmentoit.

PAPILLON s'étant enfin brûlé les ailes aux lumières, malgré les efforts d'un célèbre Naturaliste qui avoit passé sa vie à attrapper ces Chenilles ailées (occupation trop louable et trop importante dans ce siècle, en vérité, pour qu'on puisse en médire), le public revint peu à peu de son étonnement ; et comme, suivant le proverbe : *Un papillon mort ne vaut pas un Critès en vie*, il se reprit à crier de plus belle : *L'AUTEUR! LA VIE DE L'AUTEUR!*

Jocrisse, qui est l'*omnis homo* de la farce, ayant avisé dans un coin l'Ane Ahan Belleoreille, grimpe dessus, et se présente pour remplacer Critès et raconter sa vie.

Grand bruit ! grand murmure! grand fracas ! » Si cela ne sert à rien, c'est égal, c'est tou- » jours du bruit. Ne sommes-nous pas le pu- » blic, voyons?... Du bruit!... eh bien, du bruit! » Thersite en faisoit bien dans l'assemblée des

» Grecs ; et Marsyas, et Carondas, et Gribouille,
» et tant d'autres! est-ce de la besogné qu'ils font
» à Paris? Et nous voulons faire du bruit, NOUS.
» — Eh! faites-en, Messieurs!... faites-en!!!!

Le Cousin qui va souvent à l'Opéra, tout exprès pour ne pas s'épouvanter du bruit (1), se
rappela d'une *Recette*, unique pour ramener les
esprits. Cette *Recette*, qui a déjà été employée
par Critès dans une autre occasion, s'appelle
une *MORALE*, du nom de son Auteur.

» Ingrats! leur dit-il, ingrats! je me mets en
» quatre pour vous plaire; je vous ai donné un
» sermon.... Vous ne pouvez pas dire de celui-là
» comme de ceux de *** qu'il n'a ni queue ni
» tête. Vous avez bu mon vin ; nous nous som-
» mes enivrés ensemble à la santé du meilleur
» des Rois; je vous ai fait, sans reproches, jurer,
» chanter, baller, dormir, rêver, jouer, rire,
» chose peut-être dont aucun Prédicateur ne
» s'étoit avisé avant moi. Je vous ai donné une
» musique Chinoise divine; j'ai fait danser jus-
» qu'à des Suisses, tout cela pour vous amuser.
» Le seul rôle essentiel que j'aie oublié, c'est....
» c'est de vous faire la barbe comme notre ami ;
» et encore, Messieurs, encore!...

---

(1) C'est tout simple, parce que, comme disoit *cet autre jour*
l'Eveillé, en baillant à ce *certain Opéra* :

EN-EN-EN-TEN-DANT-TANT, ON-N'EN-EN-TEND-PLUS-RIEN.

« Qu'ai-je gagné à faire tant de sottises, tant
» d'impertinences ? Je m'avise un moment de
» prendre un ton digne de vous et de moi ; je me
» revets d'un habit décent ; je brise ma marotte;
» je deviens... ce que je suis (car, Messieurs,
» ne vous y trompez pas ; *JE ROUGIROIS SI*
» *LES GENS SENSÉS* , et il en est beaucoup
» parmi vous, *ME JUGEOIENT SOUS LE MAS-*
» *QUE*). Qu'ai-je gagné enfin ? On me quitte
» aussitôt que je veux parler raison. J'espère au
» moins que les murailles voudront bien m'en-
» tendre ; mais, à Paris, les Murailles et les Gens
» *aures habent et non audiunt.* Tout étoit fini
» enfin ; vous étiez partis ; j'en étois tout con-
» solé : une lubie vous reprend, vous rentrez...
» L'AUTEUR ! l'AUTEUR ! l'AUTEUR !... On le
» cherche, on le trouve, il paroît. Vous deman-
» dez sa vie : mais un bon souper l'attend ; son
» appétit le presse. Ventre affamé n'a pas d'oreil-
» les; et comme dit très-bien la fable de JEAN II,

L'Ane bientôt se lasse d'un métier
Qui ne lui remplit pas la panse.

» Enfin Critès vous amuse avec un papillon ,
» comme Perlimpinpin avec sa poudre : il n'y
» a pas plus de mal à une chose qu'à l'autre (1).

_____

(1) Il y en a moins même , car Perlimpinpin prend 100 louis pour
se moquer des badauds ; au lieu que Critès, qui est désintéressé...

» Il part. Je suis son cousin ; Ahan et moi som-
» mes ses lieutenans; nous nous présentons : La
» voici sa vie ; la voici. Et vous sifflez! Ah !
» ingrats ! ingrats ! qu'on me mène à la Force,

> Ou changez-moi ces têtes ,
> Têtes , têtes , têtes ,
> Ou changez-moi ces têtes ,
> Têtes à l'évent.

La chanson des *têtes changées* produisit sur
l'auditoire de Jocrisse, le même effet que l'Apologue de Démosthène (1) sur les Athéniens: tant
il est vrai pourtant, comme l'a dit un auteur ,
que les fables et les chansons ont une vertu toute
particulière de ramener à la raison

> L'animal aux têtes frivoles.

On ne se contenta pas d'applaudir à tout rompre ; on fit plus , on écouta patiemment l'histoire
de Critès , que les sots et les gros bonnets re-
gardèrent comme une satyre ; les hypocondria-
ques, comme un nouvel accès de folie ; et l'Auteur , comme sa vie égayée de quelques traits,
suivant le précepte de son meilleur ami :

> Le monde est vieux, dit-on, je le crois ; cependant
> Il le faut amuser encor comme un enfant.

––––––––––––

(1) Voyez *le Pouvoir des Fables*, du bonhomme JEAN.

LES SIFFLETS.

Judicis argutum *quis* non formidat acumen?
HORAT. *de arte Poetica.*

LE VAINQUEUR DE L'ASIE médite une nouvelle conquête; les bornes de l'univers se reculent devant lui; la Cour céleste préparoit déja une nouvelle apothéose à ce nouveau fils de Jupiter; *Boulet* et Vulcain avoient été mandés pour les machines : MAIS il meurt, et l'on a l'impertinence de siffler le fils de Jupiter à Babylone...
C'étoit bien la peine de faire tant de préparatifs !

CÉSAR subjugue les Gaules, bat les Germains, soumet les Bretons, défait le parti de Pompée dans les champs de Pharsale, se rend maître de l'Egypte : vainqueur de Juba et de Scipion en Afrique, il reçoit à Rome des honneurs divins : *il dit* qu'il va élever un temple au Dieu Mars, combler des lacs, dessécher les marais, ouvrir les détroits de Corinthe; *il le dit* : MAIS il meurt, et on a l'impertinence de *siffler* à Rome le *divin* César et ses projets.....
C'étoit bien la peine d'avoir triomphé de l'univers !

SCANDERBERG bat les Turcs, recouvre ses Etats, gagne vingt-deux batailles ; l'Albanie reçoit son libérateur comme un Dieu descendu du Ciel ; Mahomet II et les Turcs prétendent que c'est l'Archange Michel, et que son cimeterre couperoit la tête au grand Diable. Il,

meurt : on ne le siffle pas ; *MAIS* il lui prend fantaisie
de ressusciter. Il vient à Paris ; il va au spectacle ;
il salue de travers ; il parle baragouin : (c'étoit bien
pardonnable à un héros presque du quatorzième
siecle) Il *remeurt. On le siffle* , on le *mutile*, on le
dévore à Paris, sans qu'aucun de ses *timides soldats*,
qui ne devoient *rien craindre*, puisqu'étant mort *il ne
regardoit pas* (1), osât couper les oreilles à ces *Anthro-
pophages.*

C'étoit bien la peine, ma foi, de *ressusciter!*

ALEXANDRE-ISIDORE-CHRYSOSTÔME CRITÈS grimpé
sur son Ane, ne borne pas sa gloire à cette terre
comme *ces gens-là ;* il va dans Mercure, dans Saturne,
dans la Lune. On se doute bien que Crités, guidé par
un Ane, a dû faire des prodiges. Il revient à Paris
prendre l'air natal : à peine de retour, il s'*enlève* à l'immortalité *majestueusement* comme un ballon. Il veut
donner le détail de ses voyages. Il tâte le goût des

---

(1) Scanderberg avoit quelque chose de si terrible dans
le regard, qu'il auroit épouvanté une armée de Diables. Apparemment que le Public est pire que le Diable, car il n'a pas
eu peur même lorsque Scanderberg prononça ces vers sublimes,
que Corneille ou Pradon n'auroient pas desavoués :

Qu'ils rentrent dans les murs, ces timides soldats,
Et qu'ils ne craignent rien... je... *ne regarde pas.*

Alors Scanderberg avoit les yeux tournés du côté du Public.

gens

gens par une préface; et c'est une préface que celle-là.
L'auditoire du cousin, par *réminiscence*, demande l'Auteur, la vie de l'Auteur. On la lui conte. On crie
bravo. C'est fort bien ; *MAIS* la girouette tourne,
MAIS le Caméléon change , *MAIS* le public du lendemain qui siffleroit le Dieu de la veille en personne,
pourroit bien s'aviser de faire mourir Critès , *l'immortel* Critès, au bruit des sifflets.

Ç'auroit été bien la peine, ma foi, de conter l'histoire
d'un Auteur *sifflé!*

[Non , Lecteur, non : je me rappelle de ne t'avoir
promis qu'une Préface ; je ne te dois donc qu'une
Préface ; et si tu me siffles, morbleu , ce ne sera
qu'en Préface et pour une Préface.

A la fin de la Table seulement tu trouveras le sommaire
exact de ma Vie, depuis ma naissance jusqu'à l'épo-
que où j'ai eu le bonheur de rencontrer mon divin
Ane. J'attends, pour la faire paroître, une circonstance , qui est une bagatelle au fond : c'est de
savoir si je dois te la donner comme Auteur sifflé,
berné, *mutilé , dévoré;* ou comme Auteur loué, prôné,
vanté , claqué , et qui a *tous ses membres.*]

EPILOGUE.

On conte qu'un jour Apollon
S'étant faire lire la Pucelle,
Jura, par sa gloire immortelle,
D'extirper du sacré Vallon
Toute l'odieuse séquelle
Des Chapelain et des Pradon.

» Va, pars, dit-il à la Satyre ;
» Du bon goût va dicter les lois :
» Prends ce glaive; et que cette fois
» Tout soit soumis à mon empire. «

Apollon dit : la Satyre aussitôt
Prend les traits d'un mortel, vole vers ces rivages
Où la Sottise altière arborant son drapeau,
Des *Bavius* françois recevoit les hommages.

Elle apperçoit bientôt le monstre impérieux,
Sur le trône des arts étalant son audace,
S'arroger à lui seul les lauriers du Parnasse.
La Satyre crut voir l'auteur malencontreux
Qu'autrefois, sous le nom d'Horace,
Elle perça d'un trait vainqueur.
Déja trois fois son bras vengeur
A fait briller le glaive redoutable ;
Trois fois elle a frappé la tête du coupable :

Mais, ô prodige imprévu !
Nouveau Protée, il fuit sous cent formes contraires,
Et se léve Pradon sur Cotin abattu :
Pradon tombe à son tour, et fait place à Liniéres.
La Satyre s'épuise en efforts superflus :
A l'instant qu'elle croit tous les sots abattus ,
Les sots, plus nombreux, reparoissent.
On écrase un insecte , et mille autres renaissent.

D'où tu conclus ? — D'où je conclus...

Que la Satyre a fait jadis d'inutiles efforts pour
guérir les sots de la fureur d'écrire ; que Pelletier , malgré elle , fut toujours Pelletier ;
qu'elle a eu beau dénoncer Pradon au Public
comme un sot , et Tabarin comme un farceur dangereux ; les farces de Tabarin n'in-
fectèrent pas moins la nation , et le sot Pradon
n'enleva pas moins des suffrages à l'immortel
Racine. Enfin que je mérite d'être moqué, berné,
bafoué, pour avoir voulu entreprendre, sans
d'autres armes cependant que celles du ridicule,
sans d'autre défense que ma marotte, d'attacher
le grelot à une vingtaine de sots comme moi,
qui ont un mauvais ton comme moi, qui font des
extravagances comme moi, et qui, tôt ou tard,
seront sifflés comme moi.... Dieu leveuille !

En attendant, dussé-je être fessé aux quatre

coins de Paris, ou noyé en passant le Pont-neuf, je vais à Cinna, aux Horaces; applaudir aux vers sublimes de Corneille, m'attendrir aux scènes touchantes de Racine, rire avec Molière, bâiller aux drames, siffler Verte-allure, siffler encore plus les impertinens *bravo* qu'on lui prostitue; enfin, mettre mes oreilles sous la sauve-garde du Grand-Prêtre Joad, et dire avec lui à un tas de grimauds auxquels je me fais gloire de déplaire,

Je crains Dieu, cher Abner, et n'ai point d'autre crainte.

Le lendemain, j'irai chez M. Parafaragaramus, rire au nez des adeptes. Accroché à la corniche comme un orang-outang, je singerai toutes les grimaces, toutes les contorsions, tous les bonds de ces mines à vapeurs; et si le doigt magique s'avise de m'exorciser d'un peu trop près, je me promets bien de ne pas tenir tête; et garre que je ne parodie la charmante scène des *Battus paient l'amende*, et que je n'envoie perruque et dépendances chez le dégraisseur.

Le lendemain, si l'on enlève un Casse-cou, je me mets une calotte de plomb, des souliers à semelles de plomb, un habit de plomb; je prierai *** de me prêter son esprit de plomb; et puis me traînant en cet équipage au milieu de la plaine de Javelle, là bien d'à-plomb, et un *Newtonius* à la main, je me mets à crier comme lui:

Vive le plancher des vaches! vive le plancher des vaches! Au diable les Casse-cous!

Le Lendemain, habit de peau d'Ane sur le corps, bec au vent, vingt aunes de mousseline au cou, sabots Chinois aux pieds, harnois de carrosse pour courroies, mollets de liège, guêtres veau-fauve, bagues à toutes les jointures, oreilles enfilées, bonnette anglaise pour couvre-chef, le buste en avant, le cul en arrière, main gauche sur la hanche, main droite à la clavicule, l'*ABCD*, ou des Chiens, des Chats, des Paysages, des Camées et des Anes pour boutons, un Palais-royal (1) sur le dos, clignant de l'œil d'ici, minaudant de l'autre, je me prens à braire si fort et en in-promptu, que tous ces messieurs et chers confrères, tous, tous, jusqu'au Chevalier Ahan, iront se cacher de honte et de dépit.

Le lendemain, le surlendemain, les jours suivans, on me verra tour à tour Somnambule, Blétonique, Clubiste, Elastique, Salamandre, Encyclopède, le Diable, que sais-je encore? Tantôt faire le Sorcier, en ronflant comme un Derviche; tantôt trembler sur des sources qu'on

---

(1) Palais-royal, sorte de Catogan qui a succédé aux Grenades; lesquelles Grenades avoient succédé aux Indécens ou Queues à l'Angloise; lesquels Indécens avoient succédé....... On n'en finiroit pas; ce seroit plus long que la généalogie de Mahomet.

m'aura indiquées, comme un Quaker qui mar-
motte ses patenôtres ; tantôt m'enfumer comme
un Chimiste Hollandois qui fait du Phosphore ;
tantôt *patauger* dans l'eau comme un Chat *botté*
qui veut faire le métier de Canard ; tantôt compiler, compiler, compiler, pour ne rien dire
comme un Dictionnaire ; ensuite montrer les
cornes aux assistans, comme Belzébuth ; empocher, par provision, l'argent des sots, comme
Mesmer ; enfin rire des folies de mes bons compatriotes, d'aussi bon cœur qu'un Esprit-follet
qui fait noyer un gros lourdaut de paysan Arté-
sien, qui prend des Furolles pour des Chandelles
bénites d'Arras.

Après cela, harassé, fatigué, et, comme mon
bon ami Clément Marot,

> . . . . si tant las,
> Que quatorze Archers de la garde
> Me battroient à la hallebarde,

j'irai dormir huit jours et huit nuits de suite, pour
me restaurer, et recommencer sur nouveaux frais,
s'il y a lieu.

S I F F L E Z , M E S S I E U R S , S I F F L E Z ,

J' A I   F I N I.

TABLE

DES MATIÈRES

Contenues en ce Volume.

SOMMAIRE

DE

LA VIE DE CRITÈS,

Depuis sa naissance jusqu'à l'instant où il a rencontré son Ane.

CHAPITRE PREMIER.

NÉCESSITÉ pour un Auteur de conter lui-même sa vie. — Les grands avantages que le public en retireroit.

CHAPITRE II.

Recherches très-importantes sur l'origine des CRITÈS. — Critès I, Cordonnier de Pythagore, et son Disciple, au rapport d'Arnobe, Dicarce, Diogène-Laërce et Dacier. — Les Critès se répandent par toute la terre. — Un Critès a par entreprise la chaussure des troupes d'Alexandre. — Pourquoi les Critès se connoissent en peinture. — On a cinq doigts dans la main, et ils ne se ressemblent pas. — Le motif du vers de Corneille,

Ou qu'un beau désespoir alors le secourût.

Chapitre III.

La mauvaise herbe croît par-tout. — Urbain IV, l'un des ancêtres de Critès. — Entrevue d'un des aïeux de Critès avec Félix Peretti, Frère-lay de l'Ordre de S. François, depuis Pape sous le nom de Sixte V. — Ce n'est pas chez les grands que la misère trouve le plus de secours. — Prognostication Chrysostomique. — Devise de la noblesse roturière.

Chapitre IV.

Sixte V devient Pape. — Il crée pour l'un des ancêtres de Critès, la charge de GRAND MOUTARDIER. — Illusion d'un moment. — Critès est accusé d'être l'auteur d'une Pasquinade. — Il quitte l'Italie et passe en France. — Son amour pour Henri IV. — Il visite à Troyes la maison d'Urbain IV. — Il va s'établir aux environs de Limoges, dans un petit village appelé *Gorsat*.

Chapitre V.

Caractère du père d'Alexandre-Isidore-Chrysostôme Critès. — Morale limousine, qui en vaut bien une autre. — Brouille de femmes. — Jean Renaud, dit Barnabas, adopte le petit Critès. — Il n'y a plus d'enfans. — César n'eût pas mieux répondu s'il eût été fils de Cordonnier.

CHAPITRE VI.

Tendres inquiétudes du père de Critès sur le sort de son fils.—Rien n'est plus vrai que cette peinture.—Départ de Chrysostôme Critès pour le royaume des Chimères. — Parole manquée. —Pauvreté n'est pas vice, mais..... — Critès est renvoyé en France, et mis à Ste. Barbe.— Quelle est cette respectable maison.

CHAPITRE VII.

Retour de Critès à Chiméricopolis.—Sort des honnêtes gens. — Entrevue de Critès avec l'E-chevin des Chirographes. — Faute d'un point, Martin perdit son Ane ; et faute d'un habit, Critès manque une place.—Rencontre miracu-leuse. — Critès tient classe d'animaux. — C'est tout comme chez les gens.—Un Renard Gascon écourté croque les Poules de Critès ; Critès l'étrille.

CHAPITRE VIII.

Désagrément qu'il y a d'avoir des procès avec des Renards Gascons écourtés.—Critès ferme ses classes. — Le père de Critès lui apparoît en songe. Conseils paternels.—Le père Chrysostôme reçoit son fils Chevalier de la noble Confrairie de l'alène. — Critès reprend l'utile profession de ses pères. — Rencontre de l'Ane Gu-tien-gu, etc.

ERRATA.

Les difficultés qu'il y a d'envoyer les épreuves de Pampelune à l'Immortalité, ont fait qu'il s'est glissé quelques fautes typographiques dans cette Préface : il s'en trouvera même quelques-unes de plus importantes, qui se sont échappées dans un certain nombre d'exemplaires, mais qui se trouvent corrigées dans la plupart. On n'en fera point mention.

Page 135, lisez seulement la note suivante.

Cet hymne n'est pas plus de Critès, que le joli couplet

Cœurs sensibles, cœurs fidèles, etc.

n'est de l'organiste Dom Basile. Ce couplet appartient à Madame la Marquise d'Entremont, et a été réclamé en vain à M. l'Organiste, par M. le Comte de B*** B** son parent (fait certain.)

Pour éviter à pareille réclamation, Critès, qui tient aux vieux proverbes, et croit que ce qui est *bon à prendre est bon à rendre*, rend donc à M. le V** un Hymne qui lui appartient, et qu'il a chanté lui-même lors de son admission dans l'Olympe, où il a été reconnu pour l'un des fils de Léda.

N. B. Que cet Olympe n'est point l'Olympe dont parlent les Poëtes, où un gros vilain Jupiter fait trembler les vitres et les buffets du Louvre céleste, et venir la chair de poule à des benets de Dieux et à des Déesses *collets-montés*, qui ont peur de son foudre de fer-blanc, de ses gros sourcils noirs, et de sa coiffure en hérisson.

L'Olympe dont il s'agit ici est l'Olympe de l'...-S....-L..., où un aimable Jupiter nourri à la Cour de Ninon ou d'Epicure, une couronne de roses et de myrte sur la tête, la Marotte à la main, reçoit lui-même des lois de Cérès, Pomone, Hébé, Flore, Astrée et les Graces.

Si on entend par fois quelque bruit sur cet Olympe, ce n'est jamais que celui que peut y faire le gaillard Momus, quand il joue avec l'Amour et sa sœur la Folie. Silène et son Ane sont bannis de cet Olympe : voilà pourquoi Critès et Figaro n'ont jamais pu y être admis.

Voici l'hymne, tel qu'il étoit dans son origine :

D'une forme mortelle
Mon pere m'avoit fait
Trait pour trait;
Mais d'une peau nouvelle
Je me sens revêtu.
Qui l'eût cru?
Adieu la terre..... je grimpe,
Et je vais me percher,
Me jucher
Sur l'Olympe.

A V I S.

On trouve chez DÉMOCRITE *, Imprimeur-Libraire de*
S. A. Séreinissime FALOT MOMUS *, au Grelot de*
la Folie, les CHEFS-D'ŒUVRE *suivans :*

Le Jeanotisme, *ou* les Ç'en-est.

Les Œuvres de M. DE VERTE-ALLURE, *Edit. de Kell.*

Richard Cœur-de-Lion, *ou* Figaro II.

Les Œuvres de GRIBOUILLE, *ou* les Vessies pour des
Lanternes.

Le Baiser Magnétique, *ou* la Tête perdue et retrouvée :

> C'est un *amour*, une *folie !*
> Chacun voudroit l'avoir à soi.

   (Ce n'est pas la Pièce) . . . .

Le Mesméro-digitisme, *ou* Traité de l'art d'attraper l'argent
des Niais, et de guérir les Boiteux de la Berlue.

Les Lunes de mon Cousin... ce grand homme ; (*on dit comme çà*
que c'est bien drôle.)

L'Icariologie, *ou* l'Art de faire des Discours en *l'air*, et de
se casser le cou *à terre.*

Le Chat-botté, *ou* la Saboterie élastique.

Le Juif-errant, qui guérit *gratis* les femmes de la Coqueluche,
et la donne aux maris *gratis* aussi.

La Harpie, *ou* Moyen de changer les Têtes, et de faire
tourner les Girouettes.

Les Étrilles des Petits-Maîtres, *Edit. de Montmartre.*

* T 8

Les Ç'en-est, Ç'en-étoit, Ç'en-a-été et Ç'en-sera. *Ouvrage périodique qui paroît tous les Mardis et Vendredis.*

SOUS PRESSE.

Notes marginales sur JEAN-BAPTISTE ROUSSEAU , appelé par *corruption* le GRAND ROUSSEAU. *OUVRAGE trouvé par hasard dans une partie de ce qu'on appelle un lot de Livres achetés dans un inventaire de fripperie*, par un JURÉ CONNOISSEUR en littérature, avec cette épigraphe :

Quid dignum tanto feret hic promissor hiatu ?
. . . . Nascetur ridiculus mus.

HOR. *de Arte Poet.*

MOLIÈRE revu et mis en bon françois, par le même , avec l'épigraphe suivante :

. . . . Delere jubebat ,
Et *malè tornatos* incudi reddere versus. . . . .
Quantò *rectiùs* hic, qui nil molitur ineptè !

HOR. *de Arte Poet.*

etc. etc. etc. etc. etc. etc. etc. etc. etc. etc. etc.

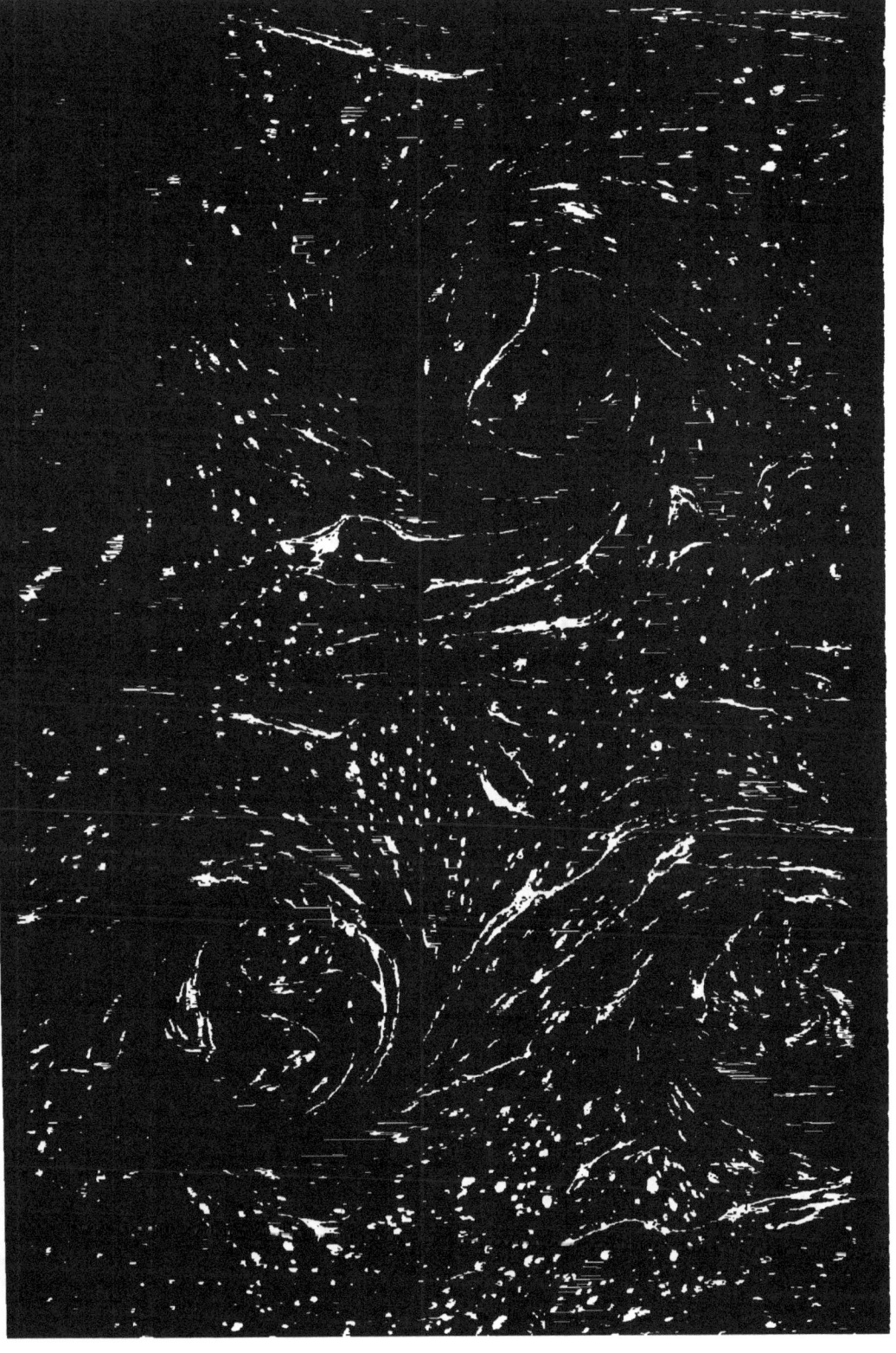